緑の魔法と香りの使い手 2

兎希メグ

Megu Toki

Regina

JN055857

登場人物紹介
アレックス
メタリックグリーンの髪に
緑の瞳の青年。
Sランク冒険者で、
ベルの後見人でもある。
ベル（水木美鈴）
ハーブ好きな、20歳の女子大生。
“ハーブの魔法”を授けられ、
異世界に転生した。
喫茶店の店主 兼
シルバーウルフ“ぽち”の主人。
ぽち
青い瞳と銀の被毛を持つ、
シルバーウルフの子供。
炎を出したり水を出したりと、
魔法が使える。
シルバーウルフマザー
ぽちの母親。
“女神の森”と呼ばれる
ダンジョンのボスでもある。

シルケ
赤髪の、火の魔術師。貴族のお嬢様だが、実家とは確執がありそう。
カロリーネ
アレックスの妹で、ベルの友人。かなりのブラコンでもある。
ロヴィー
青髪の魔術師。シルケの侍従で、平民の水の魔術師。
オババ様
薬師の師匠。苦くて不味いが、非常によく効くポーションを作る名人。
ヒセラ
冒険者ギルドの美人受付嬢。ベルの友人でもある。

目次

緑の魔法と香りの使い手 2

プロローグ

「また、近いうちに遊びに来ますね」

「そう言って一ヶ月以上来なかった人がいるんですけどね……」

そばかす顔も可愛《かわい》いカロリーネさんは、扉の前でジロリと私を睨《にら》んだ。

彼女は、私の恩人であり後見人でもあるアレックスさんの妹さんだ。少しばかり勝気だけど、エプロンドレスが似合う快活なお嬢さん。出会ったときは刺々《とげとげ》しい態度もとられたけど、今は仲良くしてもらっている。

「ごめんねカロリーネさん、ここのところすごく忙しくって。今度はちゃんと来るから」

彼女の疑惑の眼差しに、私は苦笑して言った。まあ、彼女も本気で睨《にら》んでいる訳じゃないって分かってるから、気軽に返せるんだけど。

そうして、手を振りながらカロリーネさんと別れた。昨日は彼女のお部屋に泊めてもらっちゃったんだよね。今日は喫茶店の営業もあるから、少し急がないと。

休日気分を振り切って、私は歩き出す。秋に移りゆく快適な季節。宿泊区を通り過ぎ、朝から冒険者で賑《にぎ》わう繁華街をぽちと一緒に歩いていると、子供達が付いてきた。

「ぽちおはよー。あとで追いかけっこしようぜ」

「あ、ぽちの飼い主の姉ちゃんもおはよー」

「はい、おはようございます。皆も朝から元気だね」

「うん、元気だぞー。元気がないと、仕事もできないからな！」

ぐっと拳《こぶし》を握る冒険者見習いの少年は、最近よくぽちを追いかけ回している少年グループのリーダーだ。微笑ましくて笑い返すと、ニッと勇ましい笑みを見せてくれる。

先日のギョブ退治――ぽちが村の鼻摘《つ》まみ者であった不良グループを撃退したことで、すっかりヒーロー扱いなのよね。それまでのぽちは、高ランクモンスターってことで怖がられてばかりだったから、これは本当によかったと思う。

「今日は簡単な仕事が見つかるといいよなぁ」

「ドブ浚《さら》いとか、臭くてやだしなぁ」

「屋根板の張り替えも、うっかりすると怪我《けが》するから嫌《いや》だよ」

「雑草抜きとかもなー、何件もやると飽きちゃうんだよな」

「女神の祠《ほこら》の埃《ほこり》落としとか、床磨きの仕事、やりたいよなー」

「だなー。あれ、あんまり汚れないし、祠《ほこら》を管理してる爺《じい》さんから果物もらえるもんな」

「な。甘いものとかあんまり食えないからいい仕事だよなー」

「でも村には祠《ほこら》一個しかないし、そもそも年一回しかやらないから、毎回争奪戦だけどな」

彼らの話は、どうやら冒険者ギルドの依頼ボードに並ぶ雑用についてに移ったようだ。

彼らがこんな早朝から冒険者ギルドに向かっていた理由は、いい依頼を見つけるためだったんだね。

それにしても、まだ十歳ぐらいの子供達がこんな風に勤労意欲をみせてるのを目にすると、やっぱり世界が違うんだなぁって思う。

私、水木美鈴《みずきみすず》がこの世界に転生してからまだ数ヶ月。その間、本当に色々とあった。

今の私は、ここでベルと名乗り、なんとかそれなりに生活している。

若くして死んだ私を哀れに思った神様によって転生させられたものの、そこはモンスターがいて、ダンジョンなんてものがある、とても危険な場所だったのよね。

あのとき、目を覚ましたら森の中ですごくびっくりした。でもすぐに、可愛《かわい》い盛りだったぽちに出会ったんだ。

それで、その森——女神の森に生えている、季節を無視した様々なハーブにも感激したんだよね。

で、ぽちが私の服の裾《すそ》を引っ張って連れていった先には、怪我《けが》をしていた大きな狼《おおかみ》……ぽちのお母さんであるシルバーウルフマザーがいて、ハーブで手当てすることになったんだった。

その翌日には、大きなイノシシに襲われそうになったところを助けられて——。それが、いろんな意味で恩人であるアレックスさんと出会うきっかけだったんだよね。

彼の動かない左手にハーブで湿布をしたら、それが治ってしまって……

それで、アレックスさんには恩人扱いされているんだけど、助けてもらっているのはむしろ私の方の気がする。

それから、プロロッカ村という、ダンジョンの巣としてこの大陸で有名な村に、アレックスさんとぽちと一緒に向かったんだ。そこで冒険者ギルドなんていう、前世でいうところの職業斡旋所《あっせんじょ》みたいなところに職員として勤めることになったり、ぽちを村で歩かせることができるように冒険者登録をしたりして……

なんてことを色々思い出しながら、私は自分の喫茶店のある冒険者ギルドへと向かったのだった。

第一章　喫茶店と昇格テスト

冒険者ギルドの職員は、裏口から入るのが基本だ。けれど今日の私は違う。

正面から入ってカウンターに近づき、敏腕受付嬢にして友人のヒセラさんに声をかける。

「おはようございます、ヒセラさん。これ、よければ使ってください」

渡したのは、お肌にいいハーブを中心に、何種類かのハーブをブレンドしたもの。小分けにして、幾《いく》つも作っておいたもののひとつだ。

「ハーブティーを淹《い》れるときと同じようにお湯で抽出して、それをお肌になじませてください。そしていつもの通りに上からオリーブオイルでふたをして下さい。ビタミン入りなんで、美肌効果が期待できると思います」

「まあ、これはお茶ではなく化粧水なの？　まるで貴族様みたいね。ふふ、使わせてもらうわ。ぽちもますます精悍《せいかん》さが増して、すっかり大人の風格ね」

「わんっ」

ヒセラさんはいつもの通りに優雅な笑みを浮かべながら、受け取ってくれた。そしてぽちにもご挨拶《あいさつ》。いい人だなぁ。

「あ、話は変わっちゃいますが、契約獣の登録内容変更をお願いできます？　ぽちが成長したから、そろそろギルドの登録内容を改めるべきだろうってアレックスさんに言われたんです」

「あら、そうね。ぽちも随分《ずいぶん》と大きくなったものね。ええ、すぐ手続きに入りましょう」

彼女はさっと立ち上がると背後の棚を探り、一冊のファイルを持ってくる。紐《ひも》で綴《つづ》られたそこから私の登録用紙を外すと、早速契約獣の種類である「シルバーウルフパピー」のパピーの部分をナイフで薄く削った。そして羽根ペンをインクに浸《ひた》し、「シルバーウルフ成体」と書き換える。

「これで、登録内容の変更は終わりよ」

わあ、仕事が早い。

「ありがとうございます！」

私が笑みを浮かべて礼を言うと、いいえと笑顔が返ってくる。

それから彼女はじっとぽちを見て、ふと首を傾《かし》げた。

「……ぽちのことを考えると、そろそろベルも特殊職用のテストを受けた方がいいのかしら」

「特殊職用の、テスト？」

聞き慣れない言葉に目を瞬《またた》かせる私に、ヒセラさんが頷いた。

「ええ。契約獣に戦わせるモンスターテイマーや、純粋な偵察能力のみを売りとするスカウトなど、当人の戦闘能力だけでは測れない人達用に、ギルドではテストを行うことがあるの。ベルにはそれを受けてもらって、ぽちの能力に相応《ふさわ》しいランクに昇格した方がいいのかもと思って」

いつもにこにこと上品な笑顔のヒセラさんだけど、流石《さすが》は受付嬢。冒険者に対する案内はすかさず差し込むらしい。

「えーと、やっておいた方がいいんでしょうか。正直薬師修業と職員の仕事で手一杯なところがあるんですが……」

「そうねぇ。ランクが上がれば、とりあえず貴族様が貴女からぽちを取り上げようとすることはなくなると思うわ。だって、優秀な冒険者はどこの国でも大事にされるもの」

「やります！」

私は速攻で答えた。もう、後見騒ぎのときみたいに引き離される危険があるのは懲《こ》り懲《ご》りですから！　以前、私がとある貴族の後見を受けようとしたら、ぽちと引き離されそうになったり、遠くの場所へ行かされそうになったりと、危ないことになったのだ。

早速、試験を設定してもらった。試験官は、気のいいプロロッカ冒険者筆頭の酒飲み《ドランカー》さん。そうして私は、三日後に初心者ダンジョンに向かうことが決まった。二泊三日で試験に挑む。

なんでわざわざダンジョンで試験？　と聞いたら、これは戦闘能力でなく、モンスターへの指揮能力や偵察能力などをみる試験だからだそうで。モンスターテイマーの指示に従って、契約獣がきちんと魔物を倒せるかを確認する必要があって、それには魔物がいつでもいるダンジョンが最適とのこと。ちなみに、ダンジョン内の安全は引率者が保障してくれるから、そこは心配しなくていいらしい。

ダンジョンかぁ……。モンスターがいて、危険な罠《わな》とかがあって……。うーん、よく考えると、戦闘なんてしたことないのに平気なんだろうか。早まった気がする。

そんなことを思いつつ、ふりふりとご機嫌に尻尾を振るぽちを撫《な》でる。ぽちは今や、大型犬のアイリッシュ・ウルフハウンドほどの大きさだ。

体高九十センチほどのぽちを、その実力を知る冒険者達が緊張した様子で遠くから見ている。おとなしくしていても、ＡＡランクのモンスターは相当に恐ろしいらしい。

こんなに可愛《かわい》いのに、怯《おび》えるなんて失礼だよねと、私はぽちをもふもふと撫《な》でまくった。

しばらくぽちを堪能してから、私は冒険者達の怯《おび》えた視線を無視してカウンター横の跳ね上げ板を押し上げる。そのまま受付嬢や購買員達が働く事務フロアを横切って、中に進んだ。

すると、事務机に足を上げのんびりしている冒険者ギルドマスターや、相変わらず忙しそうに食事処の厨房《ちゅうぼう》で働いているヴィボさんが目に入った。

「マスター、ヴィボさん。先日はお疲れ様でした」

二人に改めて、先日のギョブ退治の件を挨拶《あいさつ》する。

私の声に、マスターがライオンの鬣《たてがみ》のような髪をかきつつ、椅子からのんびり立ち上がった。アイパッチをしてない方の目を眠たげに瞬《また》かせながら、ゆっくりとこっちに歩いてくる。なんだかだらしない感じのおじさんだけど、これでもプロロッカ支部の一番偉い人で、私の元後見人でもある。

一方、いかつい顔の巨人さんって感じのヴィボさんは私の直属の上司で、大きな穀物袋や野菜袋を軽々と持ち上げる力持ち。元Aランクの冒険者だけあってとても強いんだけど、気遣いの上手い紳士だ。彼のお陰で、この男だらけの職場でも安心して働けているんだよね。

そんなヴィボさんは、鍋が焦げ付かないようキッチンストーブの火を弱めてからこちらへと歩いてきた。

私は二人が目の前にやってくるのを待ってから、先日森で作ったものを鞄から出して、それぞれに渡す。

「そういえば、これ。日頃のお礼ということで、ヴィボさんにはお茶と湿布薬、マスターには温湿布とアイピローです。本格的に具合が悪くなる前に、ちょっとでも辛くなったら使って下さい。足りなくなったらまた作りますので、いつでも言ってくださいね。あ、でも所詮は見習いの処方なんで余り信じないで、悪くなったらオババ様に見せるんですよ？」

そう言って、しっかり見習い作のものだと念押ししたんだけど……

「いつも悪いな。最近は右膝も随分《ずいぶん》楽になって、無理もきくようになった。毎年冬が近づくと憂鬱《ゆううつ》になるが、今年はベルのお陰で気にせず過ごせそうだ」

と、いかつい顔にうっすら笑みらしきものを浮かべて受け取るヴィボさん。

「おお、最近なぁ、遠くを見るとき目を凝《こ》らさずに済むようになったんだ。いやー、このままだと両目がダメになるかと思ってたのに助かった。それに頭痛ともオサラバで、毎日爽快《そうかい》ってやつだ！」

アイピローを両手でお手玉するように遊ばせてハハハと豪快に笑う隻眼《せきがん》のマスター。

二人共、私の話聞いてる？　ちゃんとオババ様のところに行って下さいよ。

話を聞かない二人にむうっとしつつも時間は迫り、私は仕事の準備を始めたのだった。

◆◆◆

「それにしても、試験でダンジョンに潜《もぐ》ることになるとは……」

特殊職用のテストを設定してもらった翌日、私はお茶を淹《い》れながら、重たいため息を吐《つ》く。

今日は週に二度の、ギルド内喫茶スペース開店の日だ。私、そのほかの日は、調理場でヴィボさんの補助をしたり、オババ様のところで薬師修業をしたりと、結構忙しいんだよね。

ちなみに、この国の暦《こよみ》で一週間は七日制。

それぞれ、青月《せいげつ》の日、火精《かせい》の日、水精《すいせい》の日、樹精《じゅせい》の日、金精《きんせい》の日、土精《どせい》の日、陽天《ようてん》の日、という言い方になっているそうだ。

この七つは、青月《せいげつ》と陽天《ようてん》を除いて、魔術師の基本五属性とされてるんだって。

それぞれの曜日を表す、火、水、木、雷、土。これが、五属性という訳だね。

残りの月と陽はそれぞれ闇と光を表すらしいのだけれど、この属性を使える人は歴史上数人しかいないんだとか……。で、うちは水精《すいせい》の日、土精《どせい》の日が開店日となっております。

それはさておき、試験ですよ、試験。

「はあ、気が重いなぁ……」

私はカウンターでくつろいでいるアレックスさんを相手に、二日後の試験についてぼやいていた。

「ダンジョンって、モンスターが沢山出て、罠《わな》があって、先に進むほど死ぬかもしれない恐ろしいところなんでしょう？　ぽちのためとはいえ、正直怖いです」

私が大きくため息を吐《つ》くと、アレックスさんが呆れ顔で返した。

「いやまあ、そうなんだが。一応あそこもダンジョンだからな」

あそこ、というのは、私がこの世界に来たときにいた場所だ。ぽちとぽちのお母さんと出会ったところでもあって、女神の森と呼ばれている。

「それは理解しているんですけど……でもですね、あそこはお母さんもいるし、ぽちの生まれた場所でもあるので、まあいわば私の実家なんですよ」

「実家って……」

「それに、あそこはじめじめした地下とかではないですし、ちょっと歩いたら罠《わな》に引っかかるようなこともありませんし。ダンジョンって言われても、どうも実感わかないんですよね」

私が知ってるダンジョンって、前世で従兄弟《いとこ》達に付き合ってやったことのあるロールプレイングゲームしかないので、どうも地下の迷宮ってイメージなのだ。

だからか、女神の森をダンジョンって言われても、はいそうですかと納得できずにいる。

「いや、通常のダンジョンはそのイメージで合ってるんだが……。一応、ダンジョンには岩山のものもあれば森のものもあるし、地上のものも存在するんだからな？　うっかり踏み込まないでくれよ」

おや、しまった。アレックスさんがすっかり呆れ顔だ。

そんな会話を続けていると、カウンター近くのテーブルに陣取った麗《うるわ》しき赤と青の主従が、ボソボソと何かを話し込んでいるのが見えた。鮮烈な赤髪の迫力美女が、伯爵令嬢にして宮廷魔術師のシルケ様、鮮《あざ》やかな青髪を三つ編みにした片眼鏡の神経質そうな男性が、伯爵家の従者にして宮廷魔術師のロヴィー様だ。

「……ロヴィー、聞いたわね。二日後のこと、分かっていて？」

「……はい、シルケ様。私めも心得ております」

二人は込み入った話なのか、小さな声で真剣に話しているみたいだ。おっと、盗み聞きはいけないから、仕事に戻ろう。

そんなお二人のテーブルには、カモミールティーが並んでいる。私が薬師の弟子になったことで、喫茶スペースでもハーブティーが解禁になったんだよね。

二人ともカモミールティーを出したのだけれど、ロヴィー様にはストレス解消にリンデンとミントを入れたし、シルケ様には美肌効果を見込んでローズを加えてと、少しアレンジも効かせているんだ。常連さんには体調を聞いて、それぞれにちょっとずつ効果をかえていたりする。

婉然《えんぜん》としたシルケ様の笑みといい、ロヴィー様の緩《ゆる》んだ眉間の皺《しわ》といい、今日のカスタマイズは成功な気がする。

なんて、のんびり考えながらいつも通りに喫茶スペースを切り盛りしていたら、いきなり、場違いな大きな声がカウンター前で響いた。

「貴女がベルさんですね？　ぼく、ティエンミンと言います。突然ですが、このギルドで働きたいんですっ！」

その子は、黒髪を長く伸ばした幼い少年だった。着古した感のない綺麗なチュニックを身につけているところを見ると、いい家の育ちのようだ。

「ええっと……？」

な、何事？

突然の自己紹介に求職。私が目を白黒させていると、カウンターの端でアレックスさんがちらりとこちらを窺い、納得したかのように頷いてみせた。

アレックスさん、一人で納得してないで助けて下さいよ……確かこの子、ギョブ退治のときに私の代わりに囮《おとり》になってくれた子ですよね。どこかの商人の息子さん、とかっていう。

突然目の前に現れた少年に私が戸惑っていると、小柄な……といっても私とそう変わらないくらいの身長の黒髪の少年は、必死にアピールを始めた。

「ぼく、以前から冒険者に憧れててっ！」

「あ、うん」

勢いのいい少年に押されて、私は思わず頷く。といってもこちらは仕事中だから、ケーキを切って皿に盛ったり、お茶を淹《い》れたりと手は動かし続けているけれど。こういうとき、セルフサービスってカウンターを動かなくて済むから便利だね。

「でも、ぼくはこの通り小柄だし、冒険者は無理かなぁって。だから、冒険者にかかわりのある仕事……冒険者ギルドの職員を狙おうかなと思ったんです。けど、そっちは誰かの紹介じゃないと難しいと」

「うん、そうだね」

「で、どうしても潜《もぐ》り込みたいなら、今一番忙しいお姉さんの甘味処ならって、ギルドマスターが言ったんです」

そこで少年はにっこり笑って。

「それで考えてみたんですけどー、家で手伝ってるから接客なら慣れてるし、ちょこっと菓子を配るだけなら難しくないし、楽勝だって思ったんですよねー」

「え、う、うん？」

「それにここなら、憧れのアレックスさんとか、魔術師さんとかとお話しできたりするし。ぼくに合ってるかもって思ったんですよー。そんな訳で、ぼくここで働きたいんですけど、いいですよねっ？」

……え、私、実は貶《けな》されてる？　喫茶店の仕事なんて楽勝って言われた気がするんだけど。

痛む胸を押さえつつ、一応先輩としてアドバイスする。

「そうだね。ヴィボさんがゆっくり休めるように弟子は必要だと思ってたし、食事処に人が増えるのはいいとは思う。けれど、下ごしらえとかの単純作業が沢山あるし、重い食材運んだりとか、結構な重労働も含まれるってことは分かってるかな？　料理人って、そんなに簡単な仕事ではないんだよ。それと、私は人事権は持ってないから。ギルドで働きたいなら、ちゃんと受付に言って偉い人に聞いてもらった方が早いと思うよ」

「えぇーっ？　でもー、ヴィボさんに聞いたら食事処は間に合ってるって言われたし。マスターは、ベルさんがいいって言ったら、甘味の日にベルさんのところで働いてもいいって言ってましたよー？」

ええっと……これは、もしや。

マスターってば、このお目々きらきらなピュア少年相手に断りづらくて、私に放り投げたんじゃない？

どうやら、もう少しきちんと聞く必要があるみたいだ。

私はカウンターに受付中止の立て札を出し、改めて黒髪の少年に向き直った。

「ええと……貴方は、お父さんが商人をなさってるのでしょう？　商人志望ではなかったの？」

この世界って、基本的に家の稼業を継《つ》ぐものじゃなかったっけ？

「いいえ。元々の希望は冒険者でー、お父さんも後継者はいるから好きにしろって方針だったんです。でも、ぼくって小さくて筋肉もつきにくいみたいで。冒険者に向いてないとうすう気がついていて。でも、やっぱり冒険者は憧れなので、それなら冒険者ギルドで働きたいなーと思った訳です。で、先日、喫茶スペースで働いたじゃないですか？」

「うん」

少年はしっかりと順序立てて話してくれるので、こちらも理解しやすい。私は頷きながら彼の話を聞く。

「ここだと格好いい冒険者や、王都から来てる魔術師さんと直にお話しできるな、って思ったんです。それにお酒も出してないからトラブルも少なくてよさそうだったし。商人の商談も多いから、のちのちもしお父さんの仕事を継《つ》ぐことになったとしても、顔も広がっていいかなと」

ああ、はい……。確かにここなら冒険者見放題だし、商談で商人さんも使ってるよね。なかなかに鋭い目を持ってらっしゃる。

うーん、これ、どうしよう。

「あ、もしかして、お茶とかお菓子の扱いが不安なんですか？　お茶の淹《い》れ方は、ロヴィー様が教えてくれたんで任せてもらって大丈夫ですよー？　この間ので、ちゃんと茶器の扱いとか覚えましたから！」

……え、ええっ。

「ろ、ロヴィー様何をやって……」

貴族の従者にして宮廷魔術師なんていうお偉い方が、商家の見習い少年にお茶の淹《い》れ方のアドバイスしたの？　一体どういうこと？

私が驚きに固まっていると、少年はのほほんとした様子で続けた。

「ぼく、最初はお茶も淹《い》れられなかったんでー、喫茶スペースがちょっと大変なことになってたんですよね。そうしたらロヴィー様が『ベル殿の代役ならこれぐらいできて然《しか》るべきです』って、教えてくれて……」

シルケ様、なんで止めなかったんですか？　エリート魔術師様がお茶くみとかありえないでしょ。

私は背中に冷や汗を流しながら、何気に大物な少年のことを見つめていた。

◆◆◆

その日の就寝時間。ぽちをもふもふと盛大に撫《な》でて心を癒《い》やしながらも、浮かんでくるのは、あの黒髪の少年のことだった。

「まさか、私のところに就職希望が舞い込むとか……。別に、今のところ全然間に合ってるのに……」

所詮は混んでも十人程度と、捌《さば》けない規模ではない。そもそも一人経営を見込んで、週に二日とのんびりペースでやっているのだ。それを常連さんも分かっているから、別に今まで問題なんてなかったのに……

「とはいえ、あのきらきらした目を見ると断りにくい……うーん、どうしよう」

ヨガマット代わりの古布の上に座り、内心頭を抱えながら、私はぽちに寄りかかる。

そして、大型犬サイズのぽちに全身を預けて、まふっと顔を首の後ろに埋めた。その温かさを感じていると、ああもうすっごく癒《い》やされるのだ。

「くうん？」

「ああ、ごめんごめん。お痒《かゆ》いところはありませんかー」

「わふっ」

耳の後ろかいてー、と言われるままにぽちをマッサージする。気持ちよさそうに目を細めるぽちにほっこりした。

まあ、深く考えてもしょうがない。判断はマスターに任せよう。

そう思って、その日は就寝した。

……ところが、問題というものは続くもので。

「ねえベル！　村も随分《ずいぶん》落ち着いたし、あたしも仕事に出たいの！　ベルのところで働かせて！」

それは、カロリーネさんたっての願いで催《もよお》された、休日の午後のお茶会でのこと。

今日は私がマスターと交渉して勝ち取った、週一のお休み日、陽天《ようてん》の日だ。

この世界って、決まった休みの日がないから交渉が難航してねぇ……って、それどころではない。

「……え、な、なんで？」

カロリーネさんの突然の宣言に、思わずお茶を噴き出しそうになった。昨日に続いて今日も店員候補出現とか。思わず視線を遠くに投げる。

——ああ、窓の外はもう秋だ。

アレックスさんのお家の窓から見える街路樹が、ほのかに色づいている。夏真っ盛りのときに森に転生した私にとって、こちらでは初めての秋になる。

風も、少し冷たさを感じるようになった。

そろそろホットティーの季節かな。しかし衣替えのための布や糸代で、またお金がかかるなあ。あ、今回もヒセラさんに服を縫ってもらうことになってます。

秋だから気持ち丈長めで、胸元で切り替えを入れた簡単なポケット付き長袖ワンピースを縫ってもらう予定だ。着替えを含めて三着ほど、頼んでいる。

余った布はヒセラさんにお渡しすることにしているけれど、そのハギレだけだと三着分のお礼には足りないよねぇ。ヒセラさんにはお菓子でも差し入れようかな……

――なんて、現実逃避をしていると。

「もー、ベル！　あたしの話聞いてるの!?　大事な話をしてるんだけど！」

「え、あ、ハイ、スミマセン」

流石《さすが》に怒られたので、居ずまいを正した。

「ええっとね、私には人事権なんてないし、まずはヴィボさんとか、マスターに言って……」

と、アドバイスをしてみるけど、相手は聞いちゃいない。

「とにかくね！　あたし、このまま家でお兄ちゃんを待つだけではダメだと思うの。あんたみたいなちっちゃい子も働いてるのに」

「ち、ちっちゃい……これでも年上なのに」

ショックで思わず足元にぽちを呼び寄せ、思いっきり首回りをわしわしする。あ、落ち着く。

「ケーキの作り方なら、こないだ見て覚えたわっ！　もうスポンジ？　とかいうのも焼けるんだからっ。何度も失敗したけどねっ」

そう言って、彼女はふっくらと焼けたスポンジケーキをずいっと目の前に突き出してきた。

おそらく生クリームが手に入らなかったのだろう、この前のお茶会のときにおすそ分けした果物の砂糖煮《コンフィチュール》を挟んだだけのものだったけれど、それでもびっくりした。

木のお皿を持ち上げて、じっくり眺める。……うん、ちゃんと膨らんでる。確かに必要な材料や作り方は教えたけど、やってみせたのは一度だけ。それでこの出来は、ちょっとすごいんじゃないだろうか。

お皿をテーブルに戻し、真剣に彼女に向き合う。

「カロリーネさんの熱意は尊敬します。きっと、貴女の腕ならば私よりもいいお菓子職人になれると思う。でも……」

「でも、何よ？」

不満げな顔の彼女から、そっと視線を逸らす。

「あの、心配性のお兄さんは、冒険者相手の商売を許すのかなって」

そう。

正直、喫茶店で働きたいならば、真っ先に説得すべきは、あのシスコンお兄さんの方だと思うんだよね。

私の呟きに、彼女はうっと息を呑んだ。

「お、お兄ちゃんは関係ないわっ！　あたし決めたの！」

ガタッと椅子を蹴立てて立ち上がる彼女に、私の足元で寝ていたぽちが耳をぴくっとさせて薄目を開けた。

が、カロリーネさんの姿を見てまた目を瞑《つむ》ってしまう。

「あたし、このまま待ってるだけの女になりたくないの……！」

ぐっと拳《こぶし》を握り声を上げる姿はりりしいけれど、やっぱりブラコンかな？

結局気迫に負けて、彼女をパティシエとして雇うかどうかをマスターに相談することになりました。

うーん、なんだかいきなり、周りが騒がしくなってきたよね。

今日も賑《にぎ》やかなプロロッカ村の冒険者街を、ぽちをお供に歩く。

ギルドの職員宿舎に帰る途中で、私は大きなため息を吐《つ》いていた。

「カロリーネさん、本気かなぁ……」

まさか、連続して店員希望者が現れるなんて思わなかったよ。

「一度も外で働いたことのない箱入りお嬢さんが、よりによって不良だらけのギルドで働くとか。心配でならないんですけど」

ブラコン兄さんに抱き込まれるようにして育てられた、ちょっと……いやかなり世間知らずなところがある、カロリーネさん。年上のお姉さんとしては、そう、年上のお姉さんとしてはですね、どうしてもそこを考えずにはいられないのですよ。

「わふ？」

私のぼやきに、隣を歩くぽちが不思議そうに首を傾《かし》げる。きらきらお目々がまんまるで、なんとも可愛《かわい》らしい。

「子供の頃からお外に出ちゃったぽちとは、そういえば正反対だねぇ」

わしわしと首の後ろをかきながら、そう言って私は笑った。

◆◆◆

その日の夕方。

私からの相談に、マスターは珍しく事務机で仕事をしながら、あっさり首を縦に振った。

「黒髪坊主に、アレックスのところの妹か。魔術師を顎《あご》で使うクソ度胸のある子供に、見様見真似で菓子が作れる逸材《いつざい》、と。ま、いいんじゃないか？　近く、ベルの店を拡張するかという話もあるし」

事務机に片肘《かたひじ》を立て、顎《あご》をのっける姿勢で私を見上げながら、隻眼《せきがん》のマスターがかるーい口調で仰《おっしゃ》る。

「えっ、なんですかそれ、初耳なんですけれど」

ぎょっとして、思わず聞き返した。

「まーな、俺も今、初めて言ったし。今はあそこをベル一人でやらせてるが、需要を考えると、確かに席数も足らなきゃ甘味の数も足りてねえんだよなー。商人には前から、週の営業日数をもう少し増やせとも言われてるし」

「え、それだと絶対ケーキを仕込む時間が足りませんよ？　今は三日に一度くらいのペースでの営業だから、なんとか回ってるのに」

マスターは他人事のように仰《おっしゃ》るが、ヴィボさんの調理補助の合間に、二日かけてケーキの土台を用意し、当日は卵料理などを仕上げてなんとか三品を揃えている私としては、とんでもない話である。

「だから丁度いいんだろ。坊主は数週間とはいえ店を回した実績がある。アレックスの妹は、ケーキ？　だとかいうやつを一回の説明で焼けるだけの能力がある。折角《せっかく》身元もしっかりしてるのが揃ってんだ、この際人増やして効率上げろっての」

えー、正直、今ぐらいののんびりした経営が私の性には合ってるんだけどなー……。混雑してきたら、常連さん向けのハーブティーのカスタマイズもできなくなるだろうし。

それにしても、他者の言うことを諾々《だくだく》と聞くその態度、いつもあしらうような態度で人と対峙しているマスターらしくない気がする。

私がいない間に、一体何があったというの？

そこを突っ込むと、マスターは苦笑した。

「いやー。前回のギョブの捕物《とりもの》でな、監視網を敷いたり場所を借りたりと、商人達にちと借りができてな。……で、希望を聞いてみたら、奴《やっこ》さんらはこの村に落ち着いた商談場所がないと以前から思ってたんだと。で、今はベルの店があって重宝《ちょうほう》していると」

「はあ、それはありがたい評価ですが……」

お客様に喜んでいただいているのは大変にありがたいけど、それが一体何に繋がるの？　と思っていると。

「で、今後はもっとベルの店を活用したいから、拡大しろ、という話になってな」

「あの、今の話でなんでそうなるんです？　商談専用の建物を用意するとかすればいいじゃないですか」

マスターの話に私は首を傾《かし》げる。それなら、店の営業日を増やすより、そっちを優先すべきなのではないか。そう言及すると、マスターは何度も頷いてみせた。

「そうだよなぁ、お前もそう思うだろ？　だが、今回の影の立役者である黒髪坊主の親がなぁ、旅商人の中の顔役みたいな奴でなぁ……これがまた、口が上手いんだよ」

「はあ……」

つまり、あの黒髪の少年ティエンミン君を先日の捕物《とりもの》の囮《おとり》に借り受けてしまったから、親御さんに強く出られないと。

その商人は、マスターにこう言ったそうだ。

『商談が弾めば、ギルドの依頼が増えるかもしれません。ダンジョン産素材の取引は、やはりダンジョンの巣と呼ばれるこの村が最前線ですからね。もし、ベルさんの甘味処を拡大していただけるならば、我々旅商人達も今後マスター様の更なる躍進を期待し、協力を惜しまないのですが……』

「――ちょっと待って、今の話、何かおかしかったですよね？」

ティエンミン君のお父さん、思い切りマスターに利するって言ってるじゃないの。

私の突っ込みに、マスターはあからさまに視線を逸らす。

「いやあ～、商談内容によってはギルドへの依頼が増えるかもしれん。しかしこの村でそういった商談をしようにも、酒も出す場所ばかりだ。そういうところだと、空気を読まないバカな冒険者が絡《から》んでくるだろ？　だから酒のない、静かな場所が必要で、更にはなにか高級そうな――そう、お前の『けーき』だとかいうのでもてなしつつ、お茶飲んで話せればもっといいってんで……まあ、ベルの出番って訳だな」

わははと笑って話を誤魔化すマスター。

プロロッカは地方にしては大きな支部だけど、しょせんは田舎《いなか》。都落ちしてきたというマスターは、この話を機に、王都に返り咲くことを狙っているに違いない。

「はあ……。なら、他に喫茶店を作ればいいのに」

私の呟きに、マスターはニッと笑った。

「まあ、それだ」

「え？　まだ何かあるんですか」

何か、面倒な感じの話になりそうだぞと、思わずぽちに抱きつく。

勿体つけた様子で、マスターが言う。

「現にお前さんの業態を真似したいって奴もいるんだな、これが。黒髪坊主の親もそうだ」

つまりこれ、喫茶店のライバルが現れそうである、危機感を持って事業拡大のときだ、と煽っているのかな。

「はあ……」

私はぽちを撫《な》でながら、あからさまにため息を吐《つ》いた。

「なんだ、お前だけの特別な事業を盗まれそうなのに、気のない顔して」

マスターが不思議そうな顔をする。

「いえ、お菓子にはどうしたってシュガンを大量に使いますし、そう簡単に真似られるのかしらと。卵やバターといった鮮度が必要なものもありますし。私は、アレックスさんや冒険者ギルドっていう心強い味方がいますが……」

シュガン——この世界での砂糖の原料は、ダンジョンでとれるものだったりする。だから、かなりの高級品なのよね。

それを贅沢《ぜいたく》に使って、私は一日十人を三回転、概《おおむ》ね三十人ぐらいを目処《めど》として料理を作っている。けれど、大型店を作るなら、余程の流通ルートを持っている大商人でもなければ、材料を揃えられない気がする。

「まあ、そうだな」

私の言葉にマスターが頷く。

「とはいえ、甘味を供する店や酒の出ない店が流行《はや》るとなれば、流行に敏感な商人さんならそのうち真似しますよね。私だけの事業なんていっても今だけのことでしょう」

そもそも、現状一杯一杯で回しているから、私としては同業他社様は歓迎したいところだったりするんだけど。

独占販売とは聞こえがいいけど、単純にそういうものが今までは村に需要がなかっただけだと思うんだよねぇ。

なんて考えていると、マスターは笑いながら言った。

「お前はそう言うが、真似るにしたってお前の作る菓子は特殊だ。甘味となれば果実かお貴族様が食べるパンの実の砂糖がけぐらいのところに、プリンだのタルトだのといった、砂糖をふんだんに使った料理を作り出し、提供し始めたんだからな」

マスターは私を指差し、ニヤニヤと嫌《いや》な笑みを浮かべる。

「だから、お前の技術を盗もうって奴らが出てくる。そいつらは、お前の店にどうやって潜《もぐ》り込もうか悩んでいるらしいぞ」

「ええっ」

まだ希望者が増えるの？　しかも下心付きで？　それはやだなぁ。

ティエンミン君には個人的な負い目があるし、カロリーネさんは友人だしで考える余地はあるけど、他の人まで世話する余裕はない。

「需要があるなら他の人もやればいいと思います。そういう商売敵だの、独占販売だのといったことを考えるの、正直苦手です。あと、スパイみたいな人はできれば来ないでほしいです。いちいち気にしながら料理出すのも嫌《いや》だし、神経すり減りそうで」

私はうんざり顔で言った。

「はっはっは！　お前は商売っ気ねぇなぁ。なら、先様には店を出すならお好きにどうぞと言っとくわ。あと、偵察行為は控えめにとな」

「はい……」

「でもまあ、そんな訳だからあの二人は雇った方がいいぞ。この先、余計なもめごとに巻き込まれにくくなるんじゃないか？」

うーん、私は細々と喫茶店をやればいいだけなのに、面倒だなぁ……

困ったものだよ。

「分かりました。それでは二人を雇うことは決まりで、今後については追々考えます。明日はダンジョンへ行かなくてはならないのでそろそろ準備を始めますね。今日はこれで……あ」

「あん？　なんだ、何か言い忘れたか」

「そういえば、マスター。蒸留器って、どこで扱ってるか分かります？」

そういえば忘れてた。そうだよ、マスターに蒸留器について聞こうと思ってたんだ。蒸留水作ったり精油取ったりするのに、前々から欲しかったんだよね。

私の質問に、マスターは金色の片目を大きく見開いた。次いで、口をへの字に曲げる。

「蒸留器ぃ？　なんだベル、貴族趣味の商売だけでなく、今度は錬金術でも始めるつもりか？　お前はいちいち金のかかることばかり考えつくな」

「はい？　錬金術？」

なんでそんな話に？　錬金術って、あの卑金属《ひきんぞく》を金に変えたりする、あれ？　何か、漫画とかアニメとかで流行《はや》ってた、あの錬金術師がやるやつ？

「なんですかそれ。私は別に金とか作るつもりはないですけど。薬師も成分分離とかで使いませんか？　――というかその反応だと、蒸留器自体はあるんですよね」

よし、ここにもあるのか。なら入手自体はできそうかも。私はホッと息を吐《つ》いた。これでハーブグッズ作りが捗《はかど》る。

内心喜んでいると、マスターは首を捻《ひね》る。

「蒸留器はあるが……薬師が何に使うんだ？　薬師は薬草を鍋で煮込んで、呪《まじな》いを使うんだろ」

今度は私が疑問を覚える番だ。

「ええっと……そうなんですか？　私は純度の高い水や、ハーブの精油を取るのに使いたいんですけど。そういうことは薬師の方はしないんでしょうか」

薬こそ、純度や成分濃度が関係しそうなものなのに、この国の薬師は蒸留器を使わないのだろうか。私が不思議そうな顔をしているのに気づいたのか、マスターは髪をかき上げながら大きく息をはいた。

「しっかし……魔法袋やら水魔石やらをあんなに日常的に使っていて、なんでお前は錬金術を知らんのだ。時々、本当に訳分からんところでお前は知識が飛ぶな」

マスターは完全に呆れ顔だ。うーん、この様子だと、錬金術自体は割とポピュラーだったりするのだろうか？

「あのなあ、魔法の道具類が錬金ギルド製だってのは、子供でも知ってる常識だろうが。まあ、いい。蒸留器なら確かにあるが……ただ、特殊な器材だし高価なガラスを使っているからなぁ……取り寄せるにしても、どう錬金ギルドに説明すれば……ああ、そうだ」

ぽん、とマスターは一つ手を打った。そして、ニヤリと人の悪い顔をする。

「お前が店舗拡大を了承するなら、王都のツテを紹介してやらなくもない。どうだ？　それでも頼むか？」

「ううっ……そ、それは……」

マスター、人の足下を見て交渉するのはひどいと思うんですけれど。

でもなあ、蒸留器がないとあれもこれも、作りたいものの半分くらいができない訳で……

「う、うう……はい。でも、あんまり規模を拡大しすぎない程度でお願いします……。正直自分のことで一杯一杯なんで、沢山の人を使うとか無理です……」

私は泣く泣く、その悪魔の提案を呑んだのだった。

第二章　特殊職の昇格試験

月曜……じゃなかった。青月《せいげつ》の日の朝、私は特殊職の昇格テストのためにダンジョンへ向かうことになった。

今回はモンスターテイマーという特殊職の試験のため、ぽちは私の横にしっかりついている。

今日のぽち、ギルドのメダルだけではダンジョンで目立たないかと、ぽちの目の色に合わせた浅い青色のハギレを首元に巻いて、お洒落《しゃれ》させてみました。この子は人間の味方で、悪い子じゃありませんよーというアピールの意味もあったりする。気分だけだけど、一応ね。

そうして、村の入り口の停留所へ来てみれば——

「わざわざ見送りなんて来なくてよかったんですよ、皆さん忙しいのに。それにアレックスさんは、明日から護衛のお仕事があるんでしょう？」

私を待っていたのは、マスターとヴィボさん、アレックスさんの三人だ。

「そうはいかない。ダンジョンに慣れていないベルが、泊りで潜《もぐ》るんだ。そりゃ心配もする。いいか、生水は沸かして飲めよ。寝るときは直接地面に寝ると虫に刺されるかもしれないから、毛布を敷くんだぞ。それから……」

アレックスさんは、そんな風に野営の心得を真面目な顔で語る。心配してくれるのは嬉しいけど、貴方は私のお兄さんか何かですか。

マスターとヴィボさんはって？　呆れたような顔でアレックスさんを見てるよ。

……それと、見送りの人はそれだけではなかった。何故《なぜ》か、店員希望の黒髪少年ことティエンミン君とそのお父さんらしき人に、カロリーネさんもいる。

「えっと、何故《なぜ》ここに？」

おそるおそる聞くと、カロリーネさんが誇らしげに胸を張って言う。

「そりゃあ、ティエン君と一緒に、水精《すいせい》の日に店を任されるからじゃないの。あたし、ちゃんとお兄ちゃんの許可ももらったんだからね！」

「ぼく、ギルドで働けて嬉しいですっ」

「そういう訳なので、これからティエンミンをよろしくお願いします。あ、申し遅れました。私はティエンミンの父でティエンロウと申します」

続けるようにして私に自己紹介などをし、ぺこりと頭を下げる黒髪親子。え、昨日の今日で話が早くない……？

いまいち状況が把握できずに目を白黒させている私に対し、カロリーネさんは笑顔だ。

「ああ、今回は用意されたベルの焼き菓子を使うから心配しないで。でも、ベルが帰ってくる前に、あんたから渡された幾《いく》つかのレシピはちゃーんと作れるようになってるつもりだから、覚悟しなさいよね」

「あ、はい。近々店も拡張するようですし、これからよろしくお願いします……？」

ええと、つまり、二人がここにいるのは。

私がダンジョンに行っている間も、喫茶店運営は平気ですよというマスターなりの気配りですか？

いやいや、ぶっつけ本番な初日に責任者の私が不在とか、割とありえない気もするんだけど……？

朝から何度も驚かされて、今の私はすごく混乱している。マスターは、後ろでサプライズ成功とばかりにニヤニヤしていた。ヴィボさんが呆れた目でマスターを見ているけど、私も同じ気分だよ。

ヴィボさんが頭をかきながらぼそりと呟く。

「仕方がない、手が空く限りはこの二人の面倒をみよう」

「ヴィボさん、いつもながらお手間を取らせます……」

私達は、マスターの思いつきに振り回される被害者同士、視線を合わせてため息を吐《つ》いた。

……それからほどなくして、今日のテストに同伴するという冒険者達が停留所へ姿を見せた。

「待たせたか、悪い悪い」

わはははと笑う三十歳くらいの冒険者は、冒険者ギルドで見かけたこともある、酒好きだけど気のいいと評判のBランク冒険者。フリッツさんという名の彼と、その冒険者仲間が今回の試験の試験官だ。


そうして私は、フリッツさんと、彼の冒険者仲間と一緒にダンジョンへ向かう馬車に乗っている。目的地は一番ダンジョン。ここでは、ダンジョンに番号がついているんだよね。

馬車の中には私とぽち、フリッツさんの愉快な仲間達と、もう一人……何故《なぜ》かロヴィー様が乗り合わせていた。

フリッツさんの冒険者仲間達は、三十歳くらいの盾《たて》持ちの焦げ茶髪の男性と、二十代半ばの斥候《せっこう》兼短剣使いの細身の青年、二十代半ばの赤茶の髪の槍《やり》持ちの青年、十代後半の明るい茶髪の弓使いの少年、という顔ぶれだ。

がたごとと揺れる馬車の乗り心地は相変わらず最悪。それを見越してふかふか綿入りクッションを持ってきたので、お尻の下に敷いた。はあ、これで少しはお尻のダメージも軽減されるだろう。

「あの、ロヴィー様もクッション使います？」

「おや、ありがたいですね。是非ともお願いします」

予備のクッションを渡すと、私の隣でにこりと笑うロヴィー様。相変わらず平民らしからぬ気品をお持ちだ。しかし……

ロヴィー様、同じダンジョンに行くんですか？　それにしてはなんで一人きり？　魔術師って、盾《たて》役の冒険者がいないとダンジョンで働けないって以前に聞いた気がするんだけど……謎すぎる。

疑問が次々湧《わ》いてきて混乱気味だ。私は思わず、足の間にいるぽちに抱きつきわしゃわしゃと首元を撫《な》でた。

「えっと……ロヴィー様、何故《なぜ》ここに？」

しかし我慢できず、私はついにたずねた。

「むくつけき男達の中、ベル殿が不自由されるのではと心配なされたシルケ様が、私めを遣わした訳です。ベル殿はどうぞお気になさらず」

にっこり笑顔で片眼鏡を押さえるロヴィー様。

え、貴方って、そんな役目で付いてきたんですか。

それって過保護すぎるんじゃ……と思いぐったりとしている私の頬を、心配したぽちが慰《なぐさ》めるようぺろりと舐《な》める。ああ、ぽちだけだよ、私の心を癒《い》やしてくれるのは……

◆◆◆

村から発つことおよそ一刻……二時間ほどをかけて、一番ダンジョンに馬車が着いた。もう陽は中天に昇りつめている。はあ、疲れた。

停留所で馬車を降り、目を上げたすぐそこに小高い岩の丘が見えた。丘のところにぽっかりと穴が空いている。それが、一番ダンジョンの入り口とのこと。

ダンジョン前には簡素ながらも木の囲《かこ》いがあり、数人ほどが休めるような粗末《そまつ》な小屋も建っている。穴の側には、兵士らしき人の姿が。一応、国に管理されているってことかな。

「さて、いつまでも入り口に突っ立ってる訳にもいかねーし、行くぞ」

フリッツさんの合図で、私達はダンジョン内部へ向かう。中に入れば、洞穴《ほらあな》は、どこかしっとりとした空気に包まれていた。天井からぽつぽつと水滴のしたたる音が聞こえる。

隊列を組み、先頭を行くのは斥候《せっこう》の青年。片手に短剣、もう片手には松明《たいまつ》を持ち、盾《たて》持ちさんと共にゆっくり進んでいく。

続いてフリッツさん、その横に私とぽち、それにロヴィー様が並ぶ。そして槍《やり》持ちさんと弓使いさんが後衛を固めるという布陣のようだ。

「いいか、最初はお前とそのシルバーウルフの連携を見る。ゴブリンが出てきたら、俺達は攻撃せず、お前の防御に徹するから、シルバーウルフを上手く使ってゴブリンを倒すんだ」

「はい、分かりました。ぽち、これから試験だって。一緒に頑張ろうね」

「くうん」

私はじめじめした暗い道に怯《おび》えながらも、ぽちの首に手をやってその温かさを確かめる。そしてフリッツさんにしっかりと頷いてみせた。

「私めはベル殿の危機以外には手は出しませんから、試験官の皆様はいつも通りにお願いします」

そして、ロヴィー様はご覧の通りである。なんだか、試験官の皆さんに申し訳ない気分になるなあ。

今回試験に使われる一番ダンジョンは、この国でも最も初心者向けと言われているダンジョンとのこと。

ええっと確か、冒険者ランクはEから始まるんだよね。Eランクは雑用をこなしながら依頼遂行能力を磨いて、Dランクで初めて村を出て、野犬などを相手に戦闘に慣れ、Cランクでようやくダンジョンに潜《もぐ》るんだったっけ。

このダンジョンは、Cランクになりたての少年らでも狩りができるようなところだそうだ。つまり、弱い種類のモンスターしかいないらしい。

そんな、今まで野犬の撃退ぐらいしかしてなかった子達が来るくらいだから、割と安全なのだろう。

この天然の洞穴《ほらあな》には、数が増えると厄介だけど、単体なら多少の心得があれば子供でも倒せるレベルの小鬼《ゴブリン》が中心に巣を作っている。入り口付近には縄張り争いに負けた弱い種類が、奥に行くと弓持ちゴブリンや盾《たて》持ちゴブリン、更には魔法使いゴブリンなどの手練《てだ》れが待ち構えるという。

まあつまり、ここ全体をゴブリンの巣と考えればいいのかな。

ゴブリンかぁ……従兄弟《いとこ》に巻き込まれて小さい頃遊んでたゲームで、最初のダンジョンとかに住んでたあの緑の肌の生き物のことだよね。確か、潰しても潰しても湧《わ》いて出てきた覚えがある。

現実もあの通りだとすると、かなりうんざりするな。

あ、今回はダンジョンに入るというので、いつものワンピースでなく、古着屋さんで状態のいい腰丈チュニックと厚手のロングパンツを数枚ほど買って備えている。……手持ちのダンガリーシャツやジーンズは、余りに品質が良すぎて良家の娘と間違われるから使うなってアレックスさんに言われて、慌てて買い揃えたのだ。

この国、いわゆる既製服はないけれど、古着の類《たぐい》はそれなりに売っているんだよね。

衣服に既製品という概念はないため、服が欲しければ仕立てることになる。それは布を買うところから始まるんだけど、布はとても高価なものだ。そのため、毎年大きくなる子供の服を仕立てられるような裕福な家庭は、それほど多くない。それこそ、富豪の商人の子供くらいなものだろう。

一般市民は、友人のつてで古着を安く手に入れるか、兄や姉からのお下がりを着るのが普通だ。

そんな風に延々とお下がりを経て古着屋へ売られ……その成れの果て的なものが、私が手に入れたチュニックである。

古着を手に入れたはいいけど、ぼろ雑巾《ぞうきん》かってぐらいに臭うし穴は空いてるしで大変だったから、初日は宿舎の洗い場の洗濯石けんを借りて、徹底的に洗い倒した。

それから、しみが気になるので草木染めもやったよ。その上で、抗菌効果のあるハーブ水で滅菌消臭し、膝や肘《ひじ》などのダメージ箇所に継《つ》ぎ当てをして、ようやく着られるようになったのだった。

本当に、ものすごく大変だった……まあ、社会勉強にもなったけどね。今度はお金はかかるけど、新品を仕立てようって決めたくらいだ。古着の方が楽だと思ってたけど、服を縫った方が絶対楽だと思う。

足下は、新品のフェルト靴下と中古の革靴。ああ、革靴にも殺菌と臭《にお》い消しの効果があるシューキーパーを入れておきましたよ、勿論《もちろん》。ラベンダーやミントなどのドライハーブを綿でくるみ、布を被せて靴に合うように形を整え巾着包みして、麻糸で縛っただけのものだけど。三日も放置しておいたから、まあどうにか臭《にお》いは気にならなくなったかな……

そんな素朴《そぼく》な格好に身を包んだ私は、きっと見送りに来た商人の息子ティエンミン君よりもずっと田舎者《いなかもの》に見えていたことだろう……泣ける。

——と、苦労を思い出していたところで襲撃だ。

「はいベルちゃん、ええと、こっちはぽち君だったか。前方からゴブリン五匹が来ましたよっと」

先頭で聞き耳を立てていた斥候《せっこう》の彼が、敵の足音を捉えて私達に伝えてきた。

「はい、分かりました。ぽち行ける？　前方からゴブリンが五匹だって」

「わんっ」

ぽちは私の言葉に答えて、走って……すら行かなかった。

ぽんと五つの火が灯《とも》り、それが走り寄るゴブリン達の首元へと吸い込まれるように突き刺さって……

わんっと吠えたときには、前方のゴブリン達は、ぽちが放った小さな火の礫《つぶて》に貫《つらぬ》かれ、息絶えていたからである。

「……あれ、楽勝かな？」

「わふん」

どうだとばかりに胸を張るぽちの頭を撫《な》でる。周りの試験官達はというと、ぽかんと口を開けていた。

「し、シルバーウルフの魔法……初めて見た」

「ていうか、主人の隣から動きすらしなかったぞ」

動揺しざわざわと話し合う試験官の様子を見ながら、何故《なぜ》かロヴィー様が我が事のように誇らしげにうんうんと頷いているのが、結構印象的でした。

◆◆◆

「ううーん、何か嫌《いや》な夢を見たよ。あ、ぽち、おはよう」

「わん」

ダンジョン内で迎えた朝。

今回の試験では休憩時の行動も重要視されているらしく、ダンジョン内で一泊することが必要とされていたのだ。まあ、当然ながら安全が確保された場所での野宿だけれど。

従兄弟《いとこ》との数少ないキャンプの記憶と、アレックスさんからのアドバイスを思い出しつつ、昨日はなんとかテントを張ったんだった。見張りも一番目にこなし、そのあとはすっかり大きくなったぽちのお腹におさまって眠ったのだけど——

嫌《いや》な夢を見て飛び起きてしまった。

「ぞ、ゾンビになったゴブリンに追いかけられる夢とか見ちゃった。うぅー。まだ手に感触が残ってる気がするよ」

絶対昨日の剥《は》ぎ取りのせいだ、と、ぽちの首に縋《すが》りついて泣き言を言う。まさか、戦闘のあとに素材剥《は》ぎ取りの訓練まであるとは思わなかったんだよ。

生き物を倒す覚悟もせずダンジョンに潜《もぐ》ったのが、そもそもいけなかったのだろう。

「それでも、最初の敵がゴブリンでよかったのかもしれないなぁ。耳を削《そ》ぐだけで済んだんだし……」

ゴブリンは可食部位もなく、魔石という魔力を溜める特殊器官も未発達なため、討伐《とうばつ》の証明部位である右耳を削《そ》ぐだけで済む。けれど魔石があるモンスターなら、その箇所を切り開いて抉《えぐ》り出すというかなり怖い作業をしなければならない。

それと比べたら、今回はまだ楽な方なのだ。でも生き物の耳を切るとかすっごい怖くて怖くて。

涙目でブルブル震えながらやってたら、可哀想に思ったのか、途中からぽちが魔法で上手に耳を削《そ》いでくれたよ。

宿泊地に辿り着くまでに四回ほどゴブリンと遭遇したので、五匹と三匹と二匹と最後は八匹だから……ええと、今は十八個の耳が袋に入っているのか。うう、心が沈む。

「……アレックスさんが用意してくれた剥《は》ぎ取りアイテム用の魔法袋に詰め込んであるけど、持ち歩くの正直嫌《いや》だなぁ……」

でも、ランク上げには討伐《とうばつ》証明が必要っていうんだから、我慢して持ち歩くしかないんだけど。

「そんな強力な契約獣連れてるってのに、それじゃ宝の持ち腐れじゃねーか。ダンジョンは宝を探しに来る場所だってーのに、何を辛気《しんき》臭くぼやいてんだ」

ぽちに縋《すが》ってぶつぶつ呟いてたら、フリッツさんに鼻で笑われた。

彼曰《いわ》く。

この洞窟は、今は初心者御用達《ごようたし》の安全なダンジョンというイメージがあるけれど、過去はレベルが高く、チャレンジする冒険者が最も多かった場所だという。

かつてゴブリンが大量発生し地上に溢《あふ》れたことがあって、そのときにゴブリンが人から財宝などを奪ったそうだ。このダンジョンにはそれらが眠っているということで、過去のお宝を探しに来る人達があとを絶たなかったんだって。

モンスターの中では最弱のゴブリンといっても、数が増えれば脅威。それに、長く生き延びたゴブリンはどんどん狡猾《こうかつ》になり、人の技を盗んで剣や盾《たて》、弓などを上手に使いこなすようになる。そうした強力なゴブリンに倒された冒険者の武器防具が、今度はお宝となってダンジョンの奥に眠るうちに、稀《まれ》にだけど、ダンジョンの魔力を溜め込み、魔剣や魔力を帯びた武器防具になることもあるらしく……

巡り巡って、討伐《とうばつ》に来た冒険者の手に渡るそうだ。

「でもそんな希少なもの、十年に一度出ればいいという話だけどな……」

そんなことを言いながらテントを畳む、フリッツさん達。

――危険な場所に命を賭《か》けてまで出向く気にはなれないなぁ。いわゆるそれが冒険心、ってことはなんとなくは分かるんだけど。ああ、だから彼らのことを冒険者っていうのかな？

対して私は、そんなことを思っていた。

「はあ、今日もゴブリンの耳の削《そ》ぎ取りかぁ……気分が滅入る」

そんな最悪の気分のまま、私はぽちに水を出してもらって顔を洗い、ぽちをガードにこそこそと毛布の下で着替えを済ませると、朝食の用意を始めた。

といっても、店売りの怪しい干し肉は信用できないし、王都産を謳《うた》うドライフルーツはやたら高級だしで、自作の道に走ることにしたんだけど。持ってきたのは、簡素なものだ。

主食はナッツと蜂蜜《はちみつ》を加えた、お手軽パワーフードな堅焼きクッキー。

飲み水は、ぽちに美味《おい》しいお水を出してもらう。

「あ、ロヴィー様も食べます？」

もそもそと不味《まず》そうな顔で干し肉を齧《かじ》るロヴィー様が不憫《ふびん》だったので、大ぶりのクッキーを差し出した。彼は、ぱっと笑みを浮かべて受け取る。

「私めにもいただけるのですか？　それはありがたく……おお、これは甘くて美味《おい》しいですね」

「お水にはすっきりするようミントの葉を浮かべてありますのでどうぞ」

そうしてほのぼのしてたら、朝から堅パンと干し肉という、顎《あご》が外れそうなメニューをこなしてるフリッツさんにぼやかれた。

「女子供は朝から甘ったるいもの食って幸せそうだなぁ、おい」

「そうですねえ、朝から美味《おい》しいものを食べられるのは幸せです」

どうも子供扱いされるなあと内心むっとしつつ、しれっと答える。

「いーなー、あれ木の実も一杯だし、蜂蜜《はちみつ》の匂いとかするぜー」

「絶対美味《うま》いよなぁ、分けてくれないかなー」

斥候《せっこう》の人と槍《やり》持ちの人が、なんだか羨ましそうな顔でこっちを見て、こそこそ言っている。そういえば、彼らはよく見ると茶色の中にほんのり色の乗った珍しい髪色をしているから、魔法使い適性のある人達だったりするのかな？　前に、魔法使いの人は自分の適性に合った色の髪をしていると聞いたことがあるし。

「沢山持ってきたから数に余裕ありますよ、お二人とも食べます？」

思わず、いつもの喫茶スペースのノリで話しかけた。

「おお、ありがとう！　うちのリーダー酒飲みだから、甘いのとか食わせてくれなくてさー。実はすっげえベルちゃんとこ行きたかったんだよな」

「うわあ、これまじ甘くて美味《うめ》ぇ」

にこにこ顔で食べる二人に、なんだかほっこりする。

「おっ前らー！　女子供に飯をたかるなーっ！」

まあそのあと、宿泊跡を消すように片付けていたフリッツさんに拳骨《げんこつ》食らってたけど。

◆◆◆

朝ご飯を分けたことで、斥候《せっこう》さんことクーンさん、槍《やり》持ちさんことヘリーさんと、私は甘味好き同士仲良くなった。そうして和気藹々《わきあいあい》と出発したんだけど……

すぐに私は、ぽちと引き離されることになる。

そこは昨日と同じ、じめじめとした洞窟の中。

湧《わ》き水が水たまりを作っていて足元が滑《すべ》りやすくなっているので、私はぽちに掴まってなんとか踏ん張っていたところだった。

「えー、ぽちと離されるって、なんでですか！」

鈍臭《どんくさ》い私がぽちから引き離されたりしたら、絶対滑《すべ》ってこけますよ！

「あん？　契約獣が主《あるじ》の近くで命令を聞くのはなー、当たり前なんだよ。問題は自立して動くとき。だから、少なくとも四半刻は離れて、人に攻撃してこないかを確認しなきゃなんねーの。テイマーなんだから、それぐらいの常識は知ってろよ」

フリッツさんに呆れた目で見られたけど、私はこの世界に来てからこっち、ずっとぽちと一緒にいたんだから、引き離されたら不安になるに決まってるじゃないですか。

「ううー、ぽち。四半刻ほど離れて行動だって。ぽちは大丈夫？」

「ぐる……」

ぽちは低く唸りながらフリッツさんを威嚇《いかく》している。うん、ぽちもご不満な様子だ。

「ベル殿、これはそういう試験なので、我慢していただければと」

「う……、はい、仕方ないけど分かりました」

ロヴィー様に重ねて言われて、渋々頷く。

「ぽち、ちょっとだけだから、我慢してね」

「わふう……」

「それでは試験を進めて下さい」

「あーはいはい、分かりましたよ魔術師殿。では、契約獣の自立行動試験、開始だ。契約獣を三十二フット分は離すんだぞ」

フリッツさんは、そう言って試験開始を宣言する。

この世界の長さの単位は、いわゆるフィート法だ。

大人の足の大きさ何個分かという換算をするので、三十二フット分は約十メートルになる。

どうやら契約獣は主《あるじ》と十メートルも離すと自立行動を取り始める、と考えられているようだ。

「うう、ぽち、一人で頑張ってね。ちゃんと周りを見て、警戒するんだよ」

「ぐるう……」

すごーく嫌《いや》そうにしつつも、ぽちは私の側を離れて暗がりの中へ行く。

「ぽち、ベル殿は私めが見ておりますから気にせず試験を頑張りましょう」

私の隣に付いたロヴィー様がそう優しく励《はげ》ます。

「そうそう、ベルちゃんのことはオレらも見てるからさー」

クーンさんが先頭で明るく言う。

「ぽち、これが済めばベルとずっと一緒だ。頑張れ」

ヘリーさんが温かく後ろから言葉を贈る。

「わんっ！」

三人の励《はげ》ましが効いたのか、ぽちはうなだれていた頭をぐっと持ち上げて、暗がりの中で元気に「がんばるぞ」と鳴いた。

わんっ……わんっ……わんっ……

狭い洞窟の中、ぽちの元気な鳴き声がこだまする。

「おい、バカ、そんなでけー声で鳴いたらモンスターを引き寄せ……」

慌ててフリッツさんが小声で叱るものの、時すでに遅く……

暗がりの中、あちこちの穴からわらわらとゴブリン達が湧《わ》いて出てきた。

弱い松明《たいまつ》の光の中で目を凝《こ》らせば、その数はひいふうみい……えっ、二十匹以上いるんじゃないの？

あっ、私達の後ろからも来ちゃったよ。

慌てる私の後ろで、ヘリーさんがランタンを私に渡しながら槍《やり》を構えた。

「後ろは任せろ」

「うわわっ、こっちからも来たぁ！　あの狼《おおかみ》め、騒がしくするから囲《かこ》まれたじゃないか！」

「バカッ、そういうお前もうるさいわっ」

弓使いさんが弓を構えながら文句をつけて、それをフリッツさんが怒る。その声にまたゴブリンが反応したり──と、あちらこちらで混乱し、大変に忙しい。

そんな中でもわらわらと、ゴブリン達は湧《わ》いて出る。

……B級映画の敵の群れじゃないんだから、気を利かせてそんなに増えなくていいのよ？　なんて余裕で考えられるのは、ベテラン勢が私の周りを固めてくれているからだろうか。

よし、私も一応、魔力膜《まく》をいつでも張れるように覚悟をしておこう。

そう気合を込めている私の横で、ロヴィー様が細眉《ひそ》を顰めるのが見えた。何か気になることでもあるのかな？

「ヘリー殿、弓使いのお若い方、後方は私めも手伝います」

私の横で杖《つえ》を構えながら、ロヴィー様が伝える。

「正直、そうしてくれると助かる」

「はいはーい、是非ともお願いしまーす」

二人はとても冷静そう。だけど、そろそろ細道に溜まりすぎて数が分からなくなりつつある緑の肌のゴブリン達に、私は腰が引けていた。普通に怖い。

悲鳴を上げそうな口を片手で塞《ふさ》ぎつつ、反対の手でランタンを掲げるのがやっとという状態だ。

え、これ、さっきより増えてるよね？　絶対五十匹以上いるよ。

口を塞《ふさ》ぎ声を殺すのに忙しい私は、だからロヴィー様の呟きを聞き逃していた。

「……しかし、こんな浅い位置でこの湧《わ》きは、少々おかしいですね。これは、集団暴走《スタンピード》の前兆では」

……そんな、恐ろしい呟きを。


その頃、前方では本格的な戦いが始まっていた。

「うぉんっ？」

ぽちは大量のゴブリンに少々驚いたようだけど、すぐに落ち着いたらしく、前脚や尻尾で近寄る敵を迎撃し、遠くにある者は火の球で倒しと、昨日の再現でさくさく倒し始めた。

おお、うちの子強い。思わず口を塞《ふさ》いでた手を外し、ぐっと拳《こぶし》を握る。

「ぽちー、がんばれー」

控えめにぽそっと応援するぐらいはいいですよね、ね？

そんなぽちの奮戦に漏れた敵は、前衛が受け持つようだ。

盾《たて》持ちさんが片手剣で牽制《けんせい》し、攻撃を盾《たて》で受け流す。偉丈夫《いじょうふ》たるフリッツさんが身の丈ほどもある両手剣で槍《やり》のように突き刺さし、あるいは、クーンさんがひょいと短剣で
急所を正確に突く。

「……すぐ近くに脇道が通ってなくてよかったなー」

「だな。流石《さすが》に脇から大量に来られたら厳しかったかもしれん」

そんなぞっとすること、笑顔で言わないで下さいよ。

とはいえ、洞窟の道は狭く、数メートルほど先の脇道から出てきたゴブリンは押し合いへし合いして、私達のところまではそう簡単に来られない様子だった。

狭い道幅ゆえに少数ずつでこちらに来るゴブリンを、前方ではベテラン三人が息のあった連携で難なく対処し、後方ではロヴィー様の水の矢の援護射撃を受けつつ、ヘリーさんと弓使いさんが片付けている。

五匹、十匹とやられるうちに、さすがにゴブリンも警戒しだしたようだ。場が膠着《こうちゃく》し始める。

睨《にら》み合いを続けること、数分。焦《じ》れて先に動いたのは、やはりゴブリンの方だった。

「ギュアアア！」

立派な剣と盾《たて》を持ったゴブリンが叫んだ。リーダー格だろうか。そのゴブリンのけたたましく醜《みにく》い声が、洞窟に響く。その声が号令となったのか、ゴブリン達が群れをなして動く。

私は悲鳴を上げかけたけれど、ぽちは冷静だった。

なんと、声を上げたリーダー格の大きく開いた口の中に、ひょいと火の球を突っ込んだのだ。

それは多分、一瞬のことで——

「……ギュオォ!?」

喉《のど》を焼かれたそれは剣と盾《たて》を放し、両手で喉《のど》を押さえ蹲《うずくま》る。

するとどうしたことか、それまで勇敢に突っ込んできていたゴブリンが困惑したように足を止めた。中には後ずさりし始めたものもいる。途端に、ゴブリン達は統率が取れなくなっていた。

どうやら、あのゴブリンが群れのリーダーだったみたいだ。

「……しかし、剣だの盾《たて》だの持った古参も、全くといっていいほど、あの契約獣――ぽちとかいう奴に歯が立たないな」

フリッツさんがぽちの奮戦を見て、ギャアギャアわめくだけの小娘には勿体ないな……と残念そうに呟いている。

ええ、ええ。そうでしょう。うちのぽちはすっごく強いんですよ！　私は光源を確保しつつも密かに胸を張る。それから、うちの子はあげませんからね！

と、そうこうしているうちに、周りが静かになっていることに気づいた。見ると、周囲からゴブリンの姿が消えている。

「あ、ぽち、戦い終わったの。お疲れ様」

「くうん」

ぽちはぱたぱたと尻尾を振りつつ、ちゃんと三十二フット離れたところで立ち止まっている。

「よし、これで試験終了だな。問題ないだろう」

と、フリッツさんが言ったので、私は頷いてぽちに声をかけた。

「ぽち、もうこっちに来てもいいって」

「わん」

私の声にぽちが戻ってくる。えらいねと、一杯撫《な》でた。

「ベル殿、ぽち殿も流石《さすが》です」

「きちんと自立行動できているな。これなら問題ないと報告できるだろう」

「すげーな、ぽち。えらいぞ」

周囲から口々に褒められて、私もぽちもひと安心だ。いい報告を持ち帰れそうだよ。

試験終了に賑《にぎ》やかに話す中、ロヴィー様が口元に指先を立て、静かにするよう注意する。

皆は、現状を思い出して声を落とした。

そういえば、ここはさっき大量のモンスターに襲撃された場所だったよ、危ない危ない。気を抜いてる場合じゃなかった。

ぽちを私の側に寄せて隊列を戻したところで、「ところで気になったことがあるのですが」とロヴィー様が真剣な顔で皆に告げる。

「酒飲み《ドランカー》、明らかにこの一番ダンジョンの様子はおかしいですよ。こんな浅い場所で一度に五十匹以上出没するなど、まるで集団暴走《スタンピード》の前兆です。ベル殿の試験内容は全て確認できているのですし、早めに撤収してギルドに報告するべきでは」

思ったより深刻な内容に、フリッツさんもこくりと頷く。そういえば、ロヴィー様達王都の魔術師はダンジョン調査のためにここに派遣されていたんだっけ。そんなことを私は思い出す。

フリッツさんは顎《あご》に手を添えて、考え込むように言った。

「そうだな……。一番ダンジョンはCランクに上がったばっかりの奴らの遊び場にしてもう長い。浅い層でも練習はできるし、正直お宝もないこの場所は、Cメジャーですら潜《もぐ》る旨みがないと言って出掛けてこない場所だ。ボスや古参を狩らずにいたせいで、必要以上に上位が増えている可能性があるのかもしれない、か。……分かった。試験はあと一日設定されているが、もう問題ないしな。ここは切り上げて、さっさとマスターに相談しよう」

そういうことを言われると、後ろがすごく気になるんですけど？

そうして私は、ボスが現れるんじゃないかと後ろを振り返り、振り返り、こわごわと入り口を目指したのでした。

ちなみにロヴィー様曰《いわ》く、フロアボスのようなものにはもう出会っていたんですって。立派な盾《たて》と剣持ちの、Bマイナーに近いCランク相当の奴が。

ああ、いたね。そういえばそういうの……

ぽちが火の球を食べさせてた奴。

気づけばぞっとする話だ。えらいえらいと、帰りの馬車で私はぽちを撫《な》でまくった。

第三章　新規店舗とＤＩＹ

　ダンジョンから帰ってすぐに冒険者ギルドに向かい、私達は一番ダンジョンに集団暴走《スタンピード》の可能性があることを報告した。

　いつもなら帰るとすぐ酒に走るはずのフリッツさんが深刻そうな顔で「内密の話がある」と言ったので、マスターはその様子に緊急性を感じたようだ。すぐにフリッツさんとロヴィー様、そして私を会議室に招いた。

「――それは、間違いないのか？」

「入り口から半日の位置で、五十匹以上の襲撃が起こったんだ。深部からの湧《わ》きと見て間違いないだろう。俺らの前に報告がなかったとすると、ボスの取り巻き連中が先走って襲撃をした、ってところだと思うが」

　フリッツさんの言葉に、マスターは顎《あご》に手をやり一つ頷く。そしてテーブルに広げた羊皮紙《ようひし》に何事かを書き付け、秘書役のように側にいるヒセラさんに渡した。彼女は優雅に一礼すると、羊皮紙《ようひし》を持って狭い会議室から出ていった。

「そうか。なら、今日からしばらくは調査班以外の進入を禁止。そして近日中に掃討作《そうとう》戦を開始だな」

いつものぐだぐだな様子と違い、マスターは真剣な表情だ。

いつもこうなら尊敬する気にもなるんだけどなあ……

そうして、私達の報告は終わった。

そうそう。肝心の試験のことだけど、特殊職試験の合格が試験官であるフリッツさんからマスターに告げられ、承認を経て本日付けで私の昇格は認められたようだ。

はあ、よかった。ダンジョン攻略とか、やっぱり向いてないし、一度でたくさんだよ。

今回の試験の結果、ぽちの能力からすればBランクに飛び級でもいいぐらいだと言われた。けれど、何分私達には実績というものが全くないことから、Cランクから経験を積めとの助言をいただき、Cランクの認定となった。そういうことで、今回の試験は決着がついたのだった。

試験の結果も出たし、さて、では上司のヴィボさんにご挨拶《あいさつ》をと思って食事処の方を見ると……あれ？

何か壁に、見慣れない扉がある。ううん……？　気になる。

好奇心も手伝い一旦ギルドの建物を出て、隣を確認したら……

「うーん、改めて魔法って狡《ずる》い」

私がダンジョンに行っている間に、ギルドの隣に喫茶スペースが増設されていた。魔法で新しい店舗が建てられていたのだ。

多分これ、マスターが私が店舗拡大を渋る前に、さっさと器《うつわ》を作っちゃえと考えてやったんだろうな。そこに資本として、例の商人の皆様の力も加わっているに違いない。うーん、大人って汚いね。確かにこんな立派なものを作られると、断りにくいかも……

そういえば以前から気になっていたことがある。平原の中にこの村はある。村の中には、石造りのお店が並んでいて……。この建物の素材は、一体どこから来るのだろう？　と。

今回マスターに改めて聞いたら……なんでも、この国には石材ダンジョンと言われる岩山があるのだそうだ。

その、石材が採《と》れるダンジョンから切り出した石を、大容量の魔法袋を持つ建材屋さんらが各地に配送する。それを、身体強化が使える建築屋さんが力に任せて積み上げて、ガンガン建物を建ててしまうんだとか。

これがまた、下手な重機よりも小回りがきくわ正確だわで、とんでもスピードで建築ができるらしい。まさに魔法さまさまだね。

「まあ、奴らは慣れてるから、安全性も問題ない。恐ろしく早いが、それも魔法が使えるならおかしなことではないからな」とは、マスターの言。

何せこの世界には、大昔、魔術師の王様が一人で空に浮かぶ大きな城を建ててしまったという伝説があるくらいだ。

これくらいの規模の建物が数日で出来上がることなんて、不思議でもなんでもないらしい。

「それにしても、よく土地が余ってましたね」

「いや？　余ってはいなかったが、ギョブの奴が捕まったから奴の豪邸分の土地が浮いただろ？　一等地で、普通の屋敷なら五軒は建つ規模のやつが。そこでまあ、隣の店と色々交渉して……まあ、なあ？」

「うわあ、詳しい話は聞きたくないです」

私は慌てて耳を塞《ふさ》ぐ。そのニヤニヤ顔が嫌《いや》なんですよ。

「なんだ、ここからが面白いのに。いずれにせよ、あのバカ共が潰れたお陰で、少しは街の中に空白が生まれたんだ。その点はまあ感謝しなくもない」

私の隣に立ち、何もないがらんどうの新店舗を眺めやるマスターは、なんとも言えない味わい深い表情を浮かべていた。

うん、いつもこう、渋い顔してれば格好いいのにね……中身が本当に残念なんだから。

「うーん、嬉しいとも、なんとも言えないです」

「そりゃあ、直接被害を受けたお前さんはな、複雑だろうさ。とにかく、カウンターやらキッチンストーブやらを運び入れるぞ。お前さんも袋を使って手伝え。自分の店なんだからな。あ、それからこっちは完全にお前さんの城だ。内装だの、備品だの、やりたいことがあるなら好きにしていいぞ。ただし、ほどほどにな」

「はーい。自分の店かぁ……」

今度こそ、私だけのお城ができる！

そう実感すると、わくわくが止まらなかった。

◆◆◆

冒険者ギルドの隣に、新しい私のお城ができた。

——とはいえ、この世界は甘くない。

今の私はまだCランク冒険者で、薬師見習いという半端な存在。世間に認められるだけの確たるものは……アレックスさんの後見を受けているという、それだけだ。

だから、私がこの村で安心してぽちと一緒に喫茶店をやれるようにするためには、まずは冒険者としてのランクを更に上げて、Bランクを目指すことが必要な気がする。

「CランクからBランクに上がるためには、実績と半年の期間が必要……か」

私はこれから、どうすればいいのか。宿舎の自室で朝の日課の魔力コントロール修業を行いつつ、先のことを思った。

最近は考えごとをしていても、安定して魔力膜《まく》を張れるようになっている。なので、朝の修業時間は、集中して考えごとをするのに丁度いい時間になっているんだよね。

「うーん、早め早めに実績作りをするとして……陽天《ようてん》の日は必ず森に行って、Bランク相当の獣《けもの》でも狩ってきたらいいのかな。森の獣《けもの》は美味《おい》しいし、ぽちのお肉や賄《まかな》い用の食材も取れて、一石二鳥だよね。一日あればそれなりに数も狩れるだろうし。ぽちと私だけじゃ森歩きもちょっと危ないけど、お母さんに手伝ってもらえば、安全面も問題はなさそうだし……」

ここは上級冒険者とされるBランク昇格を目指して、私なりに足掻いてみようと思うのだ。

「あ、今まで三割増しで商人に買ってもらっていたお砂糖を、ギルドの依頼を受けてってそっちの方に回すのもありなのか。砂糖ハンターなんていう専業もいるらしいし、ギルドの実績の一つにカウントされるかも。よし、色々工夫してガンガン冒険者の仕事をこなすぞ」

ぐっと拳《こぶし》を握りしめる。

「でも、厨房《ちゅうぼう》でのお仕事や、喫茶店経営も大事だしね。冒険者ギルドの横にできた私のお店、明後日にはオープンさせろってマスター言ってたし……。うん、今日も頑張ろう」

こうして、日々の仕事を着々とこなす。今日はギルドでのお仕事だ。

ギルドに着いた私は、ヴィボさんを手伝い、朝の仕込みをする。それが終わったら、空き時間にヴィボさんの大型オーブンを借りて、次のオープン日用に日持ちするケーキを焼いていく。ドライフルーツ入りのパウンドケーキとか、タルトの土台とか、そういうのだね。

冷暗所に数日間置くと旨味が増すタイプのやつは、作り溜めておけば在庫切れのときの代用など、いざというときに役立つから、時間ができると作っておくんだ。

そんな食事処の隣では、職人さん達の厳しい指示が飛んでいる。今日から私のお城は、内装工事に入っているようだ。

といっても、質実剛健《しつじつごうけん》というか素っ気ない造りの店が多いこの村では、店を飾るとか、内装を凝《こ》るという考えがない。だから、内装工事といっても内部の石の表面を整えたり、備品が納入されるだけなんだけど。

その後は、四人がけのテーブル五つと二人がけテーブル五つ、それに椅子を三十脚、棚などを運び入れたら終わり、という……今日だけで完了しそうなぐらいの内容だ。

それだけだといかにも殺風景《さっぷうけい》で寂しいでしょう？　だから、自分で何かできないものかと、先ほどから料理を作りつつ、頭を捻《ひね》っている訳だ。

「あ、木の椅子に直接座るとお尻が冷たいから、クッション作らないとなぁ……」

隣に増築した店は、これまでの喫茶スペースから三倍くらいの広さになっている。

そこに、テーブルを余裕をもって並べるつもりだ。商談にも使うというから、簡単な目隠しほどの仕切りをテーブル間にでも立てようか、とざっくり考え中。

だからそれ用に、薄い板に足を付けただけの簡単なものを木工細工の店に頼んでいたりする。

まあ、最低限視線を遮《さえぎ》ることができればいいだろう。最終的には、内装に合わせて表面に布を貼るなりしようかな。

「テーブルのサイズはこれぐらいだから……仕切りを入れても広さは問題ない、と。カウンターは倍に伸ばして、クーンさん達に評判だった携行食もどきや持ち帰り用の焼き菓子を籠に入れて置いたりするのはどうだろう。下手に品数増やすと今度は管理が大変だから、そこは絞って。満員の席を見て残念そうに手ぶらで帰るお客さんが、それで減るかもしれないしね」

私は大量の卵を割り、粉をふるい、と手は休めずにケーキの生地を作りながら、理想の店内を考える。

ちなみにヴィボさんはといえば、今日も私の隣で夜の分の臓物煮の仕込みを続けている。こっちが店内の内装についてぶつぶつ呟いていても、気にせずマイペースに自分の仕事を継続だ。うーん、相変わらずどっしりとしていていい上司だよね。大変ありがたい。

オーブンを覗くと、いい感じでケーキが焼けている。これは冷めてから冷暗所に置いてっと……

「よし、ケーキの仕込みは終わり」

パンを置く棚に、焼いたばかりのケーキを並べて冷ましつつ、手持ち無沙汰な私は再び喫茶店の内装について考える。

「ええっと、これからはティエンミン君とカロリーネさんも加わるから、お茶淹《い》れや精算は任せてもいいんだよね。お菓子も作れる量が増えることを考えれば、持ち帰りを増やすのは平気……よね？」

ということで、持ち帰りについては確定と。

あとは、やっぱり内装だ。

今朝覗いた店内を思い出すと、石造りの店は、灯《あか》り取りの窓が複数空いているだけで、あとは灰色の石の壁がそのまんま露出した、素っ気ない造りだった。それに窓自体も高価なガラスなど使っていないため、鎧戸《よろいど》を開けたら風が素通しだったりする。

「うーん、それじゃあ余りにも味気ない……」

「くうん？」

あ、あんまりぶつぶつ独り言を呟くもんだから、足元で骨を齧《かじ》ってたぽちが首を傾《かし》げてる。ごめんごめん。

「ええとね、あの扉の向こうに、広くなった私のお店があるんだよ。でも、今は何もないから殺風景《さっぷうけい》だなー、と思って色々考えていたんだ」

と、ぽちの頭を撫《な》でつつ言うと、彼はきょとんとした顔をした。ああ、うん、こんなこと言われても分からないよね。

そのままぽちをもふもふしつつ考える。

私の店にするなら、ゆったりとしてナチュラル志向な、木のぬくもりのあるものにしたい。だけど……そもそもが壁も床も石造りな訳で。はあ、どうしたものか。

もう時間がないのだから、大急ぎで内装も済ませてしまうしかないんだけど。

……こういうときは、先人のお知恵を借りよう。前世でよくテレビで見ていた、人気タレントさんのDIY番組を思い返してみるのだ。

「カントリー風内装といえば、ホームセンターで適当な板を買ってきて、壁に貼り付けたりしていたなぁ……。色は速乾性の白の塗料とかをあえてざっと塗りして、表面の禿《は》げた古びた風合いを出したりして……。ふむ」

あとは、前世でのハーブの師匠の喫茶店とかどうだろう。

師匠は木の内装に麻紐《あさひも》を巡らせ、小さな洗濯バサミなどでハーブを吊るしたりして、店内で乾燥作業のついでに優しいハーブの香りを演出していたっけ……

「店の半分でいいから、木の板を巡らせて、足元もウッドデッキみたいにして、木の雰囲気を取り入れてみようかな……」

うん、それがいい。砂糖納入のお金でお財布には余裕があるし、さっさと発注しちゃおう。

「おいおい、さっきからお前は何をブツブツと……一体何をしようとしてるんだ？　あんまり奇抜なことはしてくれるなよ」

そんな声に気づいて振り向くと、そこには隻眼《せきがん》の渋いおじさんがいた。

「あ、マスター」

「あ、マスターじゃねぇよ。お前は放って置くととんでもないことをしでかすからなぁ。どうも心配でしょうがない」

いつの間にか側に来ていたマスターが、呆れた声で私に言う。むう、失礼な。

「別にとんでもないことなんてしませんよ、ちょっとした工夫の範囲です。店内、石造りのままだとなんだか寒々しいでしょう？　これから冬になるんですし、温かくお客様を迎えたいんですよね」

そう言うと、マスターはカウンター越しにひらひらと手を振った。

「あー、なら、防寒用の布でも吊るしとけ。間違っても、王都産の豪華な染め物とか買ってくるんじゃないぞ。一応商人達から改装費用はもらっているが、無限じゃねぇんだから。お前の貴族趣味は仕舞っておくんだ」

うーん、マスターはよく私を貴族趣味と言うけど、そんなに贅沢《ぜいたく》なこと言ってるかなぁ。

「布よりも木の板の方が安くないですか？」

「はぁ？　木の板ぁ？　一体どこから防寒目的でそんなもんが出てくるんだ」

マスターは私の言葉に片目を丸くした。この地方に、木の板を内装に使う考えはないのかもしれない。これはチャンスだと、自分の計画を話す。

「はあ、壁に木の板を巡らせて、白の塗料を塗り、そこにハーブを飾る、ねぇ……。そりゃまあ、石に直でない分寒さも多少は凌《しの》げそうだし、大判の布よか随分《ずいぶん》安くできそうだが」

「カウンターを新調するのに大工さんが来てるんですよね？　そのついでにお願いしたいなぁ、とか思ってるんですけど」

「いやまあ、お前の店だし、構いはせんが……どうも完成したところが想像つかんのだよなぁ」

マスターは無精ひげの生えた顎《あご》を擦《さす》りながら、どうにも苦い顔をしている。ちょっとしたＤＩＹなのに、そんなに変かなぁ。

「いえ、普通に木の板に囲《かこ》まれた家を想像してもらえばいいだけですけど。それに、失敗したときのことも考えて、カウンター周りとちょっとぐらいの場所で様子をみますよ」

それだけなら、私の周りが木造化するだけだ。あ、ストーブの近くは火に気をつけないとね。

「あー、まあ。失敗したら焚《た》き付けにすりゃいいし、やるだけやってみろ。今日はオババのところにも行かんでいいから、内装に注力すりゃあいい」

「やった！　ありがとうございます」

そんな訳で、今日は一日ＤＩＹですよ！

そうして一日、頑張って内装をやったら……

マスターが冴《さ》えない顔でやってきて、私にぶつぶつと言った。

「なあ、隣の店、本当におかしなことになってないだろうな？」

「もう、そんなに心配しなくて大丈夫ですよ。私の周りを少し飾るだけにしますから！」

今日の賄《まかな》いは私担当。

最近はヴィボさんと交互に賄《まかな》いを作ってるんだけど、私のときはちょっとしたストレス解消に、ハーブを使った料理をしたりしていて……

いやだって、つい最近まで身近な人にしかハーブを使った料理、出せなかったからね。

今日はイノシシ肉のスモークベーコンとチーズのバジルソース添えサンドイッチ、それとたっぷり野菜のスープ。

魔力はちゃんとコントロール効いてますから、別に変な効果とか出ません。

ぽちには獣肉を用意して。

「お前ら何を話してるんだ？　おかしいのおかしくないのって」

食事処の片隅で賄《まかな》いを食べながらＤＩＹについて話していると、丁度依頼の報告に冒険者ギルドに顔を出したらしいアレックスさんが、不思議そうな顔で声をかけてきた。

あ、アレックスさんは身内待遇なんで、優先的に賄《まかな》いメニューを食べられたりする。

そんな訳で、彼にもサンドイッチを。そもそも、イノシシ肉は彼の提供だしね……

私の隣に座った彼は、早速サンドイッチにかぶりつきながら、明るい緑色の目を不思議そうに瞬《またた》かせる。あ、もうサンドイッチ一個食べ終わった……

健啖家《けんたんか》の現役冒険者にかかると、食べ応えたっぷりな黒パンサンドイッチも数口で食べ終わってしまうから、すごいなあって思う。

「ええと……今の話？　隣のお店の飾り付けについて、ですかね？」

私が首を傾《かし》げると、マスターが隣で余計なことを言った。

「こいつがまた、貴族趣味なんぞ出してきたらたまらねぇから、よく言い聞かせてるんだよ」

「ええっ、マスターってばまだそんなこと考えてたんですか？　ほどほどにって言われたから、内装について悩んだというのに」

マスターって本当に私を信用してないよね。今回は貴族趣味と言われないよう、豪華でなく素朴《そぼく》なカントリー風にとか、色々悩んだ上でやってたのに……

私がむっとして睨《にら》んでも、マスターはニヤニヤしたままだから余計に憎たらしい。

「なんていうか、相変わらずだな……仲が良いんだか悪いんだか」

そんな私達に、肩を竦《すく》め呆れた顔をするアレックスさん。

「マスターのせいで呆れられたじゃないですか……」

「何言ってんだ。お前に呆れたに決まってんだろ」

そうしてわいわい話しながら、私は賄《まかな》いを食べたのだった。


こうして、ギルドの隣に新しく私の喫茶店ができることとなった訳だけど。

ぽちを誰かに取り上げられないためにも、私はさっさとBランクに昇格しないといけない状況には変わりない。そこで、マスターと新しい取り決めをした。

一つは、喫茶店営業日。これからは青月《せいげつ》の日、水精《すいせい》の日、金精《きんせい》の日の三日を営業日とし、その日は私もお店で働く。そしてそれ以外の日は、冒険者として行動する。こうしないと、いつまで経ってもBランクの昇格条件に合わないままになっちゃうから。

二つ目は、私のいない日のヴィボさんの調理補助は、本人たっての希望もあり、ティエンミン君とカロリーネさんが行うこと。その働きによっては、正式にギルド職員に昇格する——という、こっちは新人店員達の方の取り決め。

お店の内装工事中に遊びに来た二人と色々話したんだけど、どうも本気で冒険者ギルド職員を狙ってるらしいんだよね。でも、職員の席は大体身内だけで固まっていて、極端に狭き門なのだ。だから今回のことは、二人にとってもラッキーだとか。

三つ目は、私は月の半ばの一週間を女神の森で薬師修業に励《はげ》む、というもの。これは私の薬師としての師匠であるオババ様が、付け加えさせたもののようだ。この間は、喫茶店に出られなくなるけど仕方ない。

まあ、確かに今の私の状況では定期的にオババ様のところに通うのは難しいから、一週間集中して、の方がやりやすいか。『怠けたらすぐに薬に出るから分かるよ、せいぜい励《はげ》みな』とはオババ様の言。

オババ様からは、女神の森のハーブを特別に卸《おろ》すことと、冒険者としての活動だけでなく、薬師の修業もするよう言われている。

……ということで、半分冒険者、半分喫茶店店主、一部薬師修業と、またしても忙しいスケジュールの毎日がやってくることになったのでした。それでも、のんびり森に帰れる時間ができただけ、前よりましなのかも。

そんな感じで色々あったけど、とりあえずは新店舗での初営業日だ。

四人席五つと二人席五つを石造りのフロアにゆったりと配置し、カウンター周りを木目を生かしたカントリー風に仕上げた私のお店。店内には今、お揃いのエプロンをつけた茶髪の少女と黒髪の少年がいる。

まあ、カロリーネさんとティエンミン君のことだけど。二人のエプロンの胸元には、ディフォルメ調の銀狼の刺繍《ししゅう》がある。

「随分《ずいぶん》と広くなったのねぇ」

正式オープンを控え、生クリームを絞りフルーツを添えるなどケーキに飾りを施《ほどこ》しているパティシエのカロリーネさんは、手を休めてきょろきょろと店内を見回す。

「ええ。商人の方の要望があったそうで、彼らからもお金が出ているみたい」

私は、増えた木のお皿やカップなどを手入れしつつ、苦笑した。ここってあくまで冒険者ギルドの付属のはずなんだけど、すっかり商人御用達《ごようたし》よね、と。

私としては前のままでよかったのだけれど……なんて本音を漏らすと、「そうはいきません！」と、にこにこ顔でティエンミン君が押してきた。

「このお店には、ぼくのお父さんも勿論《もちろん》出資してますよー。そして、今日からは週三日営業。どんどんお店を流行《はや》らせて、ぼくは正式にギルド職員になるんです。だから、ベル店長にも頑張ってもらわないと！」

椅子を机の上に上げ、モップで床掃除しているティエンミン少年は、やる気に満ちている。

ちなみに用意した薄板を使った仕切りは、掃除したあとに並べる予定だ。

「あはは……はい。頑張ります」

しかし、店長、店長ねえ……

三十代になる頃には自分もお店を持ちたいなぁ、なんて、日本で生きてた頃、ハーブの師匠のお店で考えてたこともあったけど、まさか二十歳そこそこで実現するとは思わなかった。

そうして準備をしていると、ふわふわ黄緑色の髪を踊らせて、オーラフさんがひょっこり顔を覗かせた。彼はダンジョンの調査に派遣されてきた王都の魔術師で、アレックスさんの学生時代の先輩だとか。童顔でふわふわした雰囲気の人だけど、なかなか言動に癖がある、いまいち性格の掴めないお兄さんという印象の人だ。

「わー、広くなったねー」

「あら、オーラフさん。その節はどうもありがとうございました。ああ、これ、新作なんですけれど試してもらえますか。一応、携行食のつもりです」

彼には、魔力コントロールの件でお世話になっている。けれどマスターの話では、通常魔法がちょっと使える程度の者が王都の魔術師に魔法を習うなんてありえないことらしい。だから、それについては口に出さない方がいいとのこと。なので、誤魔化すように言ってみる。

とはいえ、彼のお陰で魔力のコントロールも効くようになり、喫茶店でもハーブティーを出せるようになったんだから、本当に感謝しないといけないよね。

そんな訳で、適当にぼやかしながらも感謝の気持ちを伝え、ついでに袖の下ならぬ堅焼きクッキーを渡す。

彼はクッキーを受け取ると、早速布袋から出して齧《かじ》った。

「へー、これって蜂蜜《はちみつ》と木の実も入ってるのかな。甘いし食べ応えもあっていいんじゃない？　魔術師にも人気が出そう。今度、ダンジョンに行くときに持っていってみようかな」

好評なようで何よりだ。

そのまま彼は、さくさくと大判のクッキーを一枚食べきった。

「ところでさー、もうベルちゃんのハーブティー、飲めるんでしょ？　ウワサの効き目、ボクも試してみたいなぁ。実はさぁ、ボクも昔から頭痛に悩んでてねぇ」

「…………は？」

え、え。ちょっと、どうしてこんな忙しいときにそんなことを言ってくるんですか。オーラフさんは、どうも私の魔力――〝女神の薬師〟としての力に興味を持っているらしい。

でも、そんな大げさな称号で呼ばれたりするのは嫌《いや》だ。私が女神の薬師というのも、絶対に秘密にしたい。

「え、あの。メニューに並ぶハーブティーは、どちらかといえばリラックス効果を狙っていて、ですね。薬とかではなく……」

大体、ハーブは基本、即効性のものじゃないんだから。

のんびりと香りや味を楽しみつつ、お医者様や薬師の方と相談して、自分に合ったものを選ぶところからですね……ということを、私は必死に話したんだけど。

「まぁまぁ、君とボクとの仲じゃないか。パパッと一発、いってみよー！」

うん、まあ、聞いちゃいないね。

オーラフさんの無茶振りに、私は頭を抱えた。

全くこの人は、あと一刻もしないうちにお店が始まるっていうときに、なんでこんな面倒なことを言い出すのやら。

ええと、ええと。こういうとき、先延ばしするには……そうだ！

「……アレックスさんに相談してからでいいですか」

私が真剣な顔でオーラフさんに告げると、彼は不思議そうに首を傾《かし》げた。

「へ？　なんで？　喫茶店のことを、なんでアレックスに相談する必要があるの」

ああ、童顔なせいで幼げな仕草が似合うなぁ、この人。私より年上なのに。

きょとんとした顔の魔術師の青年に、私は丁寧に理由を述べる。

「喫茶店では、のんびりしていただくためにお茶を出す訳でして、治療効果などを含めてお出しする予定はないから、です。もし、私の薬師としての力をご所望であれば……アレックスさんを通してなんらかの契約を結ぶべきかと」

正直、これまでお貴族様や上位冒険者に苦汁をなめさせられているから、王都の魔術師さんなどというお偉い方に絡《から》まれるのは嫌《いや》なのだ。悪い予感しかしない。

あ、そういえば。

出会った最初から彼は、ロヴィー様にお出ししたハーブティーについて聞いていたなぁ。妙に興味がありそうだったっけ。

ということは、その頃から私の力について疑問を覚えていた、とか……？　だとすると余計に、用心するに越したことはない。

ぽちに続いて私の力まで狙われるとか、悲惨《ひさん》すぎる。

そんな訳で、私は後見人たるアレックスさんを通して依頼をお願いしますと、そう答えたのだ。

彼はふと真顔になり、そして緑の目を細めて一つ頷いた。

「うん、まあ、それが正しいだろうね」

「……へ？」

でも次の瞬間には、いつものへらへらとした軟派なお兄さんの顔に戻っていた。

「いやいやー、ちょっとしたイタズラ？　まあ、薬のことならそもそも半人前の君に頼るのはおかしいのは分かってるってー。ちょっと言っただけー」

か、からかわれた……？

「もうっ、私本当に忙しいんですから、そういう冗談はやめて下さい！」

今度はハーブの力を巡って国の魔術師が絡《から》んでくるのかと、すっごくドキドキしてしまったのに、イタズラって一体なんなの。

私は流石《さすが》に怒って、きつく彼を睨《にら》みつけた。

「あはは、ごめんってー。謝るからそう睨《にら》まないでよ」

このへらへら魔術師さんは、本当に悪趣味がすぎるよね。

「ちょっと、ベル！　開店まであと半刻もないんだから、お客様との雑談も早々にきりあげてちょうだい！　まだあたしだけだとケーキが仕上がらないのよ。飾り付けやってくれないと困るんだから、もー！」

「あっ、ごめんなさい、カロリーネさん。そんな訳で、オーラフさんはまたあとでお出で下さいね。ごく普通のハーブティーならお出ししますので。あ、頭痛の方はオババ様に是非ご相談を！」

　そうして、面倒くさい魔術師さんとの攻防を終えた私はぺこりと頭を一つ下げ、ぱたぱたとカロリーネさんのいるカウンター裏のキッチンに戻ったのだった。

　忙しく開店準備を進めていると、やがて喫茶店の新規開店の時間となる。

「やあやあ、来たよー」

「開店おめでとう、ベル」

　開店と共に、先日一緒にダンジョンに行った斥候《せっこう》さんと槍《やり》持ちさんがやってきてくれた。

　二人には昇格試験でお世話になったから、お礼をしたいと思っていたところだったし、いいタイミングだ。

「クーンさん、ヘリーさん、いらっしゃいませ！　この前は本当にお世話になりました。今日はお代は結構ですので、なんでも好きなものを頼んで下さい。といっても初めてでは何がいいか分かりませんよね……」

　私は笑顔で、今日のメニューを二人に説明する。

　定番のプリン、秋仕様の栗のムース、大きな型でざっくり焼いたシトラスのタルト。

それに、定番のお茶とハーブティーを飲み物に揃えている。

「えー、なんでも好きなものと言われるとなぁ。とりあえず、全部を一つずつとか言ってもいい？」

クーンさんがきらきらした目で見本に出したケーキを眺めているのが、ちょっと可愛《かわい》い。

「セットで頼む方も多いですし、大丈夫ですよ。ヘリーさんはどうなさいますか？」

「うーん、知り合いにここのプリンが美味《うま》いって聞いたんだよな。だからプリンは外せないし……やっぱ俺も、セットで試してみるかな」

「では、お二人はケーキセットで。お飲み物は何になさいますか？」

「飲み物？　甘いものに合うのはなんだろう……」

「男性の方ですと、ダンデライオンの根を使ったタンポポコーヒーなどもおすすめですね。香ばしさと苦味が、甘味に合うと評判なんですよ」

この国にはコーヒーがないようだけど、男性なら好きかもと、タンポポコーヒーをメニューに入れてみたんだよね。

ノンカフェインで、十九世紀にはコーヒーの代用としても親しまれたというタンポポコーヒー。

タンポポは、古くから生薬《しょうやく》として親しまれてきただけあって、ビタミンや鉄分、ミネラルも豊富だ。乾燥した根を粉砕し、乾煎《からい》りすることで苦味が出る。コーヒーのような風味を持つハーブなんだ。

飲み方は、通常のコーヒーのようにフィルターを使い抽出するか、煮出したものを茶こしで濾《こ》して淹《い》れるんだけど……

ウェルカムドリンクよろしく、試しに二人に一杯ずつ出してみたら、なかなか好評のようで。うん、何よりだよ。

◆◆◆

それからしばらくは、忙しくも楽しい日々だった。

だから一番ダンジョン掃討《そうとう》作戦の開始日時が決まったと、そう昼食のときにマスターに聞かされたところで「はあ」としか言いようがなかった。

「当然だが、Cランクのベルとぽちも、今回の作戦には参加してもらうぞ」

「ええっ、喫茶店営業はどうするんですか？　まだ三人で色々工夫してる最中なんですけど」

足元のぽちを撫《な》でながら私が不満を漏らすと、マスターが片眉を跳ね上げた。そして私を見下ろし「別に降格覚悟なら不参加でも問題ないぞ」と脅してきた。

「降格っ!?　なんでそんな話に？」

そ、それは困るよ！　ぽちのためにも逆にランクを上げたい状況なのに！

「ことは、村の存亡にかかわるんだから、当然だろう。集団暴走《スタンピード》に対応するための招集は、どんな依頼よりも優先されるんだ。この村は特に、ダンジョンの巣と呼ばれる南方の最前線にあたる場所だからな。この村を放棄するということは、ダンジョン攻略を諦めることと同意義になる」

そう真面目に諭《さと》されると、文句もつけられないんだけど。

掃討《そうとう》作戦決行は、あの特殊職の試験から十日後に当たる日であった。

あんなに急いでいたのに悠長な、と思わなくもないけど、これでも王都のギルド本部への報告や、領主への兵士派遣の嘆願等、担当が必死で頑張ってぎりぎりまで早めた結果だという。

「ベル店長、外れるんですかー？　まあ、仕方ないので頑張りますけどー」

「う～ん、あたし達だけじゃまだお店が回んないから、正直困る気はするんだけど！」

私の両隣で賄《まかな》いを食べているうちの店員達は、微妙な感じ。

私も正直複雑だ。

三人体制で試し試しやり始めてから、まだ一週間足らず。喫茶店をどう回していこうか色々調整中だというのに、そんなことを言われても困るんですが……

それにこの数日、時間のあるときには内装をちょこちょこと弄《いじ》ったり、クッションを置いたりと整えているけれど、まだまだお店の飾り付けにはやり残しがある。

店内の動きも、まだまだお互いの息が合わずにぎこちない。オーダーが被ったり、カウンターの中でお互いにぶつかって、その拍子にお皿やカップを落とすなんてこともざらだ。このときばかりは、落としてもそうそう割れない木製の食器類でよかったと思ったものだ。

一気に席数が三倍になったこともあり、粗《あら》が目立って仕方ない。まあ、まっさらな新人さんにベテラン並みの仕事を求めても仕方ないし、そこは分かっているんだけどね。

そんな、ここからが大事なときだっていうのに、また仕事場を離れないといけないなんて……。この世界は本当に色々厳しくて困る。

「――そもそも集団暴走《スタンピード》ってなんなんですか」

食後のお茶を飲みながら聞くと、「おいおい」とマスターが呆れた顔で私を見た。

「集団暴走《スタンピード》も知らない？　本当に、ベルはどこから来たんだよ」

まさか異世界からですなんてことは言えず、あははと笑って誤魔化す。

「まあ、いい。集団暴走《スタンピード》は、ダンジョンの中でモンスターが一定以上増えたときに起こる、自然災害のようなものだ。モンスターが一斉に外に漏れだす理由は幾《いく》つか説があり、餌《えさ》が十分に行き渡らなくなったからであるとか、力をつけたボスが支配領域を増やすための遠征であるとか。まあ色々言われてはいるが、未《いま》だ正解は分かっていないな」

マスターは食後のお茶……私の淹《い》れた目にいい成分の入ったハーブティーを飲みつつ、そう解説してくれる。

「数もなぁ、問題なんだよ。集団暴走《スタンピード》時は、百を超えるモンスターが一気に動く。こちらも数を揃えて対抗しないと、あっという間にモンスターに村を荒らされてしまうのさ」

百以上のモンスターが洞窟から湧《わ》き出てくるところを想像して、私はぞっと身を震わせた。

この間はお互い狭い場所で、各個撃破できたから数がいてもなんとかなったけれど、これが平地だったらどうなることだろう。

……それこそ湧《わ》き出す前から対策しないとまずいのではないかと、想像力の乏《とぼ》しい私ですら思うのだから、対策に当たる当事者が厳しい顔をするのも当然だ。

書類仕事で片目を酷使したのか、ハーブティーを飲みながら目をしょぼしょぼさせて、ふうとため息を吐《つ》くマスターに、流石《さすが》に同情の念を抱かざるを得ない。うん、二杯目はちょっと強めにおまじないをしておこう。

「まあ、数の方はな。領主様にかけ合って幾《いく》らか兵を寄越してもらえることになっているから、どうにかするが。ぽちは戦力としてあてにしているし、ベルは薬師としても手当てに当たってもらう予定だから、くれぐれも当日は逃げようなんて考えないでくれよ」

「いえ、すごくまずい状況だって分かりましたし、逃げませんよ。ちゃんと参加させていただきます……」

「わん?」

私が肩を落としつつも答えると、ぽちが不思議そうに私を見上げて首を傾《かし》げた。

第四章　集団暴走《スタンピード》と美味《おい》しいハーブドリンク

「なんで非戦闘員の私がこんなところにいるのかしらねぇ……」

今も担ぎ込まれてくる怪我人《けが》を必死に手当てしながら、私は目の前で繰り広げられる血で血を洗う戦いの様相に内心挫《くじ》けそうになっていた。

そこは、私が住んでいる村から馬車で二時間ほど離れた場所にある、一番ダンジョンの前。

目の前、いや距離にして五百メートルくらい先だろうか。そこではすでに戦闘が始まっていた。

緑色の醜《みにく》いゴブリン達がわらわらと、現在進行形で洞窟の中から出てきている。

「うわあ、日の下で見ると余計に気持ち悪いなぁ……」

この前対峙したとはいえ、あのときは洞窟の中だったから、ここまではっきり見えなかった。

昔遊んでいたスマホの人気パズルゲームで見ていたどこか可愛《かわい》らしいフォルムと違い、

本物のモンスターは怖い、というかホラーだね。

冒険者が戦っているゴブリン達の数は……百や二百どころでは済まないのではないだろうか。

彼らの、言語では表せないような奇怪な鳴き声も不快だし、こちらまで漂ってくる濃い血の匂いも不快だ。

すでに交戦が始まってから何時間も経つのだろう。冒険者ギルドに所属している冒険者達は、返り血を浴びながらもそれに襲いかかり続けている。

彼らはモンスターの怪奇な姿にも全く怯《ひる》まず、狂喜し挑みかかるんだけど……

「オラァッ！　このクソゴブリンがっ、手前ぇなんぞオレの敵じゃねぇーんだよォーッ！」

「ヒャアッハッハ！　バァカ。そんな手緩《てぬる》い包囲で殺せると思ったのかァ？　ざァんねん！　殺されるのはお前でしたァー！」

なんでしょう、こう、世紀末的な棘々《とげとげ》のついた手袋みたいなのをつけている、モヒカンな暴漢共に共通する、野蛮な気配と申しましょうか……

私は、血湧《わ》き肉躍る殺し殺されのシチュエーションに猛《たけ》り狂っている男性達が、とってもとっても怖いのだけど。

どこの蛮族の戦士ですかっていう……!!

「し、知ってたけど、知りたくなかった。冒険者の人達、はしゃいでて怖いんですけど。ぽちは前線でアレックスさん達と働いているみたいだけど、大丈夫かなぁ」

モンスターが、ダンジョンという魔力溢《あふ》れる住み心地よいはずの場所から外に出るというのは、異常事態だ。

そして、ダンジョンから離れたモンスターは、不思議と元のダンジョンに戻らないものだという。それらは「はぐれ」と呼ばれている。

その「はぐれ」が少数ならば、普段のダンジョン通いの際に冒険者が対応して終わるのだが、集団となるとそうはいかない。村まで押し寄せ住居を荒らす可能性があって、問題が大きいのだ。

だから、集団となって外に出てきたものに対しては、全て狩り尽くすまで戦闘を続ける。

Cランク以上の冒険者達は適宜休憩を取りながら、ひたすらモンスターを狩り続けるのだ。それが、集団暴走《スタンピード》の参加強制の理由だった。

予想以上に凄惨《せいさん》で大規模な人とモンスターのぶつかり合いに、私は傷の治療をしながらも、ぶるぶる震えるのを止められない。

赤い血が、そして見たこともないような青緑の体液が、あちらこちらでペンキのように地表にぶちまかれている。

ショッキングな現実に、私はおろおろしながら視線を救護テントの周りに移す。すると、そこに知り合いの姿を見つけた。

テントの陰に隠れるようにして、ローブ姿の魔術師がいる。前線で一仕事してきた様子で、水筒から何か飲んでいた。あれは、今回の私の試供品だね。

実は以前、オババ様の作った薬を飲んで、余りの不味《まず》さにシルケ様が床に倒れていたことがあった。それで今回、効果はあっても後味がやばすぎるオババ様特製のそれに、私がちょっぴり改良を加えてみたのだ。

基本的にはオババ様のレシピに準じているから、効果はそのまま。集中力を高め、精神を癒《い》やすお薬だ。けれど、成分を出したあとのハーブをきちんと漉《こ》しとって、魔術師さん達の好きな甘みを足して苦みを引いてみたのだ。

気に入ってくれてるといいな――

あ、今はそれより大事なことが。彼にお仕事を頼む必要があったのでした。

「あの、オーラフさん」

小声で声をかけちょいちょいと手招きすると、彼はぱっと笑みを浮かべて、特徴的な緑髪を揺らしやってきた。

「何、ベルちゃんったらお兄さんにデートのお誘い？」

口から出たのは、いつも通り軟派なセリフ。

「いえ、違いますけど」

彼は、一仕事したにしてはとっても元気そうだ。魔法って、精神力を削る繊細《せんさい》なお仕事と聞いていたんだけど、彼は王都から派遣されているだけあってタフなのかな。

それと比べ、救護テント周りにいる魔術師、あるいは魔法使い擬《もど》き達は皆、ぐったりしている。

……と。オーラフさんに換気をお願いしようと思ってたんだった。

「このテントの周りだけでいいので、風で臭気を追い出して、清浄な空気を保ってもらえないでしょうか。これでは患者さんの気分が悪くなってしまうので」

何せ、ここにいる人の殆《ほとん》どが、血を流している。その臭《にお》いが籠《こ》もると、それは大変不快なもので……怪我《けが》した人達も、とても寝ていられないと思うんだ。

彼は私のお願いに首を傾《かし》げる。

「ふうん？　別にお安い御用だけど、臭《にお》いだけでそんな具合とか変わるものなのー？」

「変わる、と思います。たとえば、戦士の方なら血の臭《にお》いで気が高ぶるとかあるのでしょう？」

「ああ、なるほど。分かった。臭《にお》いを追い出して……清浄な空気？　まあいいや、今のここの空気全部をテントの外に出して、綺麗な空気を保つと」

オーラフさんが魔法のキーワードと共にひょいと杖《つえ》を振る。ほんの杖《つえ》の一振りで、空気が澄んだのが分かる。濁《にご》った空気が追い出され、周りが清浄化されたのだ。

軟派だけど、流石《さすが》はエリート様。ようやく深呼吸できるよ。

「ありがとうございます」

私はホッとして、笑顔でお礼を言った。

「よし、じゃあお礼にボクにハーブティーを……」

にこにこ笑顔の魔術師さんが私の手を取ろうとしたところで、横から別の手がのびてきた。

オーラフさんの手を掴んだのは、ローブ姿の水色髪の人。その人は、そのままオーラフさんをテントの外へと放り投げた。あ、外から悲鳴が聞こえる。

「オーラフ、お前は前線での仕事。ベルの手伝いが済んだなら、小細工の得意な君は乱戦に加わってきて。この場に必要なのは、水作るとか冷やすとかの作業。つまり、私の出番」

無情にしっしっと追い払う水色髪の彼は、レインさん。氷の魔術師様だ。

彼はオーラフさんの相棒で、同じく王都から派遣されてきている。甘味好きのためうちの喫茶店の常連さんなんだけど、これまでずっと、遠くからじっと見てくるだけだったんだよね。

それが、今回ここに来るにあたって馬車に同乗した際に、常連さんだけの試供品として私特製の魔力回復ポーションを渡したところ……なんだかこう、急に待遇がよくなったというか、気安くなったというか、懐かれたというか……。そんなに苦いお薬が嫌《いや》だったんでしょうかねぇ。

「あ、レインさん、お手伝いありがとうございます」

ぺこりと頭を下げる私に、レインさんがさらさらのショートボブを揺らして首を振る。

「ううん、気にしないでいい。どうせ私達は、集団に一撃入れたらあとは後方待機だ。最大出力で攻撃したら魔力が底を尽き、あとは小さな魔法ぐらいしか使えない。つまり、暇だから問題ない」

見れば彼の手にも水筒が握られ、中から甘いシロップと爽《さわ》やかなハーブの香りが漂ってくる。

レインさんも今、私の試供品ドリンクを飲んでいたようだ。

あ、ちなみにこのドリンクによる疲労回復量は、オババ様基準の上級ポーションぐらいでお祈りしてある。

――それにしてもため息が出る。

「私はただの喫茶店の店長なのに、なんでこんな戦場にいるんだろう」

戦場の天使なんて柄じゃありませんし、涙目にもなるってもんです。

「ベル、いい加減諦めろって。こんな規模の集団暴走《スタンピード》で怯《おび》えてたら、お前この村で生きていけないぞ。それに、たとえお前が半端者だろうが、怪我《けが》人が出る以上は薬師は必要なんだ」

私のぼやきに答えるように、隣のテントから男性の声が響いた。そちらを振り向けば、アイパッチの渋メン、つまりは冒険者ギルドのマスターが、私にお叱りの言葉を投げている。彼は、いかにも使い込んだ感じの革鎧《レザーアーマー》姿で、テーブルの上の簡略図を睨《にら》みながら器用に私を叱っていた。

そう現場監督官に言われたら、従うしかないのだけど……。ぽちのためにもBランクを取りたいから、下手に逆らって降格させられても嫌《いや》だしね。

でも、やっぱりちょっと、不満は零《こぼ》れる。

「そうは言いますけどね……私は大して手当ての経験がない、と言ってますよね」

それこそ、運動会のときに保健委員として擦り傷の手当てをしたぐらいしか覚えがない。

戦闘？　バカを言ってはいけません。元文系女子大生に何を求めていらっしゃる。何度でも言いたい。私は、あくまでも喫茶店の店長だと。

しかし恨めしげな私の視線も気にせず、マスターは前線指揮官として働いている。偵察役の冒険者に敵の動きなどを聞いてはチェスの駒のようなものを地図に並べ替え、そして指示を飛ばす。

「右ぃ、何やってんだーっ、ゴブどもが後ろに零《こぼ》れてんぞっ！　一匹も漏らすなーっ！村に近づけたら報奨はないと思えーっ!!」

怒号響く目の前には戦場。

魔物と冒険者達が、今も血で血を洗う争いを続けている。

あ、今、人の隙間《すきま》からぽちとアレックスさんの姿がちらっと見えた。

アレックスさんは魔法を乗せた剣術でバッサバッサと切ってるし、ぽちはぽちで、立派な剣を持った大物っぽい奴を倒してる。うーん、流石《さすが》と言う他ないね。

……これって、あとどれくらい続くのかなぁ。

私は一刻も早く集団暴走《スタンピード》が終わることを、心の中で祈るのでした。

◆◆◆

結局、掃討《そうとう》作戦には、事後処理含めて三日ほどかかった。

その間中、ひたすら薬を塗ったり包帯を巻いたりしてたんで、救護班もすごく大変な仕事量で毎日くたくただ。最後は、自分で動けない患者さんを抱えて移動までしたしね……

まあ、やっぱり弱い弱いと言われていても、モンスターはモンスターだった。集団暴走《スタンピード》なんて、もう二度とかかわりたくない。

でも、掃討《そうとう》作戦ではぽちが大いに活躍したということで、私にも特別報酬が出た。だからからCランクの実績としてはプラスだったのかな、と思って自分を慰《なぐさ》める。

そして、大いに頑張ったぽちは、綺麗に洗って一杯ぎゅーってして、沢山沢山褒めておく。この数日間、殆《ほとん》ど離れていたから、ぽちの匂いにすごく癒《い》やされるよー。

戦場から帰り、休日を一日取って、明けて翌日。いつも通りエプロンをして仕事場に顔を出したら、店員二人がすごい形相でしがみついてきた。

「え、ちょっと、二人共どうしたの？」

思わず倒れそうになるところを、ぽちが後ろから支えてくれる。あ、助かります。

「店長ー。ぼく達だけじゃ無理ですよー」

「そうよベル、いきなりこんな広いお店、二人じゃ回せないわ！」

二人とも涙目だ。やっぱり、新人さんだけじゃ厳しかったか。

「ティエンミン君とか、自信ありそうだったけど……」

「それが、街から冒険者が消えて商人だけになったら、前より厳しい態度を取られちゃったんですよね……。大きな顔しておいて恥ずかしいですけど、ぼくじゃまだ無理です」

見捨てないでとばかりにうるうるしているティエンミン君。いや、大事な店員さんだし見捨てないって。

それにしても、前より厳しい態度ねえ……

「商人さん、か。今後はこの店を積極的に商談に使うとか言ってたから、求めるレベルが高くなったのかも……」

思いつくところとすれば、そんな感じだ。

「商談ですかー」

「うん、商談。以前は単純に珍しいものを食べる目的で来てくれていたんだけど、これからは違うからね。店舗を作るにあたって、出資もしてるし。お金が絡《から》む以上は、これからもっと厳しくなるんじゃないかな」

「ええ、そんな……」

それを聞いたティエンミン君は青い顔だ。

「ちょっと！　あたしはお菓子を作る係だったんじゃないの？　これ以上早くしろって言われても無理よ！」

気の強いカロリーネさんですら悲鳴って、相当大変だったのだろう。忙しかったんでしょうねと同情する。

うーん、しかし、現代のカフェのイメージで、カウンターで商品を渡すだけならなんとかなるかと思ってたけど、新人さんにはそれでも重荷だったか……。まあ、まだ作業も上手くマニュアル化できてないし、負担は大きかったのだろう。早急にここは改善の余地ありだね。

それに私も、かつてバイトでキッチンもフロア係も散々やったけど、指導する立場となると別だ。二人に上手く教えられているかといえば、不安だったりするし。やっぱり、指導役を兼ねた接客のベテランが、あと一人か二人は欲しい気がする。

「そうね、分かった。あと二人ぐらい増やせないか、マスターに聞いてみるよ」

まずは接客に慣れている人を数人、ヘルプで呼んでもらおう。

そのまま雇うかどうかは今後次第。だって、座席も限られているし、営業も隔日。その上、昼過ぎから夕方までの短時間営業だから、二人が慣れたら多分、余裕で回せると思うし。

とはいえ……誰かを雇うとなると、今度は背後関係が問題だ。

今をときめくSランク冒険者アレックスさんの妹さんに、彼の後見を受けている私。それに超強力なモンスターのぽちでしょ。色々、狙われる要素は多いからそこは用心しておかないと。

カロリーネさんに取り入って、アレックスさんを己《おの》が配下に、なんてギョブのようなことを考える人もいそうだし。

これ以上商人さんとかかわるとなんだか面倒になりそうだから、あくまでも窓口はマスターで固定しておこう。

冒険者ギルドを通してマスターを間に挟んでおけば、ろくでもない類《たぐい》の奴が来た場合のお断りも、楽になるはずだしね。

しかし、喫茶店の方はしばらくは真面目に見ないとなぁ。そう反省した私は、当面の間、土精《どせい》と陽天《ようてん》を昇格のための狩りの時間に使い、そのほかの日は二人のフォローに回ることにした。ああ、月半ばの薬師修業だけは守らないとね。オババ様の言いつけを破ったらあとが怖すぎる。

マスターに聞いたら、先日の集団暴走掃討作戦《スタンピードそうとう》への参加や、特殊職向け昇格試験での評価もあり、あとは適当な大物を幾《いく》つか狩れば、私達のBランク昇格の材料は揃うという。ぽちったら、どんだけ強いのって話よね。

それでも、要件を満たしても規定上Cランクで半年の経験が必要なので、あと五ヶ月半くらいは現在のランクに残留が決まってるんだけども。

「すごいねえ、ぽち」

「くうん？」

今日も足元に座るぽちを撫《な》でながら、こんなに可愛《かわい》い子が通常半年かかるはずの内容を半月程度で終わらせようとしていることに、感心したらいいのか呆れたらいいのか、複雑な気分だ。

そんなことを思っていたところに、久しぶりにアレックスさんが喫茶店に顔を出した。

「よう、ベル」

「あ、アレックスさん」

アレックスさんは元から上位冒険者として人気ではあったけど、Sランクに上がってからは更に引っ張りだこで、あっちこっちと忙しく働いているようだ。

そんな中でもわざわざ私や妹さんのことを気にして喫茶店に出向いてくれるのだから、本当に情に厚い人だよね。

彼はカウンターの端で、本日のケーキであるマロンタルトと好物のプリン、それからお試し品のケークサレを食べ始める。

ケークサレというのは、フランスの家庭料理で、塩味のパウンドケーキのようなものだ。

作り方は、基本混ぜて焼くだけ。小麦粉、ふくらし粉をよくふるって、下ろしたチーズと混ぜる。別のボウルに、よく溶きほぐした卵と牛乳、油を混ぜる。そこに、最初にふるっておいた粉をさっくりと混ぜる。

あとは、ベーコンや人参、玉ねぎなど、具材を入れて混ぜて、温めておいたオーブンで三十分くらい焼くという……そう、学生時代の私の、簡単おやつシリーズだったレシピである。

「うん、美味《うま》い。このケークサレってのは、飯の代わりにもなりそうだな」

「よかった。今度からお持ち帰り用に、おかずっぽいものも作ろうかと思って、試しに作ってみたんだ」

香りづけでハーブをこっそり混ぜているので、効能の確認のために身内に食べてもらったというのもある。単なる香りづけで、変に元気になられても困るので……

……毎度毎度、実験に付き合わせてごめんね、アレックスさん。体に害がないことは確実なので許してね。

そうして美味《うま》い美味《うま》いと食べているアレックスさんをにこにこしながら見ていたら、見目麗《うるわ》しい主従が現れた。そう、伯爵令嬢シルケ様と、お付きのロヴィー様である。

いつもの通り、ロヴィー様はカウンターへ近寄り二人分の注文をする。

カントリー調に仕立てた素朴《そぼく》なカウンター前に立つ、貴族の侍従《じじゅう》様。うわあ、予想以上に似合わないわぁ。

「シルケ様にはハーフサイズのケーキセット、私めには通常サイズで同じものを。お茶は……そうですね、シルケ様にはローズヒップティー、私めはカモミールティーでお願いします」

「はい、承《うけたまわ》りました。ハーフサイズと通常サイズのケーキセットに、ローズヒップティー、カモミールティーですね。店長ー、ハーブティーの方お願いしまーす」

元気にティエンミン君がオーダーを繰り返す。早速私はお茶を淹《い》れ、カロリーネさんがケーキを盛りつけ始める。少しずつ流れもよくなってきたね。

うんうんと頷き、私が砂時計をセットしたところで、ティエンミン君からなんだかものものしい感じのものを手渡された。

「あ、ところで店長。ロヴィー様からさっきこんなもの預かったんですけど……」

「何これ、羊皮紙《ようひし》に……封蝋《ふうろう》？」

くるりと巻いた羊皮紙《ようひし》に、家紋だろうか、精緻《せいち》なデザインの印章が封蝋《ふうろう》に押されている。

え、なにこれ。

また私何かやっちゃったかしら？　と、焦っていると――

「ああ、それか。俺ももらったが、ただのパーティーの招待状だぞ」

アレックスさんが、お茶を飲みながらのんびり口を挟んできた。

「パーティー？」

聞き慣れぬ単語に思わず首を傾《かし》げる。

「そう、パーティー。集団暴走《スタンピード》とか、高ランクボスを倒したときとかにな、地元貴族が地域のお偉いさんを集めて、祝勝パーティーを開くんだ。まあ、一種の権威付けだな。ただ、シルケ様がやるってことは……あの領主様がまた、金をケチって祝勝会を延ばしているから、肩代わりされたのだろう」

「はあ……なるほど？　ギョブを野放しにしたことといい、ここの領主様って人、なんていうか本当に何もしない人ですね」

「まあ、なぁ」

渋い顔で利き手の左手をさするアレックスさんを見て、そういえばアレックスさんが困っていたときに放置した人だったかと思い出した。

かつてアレックスさんの左手が動かなくなったのは、貴族間のもめごとで呪いをかけられたためだった。そのとき、本来ならアレックスさんを助けるべく動かなければいけないのに何もしなかったのが、この領主様だったはず。

本当に、何もしない人なんだな……。そんなことを思いながら、開いた羊皮紙《ようひし》に美しく流れる文字を見る。

お貴族様からのパーティーの招待状かあっ……て。パーティーに着ていくドレスなんてないんですけど⁉

新たな問題に頭を抱える私に、呆れたようにティエンミン君が言った。

「それはいいですけど、店長。そろそろお茶の蒸らしは終わったんじゃないですか？」

「ああっいけない！　ありがとう、ティエンミン君。カロリーネさんも準備できた？」

バタバタと忙しく動き出す私と、店員の二人。

「ええ、こちらは大丈夫よ。それよりお兄ちゃん、ベルとばかり話さないであたしとも話してよ」

「ははは、カロリーネもなかなか店員らしくなってきたな」

なんて、その週は一応平和に喫茶店営業をすることができたのだった。

それなりに忙しく、でもそこそこ平和に迎えた金精《きんせい》の日の店じまいの時間。

私が明日からの二日間は女神の森で冒険者稼業だと張り切って準備していたら、マスターから声をかけられた。

「おいベル、オババが恐ろしい剣幕でお前を呼んでるぞ。お前、何したんだ？」

「え？　私、何かやらかしてましたっけ」

……うーん？　別に最近はやらかした覚えはないけど。

「なんだ、覚えがないのか？　お前のせいで魔術師共がうるさいとかなんとか言っていたが」

「…………あっ」

マスターの言葉で思い出した。

そういえば集団暴走《スタンピード》のときに、試供品としてうちの常連さんにちょっと味のいいポーションを渡したよね……

「とにかく、連日苦情で仕事にならんと言ってたから、早めに顔出しておけよー」

「はい、分かりました」

連日苦情かぁ……

しかしあれは、本当にオババ様のレシピをもとにちょっと味を整えただけのポーションだったのに。それの何がこんなに騒ぎを引きおこしているのだろう。

なんて、呑気に思ってた私だけど……

「この、たわけ者が!」

工房に着くなり、オババ様にいきなり怒られた。

「す、すみません!」

その迫力に、とりあえず平謝りする。

訪問時、オババ様は大鍋の前の踏み台に立ち、大きな木の匙《さじ》でぐるぐると薬草を煮込んでいた。その姿は、私が考える魔女そのものの姿で、まるで絵本に迷い込んだかのように思えてしまって、いつもながらなんだかメルヘンだなー、と思っていたんだけど。

そんなオババ様が私に気づいたと思ったら、いきなりお怒りの声が飛んできたという訳だ。

「で、お前さんはなんで謝ってるんだい?」

そう言うと、オババ様はまた鍋の方を向き、ハーブの煮出し具合を見始める。

「……え？　その、魔術師の方達に連日苦情を言われているそうですから、お師匠様には申し訳ないことをしたと……」

「ほう、それぐらいは考えられたのかい。で、お前さんはどう落とし前を付ける気だね」

オババ様はこちらを向き、顔に刻まれた皺《しわ》を更に深めてぎろりと睨《ね》め付けた。

「……それは」

思わず言葉に詰まる。

そう。オババ様に言われて気づいたのだ。

どこかで、謝罪すれば許されるとか、甘く考えていなかったかと。

でも、この問いはそんな私に冷や水をかけるのに十分なもので……

「まったく。お前さんは余計なことをしてくれたね。毎日毎日、領軍の魔術師や村にいる魔法使い擬《もど》き共が、あの美味《うま》いポーションはないのかと矢のような催促さ。今頃はきっと、ウェッヒでも同じことが起きているだろうね」

そう言って肩を竦《すく》めるオババ様。なんでも、例のポーションが魔法使い達の間で大いなる噂になっているという。

甘くて美味《おい》しい上級ポーション。魔力も回復する上、それは味も極上であると。

ええ……私の知り合いにちょっとしか配っていないのに、なんでそんなことになったの？

予想外の状況に、内心慌てる。

「だが、ワシはあんな問題のある薬など売りとうないわい」

「え……？」

何故《なぜ》、と私が疑問を覚えれば、オババ様はそのまま苦々しいとばかりの低い声で続けた。

「薬が不味《まず》いのには理由がある。人間ってのは、案外壊れやすい生き物だ。ちょっと無理をすればぽっくり逝《い》っちまう。薬師の作る薬ってのは、肉体や精神に回復を促《うなが》すが、だからといって人を強靭《きょうじん》にする訳じゃない。無理をすれば祟《たた》る。だからこそ、苦くてよいというのに……」

確かに考えてみれば、オババ様の作る薬の効果はすごい。飲んで半日や一日程度休めば、疲労で動けなくなっていた人が動けるようになってしまう、そんな強力なものだ。だが、その効能というのはいわばスタミナドリンク剤のようなもので、肉体に無理をさせられるようにしているだけのこと。問題を先延ばしにするだけで、いつかはゆっくり休まなければ、肉体に影響が出てしまう。

だから不味《まず》くていい。むしろ嫌々《いやいや》飲むくらいでいい。

そうでなければ……

「すみません。その、不味《まず》さにたえられず倒れた人を見て、味をましにすれば もっと気楽に使えるんじゃないかと……」

私はただの思いつきで、副作用も何も考えずに、味を整えた。そして飲みやすいポーションを作った。

己の浅はかさに、思わず両手をぎゅっと握りしめる。

ああ、私ってバカだ。そんな基本的なことすら分かってなかったなんて、薬師失格だ。

今更悔いても、言い訳にしかならないけど……

後悔にうつむく。

オババ様は一つため息を吐《つ》くと踏み台から下り、鍋の下の、昔ながらの薪《まき》コンロを火箸《ばし》でちょいちょいとやって火加減を調整した。

「ああ、そうだろうさ。若い頃はどうしたって人気取りがしたくって、同じようなことをやらかす。そんなことをしたのは、あんただけではないがね」

そのオババ様の声は意外にも明るく、何かを思い出すような懐かしさに満ちていた。

「え……？」

「味の改良など、人気取りの安直な方法さ。見習いの誰もが一度はやらかすもんだ。ただ、あんたのは今までになく出来がよすぎた。完璧すぎた。これまでのような、味ばかり追求し効果がない見習いの品と、笑い飛ばせなかったんじゃ。それが、一番の問題さ」

それは……。まあ、オババ様のレシピを参考に作っているんだから、効果はあるはずだよね。

「効果を失わず、味だけが整う。そんなものが出回ったら、正直ワシらはおまんまの食い上げさ」

「そんなつもりは……」

私は必死に首を横に振った。

真っ青になって立ち尽くす私をちらりと見て肩を竦《すく》めたオババ様は、また踏み台に上がった。そして、仕上げの呪《まじな》いをする。女神に捧げる、いつもの詩句だ。

精神に癒《い》やしを、心に平穏を……

それによってただの薬は魔法の薬になり、ぐっと効果が向上する。

私はじっと、オババ様の神秘の術を見つめていた。

「……まあよい。不味《まず》い薬を作る薬師は、いつだって冒険者達には嫌われるものじゃ。美味《うま》い薬を作りゃ、それだけで大いに持て囃《はや》されるだろうさ。ま、それを承知で如何《いか》に不味《まず》くできるか、ワシはやってもいるがね……ヒヒッ」

ああ、わざとやってた部分もあるんですね。あの奇妙な、甘くて苦い後味とか。何か、肩の力がどっと抜けたよ。

「まあ、薬の成分さえ出ていれば薬草そのものは取り除いてもいい、というのは新たな発見だったが……ふむ。そうじゃの、とりあえず先だってお前さんが作ったレシピの提供をしてもらおうか」

「はい」

私は神妙に頷く。

「そして、これからお前さんは、その薬を作ることを禁止する。以降は、ワシが認めた薬師だけがそれを作っていいことにする。本当に緊急のときだけ、必要分だけを、このレシピで作ることにするわい。これは当然じゃな、あんたはまだ見習いの身分なのだから」

「……はい」

こうして、オババ様に私の改良レシピは取り上げられた。

でもまあ、破門だとか、今後一切薬品を触るな、とか言われなかっただけましだろう。

この国では、薬師は免許制だ。だから薬師の弟子にならない限り、薬品に触れることさえできない。そんな訳で、オババ様に破門されると正直やばいんだよね。

何せハーブも薬草に分類されるから、お店でハーブティーすら出せなくなってしまう。

それは大変に深刻な事態だ。

私は机の端を貸してもらい、ささっとレシピを書いてオババ様に提出する。

「フン。なるほどね、苦みを引き甘みと酸味を足したか。まあそりゃあ美味《うま》くもなるだろうの。余計なことはしていなかったようじゃな。基本に忠実なのは評価しようかね」

オババ様は羊皮紙《ようひし》に書かれた微妙に丸っこい私の文字を見て、一つ頷いた。思わずホッと胸を撫《な》で下ろす。

「まあ……そうじゃの。あとは、後味だけ改良したポーションを作ってもらおう。苦みは消すでないよ。それを来月の修業期間の宿題とする。それで手打ちとしておこうか。ワシは隻眼坊《マスター》やのように甘くはないよ、覚悟おし」

オババ様の言葉にギョッとする。

「い、一週間で改良せよと!?」

苦みを残しながら、後味のあの甘ったるさだけ改良するの？　下手に美味《おい》しくするよりも難しいんですが。

「片手間に美味《うま》いポーションを作っておいてよく言うわい。ま、別にいつまでかかってもよいがの。その間は、ただ半人前の印が取れんだけじゃ」

ヒヒヒと愉快そうにオババ様は笑う。

え、それって……

「味の改良ができれば、薬師を名乗ってもいいということですか」

高まる期待に胸を押さえ、震える声でたずねる。

火を落とし、鍋の前から離れたオババ様は、こちらを見てニタリと笑う。

「バカを言うでない、その前に国家試験があるじゃろうが。じゃが、魔力操作が十分にでき、薬の問題点を改良できる腕があるものに半人前を名乗らせるのも具合が悪い。来年にでも試験を受けてみるんじゃな」

――どうやら私は、薬師見習いをもうすぐ卒業する……かもしれないみたいです。

◆◆◆

しかし、オババ様には、難しい宿題を出されてしまったなぁ。翌日のお昼時、私は小さくため息を吐《つ》いていた。

「ポーションの後味調整かぁ。正直、美味《おい》しくしろって言われた方がよっぽど楽なんだけど」

不味《まず》さは残して後味だけよくしろって、どうすればいいの。

悩みはつきないが、まあそれについては来月の修業期間に考えればいいか。

それよりも……

「……どうしよう、お貴族様のパーティーに誘われてしまった」

目下の悩みは、こっちの方だ。

ロヴィー様から渡された羊皮紙《ようひし》を自室でよく確認したところ、アレックスさんに言われた通り、それは祝勝会の招待状だった。

「どうしよう、パーティーに着ていくようなドレスなんてないよ。……これから仕立てるっていっても、流行も形も分からないし」

今度は大きくため息を吐《つ》いた。本当に次から次から問題がわいてくるよね。

「もう、さっきからなんなのよ、ベルったら。ため息なんか吐《つ》いてさ」

「何か、悩みがあるのかしら？　私でよかったら話を聞くけれど」

私が余りに挙動不審《きょどうふしん》なものだから、一緒にお昼の賄《まかな》いを食べているカロリーネさんとヒセラさんがたずねてきた。

「ええと、それが……」

頭を抱える私に対し、二人は真逆の反応をみせた。

「あら、随分《ずいぶん》楽しそうな話じゃないの。どうせならあたしも噛ませなさいよ！」

「ベルが淑女のドレスを着たらどうなるのかしら？　ふふふ、きっと可愛《かわい》らしいことでしょうね。最近の流行ならばシルケ様に聞けばいいし、布の代金ならば後見人が出してくれるんじゃないかしら？」

「そうよ、お兄ちゃん、お金だけは一杯稼いでいるから、気にしないで上等な布で作っちゃいましょ！」

「あらあら、それは楽しそうだわ、ふふふ」

キラキラ目を輝かせ、笑みを浮かべる二人。えっと、二人が作ってくれるってことで、いいのかな？

お昼ご飯もそっちのけで、きゃっきゃと二人は盛り上がる。

「色はどうしましょう？　可愛《かわい》らしいピンクも似合いそうだけど、それだとベルの幼さが更に際立つわよね」

「そうね、あたし思うんだけど、ベルは深い青だとか、緑なんかが似合うと思うの。ヒセラさんはどう思う？」

「黒髪に合わせるとすると、落ち着いた色がいいのかしら……」

「ドレスの型も子供子供したものより、女性的なラインを出した方がいいんじゃない？」

「ベルは肉体は成熟しているものね。高さが足りないなら、靴の踵《かかと》を高くすればいいし……」

私が呆然としているうちに、色々と話が膨らんでいる。

やっぱり女の子は服の話とか好きだよねぇ……

私が遠い目でお茶を啜《すす》っていると、今度は少年のソプラノボイスがそこに被ってきた。

「なんですか、楽しそうですね？　へえ、ベル店長が着るパーティードレスですか。そういえば近く伯爵家のご令嬢が祝勝会をするとか。そこにベル店長がお呼ばれしているんですか？　で、着ていくドレスがない、と。あ、それならうちの商会を使って下さいよ。この村には今、王都の魔術師様や伯爵令嬢が逗留《とうりゅう》中なので、布地はいいものが揃っているんです。入り用ならばすぐにサンプルを持ってきますし、至急最新のドレスの型を取り寄せますよー」

なんでもない顔をしながら、ティエンミン君の怒涛《どとう》の売り込みが始まった。女性二人は、そんな少年の機転にきゃっきゃと笑い声を上げる。

「まあ、ティエンったら商売上手！」

「ふふ、ティエンミン君は、きっと遣《や》り手の商人になるわね」

「そうですかー？　そう言ってもらえると嬉しいですねー」

私、すっかり置いてきぼり……。ま、楽しそうだからいいか。

で、話をまとめると、上質な布と最新のドレスの型はティエンミン君のお父さんが取り寄せ。裁縫上手な友人二人が、ドレスを作ってくれる、と。そんな感じ？

ちなみに祝勝パーティーとか、地域のお祝いみたいなものは、お偉い人達のスケジュールの調整もあって、結構余裕を持って事前に連絡がされるんだ。

なので、ドレスを一着仕立てるくらいの時間は十分にあって、ね……

あ、エスコート役が高身長なアレックスさんだからと、靴の踵《かかと》はめいっぱい高くするんですって……。ハイヒールなんて殆《ほとん》ど履いたことないけど、こけないといいな。

そんな感じで、連日私がサイズを計られたり、テスト用の安い布地を当てられ仮縫いをされたりしているうちに、オババ様との約束の森での修業期間になった訳だけど……

はあ、ちゃんとオババ様の宿題をこなせるのかな。かなり不安だよ。

第五章　女神の森で薬師修業

私とぽちは今、女神の森へと向かっている。ここからの一週間、森で薬師修業だ。その間、店には出られないからと、冒険者ギルドのマスターにお願いして店に助っ人を呼んでみた。

普段酒場で働いているという男性従業員で、客あしらいも上手いと評判の、三十代の人だ。もし同業者ができたなら店主はこんな人がいいなぁ、って感じに喫茶店にマッチしている、落ち着いた穏やかそうな人だった。

店長として仕事の流れを教える必要もあったので、まずは一週間くらい一緒に働いてみたのだ。キビキビとしていてそつのない働きをする人で、流石《さすが》ベテラン従業員は動きが違うなぁ、と感心した。

上手くいくといいな……

そんなことを考えている間にも定期馬車はガタゴトと道を進むんだけど、相変わらずの乗り心地。

「ぽち、本当に揺れるねぇ。酔ってない？　大丈夫」

「わふん」

最近、森への行き帰りは、ぽちと私だけでやっている。

超大型犬サイズになったぽちが怖いのか、乗合馬車で変なことを言ったりちょっかいを出してきたりする人がいなくなったのだ。

しかし毎度同乗者は男の人ばかりで、正直肩身が狭い。

「せめて同性と乗り合わせれば、お話したりして気を紛らわすことができそうなのに……」

時折冒険者街で見かける女性冒険者達は、朝早くや昼の中途半端な時間など、どうも男性冒険者らが少ない時間を狙って移動しているらしく、未《いま》だ乗合馬車では一緒になったことがないのだ。なんだか残念だよ。

いつかは同業者として話してみたいのだけども、なかなか難しそうだ。

そんなことを考えながらぼうっとしていたら、目的地に着いた。

そこは五番ダンジョン。オーラフさん達が調査を終えたばかりだというプロロッカ周辺のダンジョンの一つで、環境は岩山。石質はほどほどだけど、村から近いから、石切り場として利用されているらしい。

お尻と背中に当てていたクッションを片付け、ぽちと一緒に降りる。ここから一時間ほど歩けば、女神の森に到着だ。

森に入って二時間。

道中に出てくる動物の対応をぽちに任せつつ、二人でお母さんに挨拶《あいさつ》に行く。

森は静かで、マイナスイオンたっぷりな感じ。大変心地よく、私の足取りは軽い。

小さな鞄一つで実家へ帰宅って気分かな。ポンッと、斜めにかけた革の鞄を叩く。魔法袋が便利すぎてもう手放せないよ。

「うーん、思わずピクニックしたくなるね。ごちそう一杯バスケットに詰めて。アレックスさんが暇なときにでも誘ってみようか？」

「わんっ」

私のごちそうの言葉に、好物のイノシシ肉を想像したのか、ぽちが涎《よだれ》を垂らしそうな顔をしてぶんぶん尻尾を振る。

今度、ピクニックシート代わりの敷物でも持って、バスケットにランチボックス……はないから、代わりに葉っぱでおかずやサンドイッチを包んで、のんびりしてみようかなぁ。お母さんのところとか泉の近くなら獣《けもの》も近づかないから、できる気がする。

そのときは、ぽちの大好きなイノシシ肉で、お野菜の入ったミートローフを作ろうか。

ぽちが食べても問題ない味付けにすれば大丈夫だろうし。うん、ぽちも食べたいって？

そうだね、やろうね。……最近トラブル多めだから、そんな先の楽しみを考えてないとやってられないよ。

そんなことを話しながら、私達はどんどん森を歩いていった。

相変わらず森の中の獣《けもの》はスレてなくて、人を恐れずのこのこと出てくるものだから、ぽちのお手……という名の強烈な殴打と、水魔法や火魔法でサクサクやられていく。正直、ぽちに怯《おび》えて逃げてくれた方がありがたいんだけど、結構戦意が強いのが多いんだよね。

私？　一応魔力膜《まく》で攻撃は弾けるように準備しながら、木の陰に隠れているよ。で、ぽちが倒した獣《けもの》を魔法袋に回収する、という流れ作業。あはは……

まあ、森の獣《けもの》も強いのが一杯いるから流石《さすが》のぽちでも全く怪我《けが》をしない訳ではないので、擦り傷や切り傷のときにはせっせと失敗作のポーション――魔力たっぷり版――をさっと塗り、傷をさくっと癒《い》やしたりもしているんだけど。

そう。女神様のおかげで、私の壊れ性能ポーションは、浅い切り傷や擦り傷程度だとひと塗りで治せるんだよね。

切り傷や擦り傷が瞬間で治る薬が存在するのかオババ様に聞いたところ、そんなバカな性能のものはないと一蹴された。

だからこれって、やっぱり外に出したらまずいよねぇ……と思い、こんな場面で消費してる。

そんな訳で、初期の頃全くコントロールが効かずに魔力をたっぷり含ませてしまったポーションは、ずっと魔法袋にしまったままなのだ。

まだ失敗作は山ほど鞄の中に入ってるから、しばらくは傷薬には困らないな。

なんて考えているうちにまた、ぽちの攻撃に森の獣《けもの》が沈んだ。

トライコーンだとか、額《ひたい》に宝石みたいな玉がある猫……カーバンクル？　とか、いかにも人喰ってそうな恐ろしい顔つきの熊さんとかが出てきては、ぽちに一蹴されていく。

……しかし肉球パンチの一撃で沈んでいくけれど、これでも、この獣達ってBランク相当なんだよね。うちの子が強すぎて怖いよ。

そうしてなんとか、いつもの場所に着く。

狼《おおかみ》のお母さんこと、Sランク寄りのAAランクモンスター、シルバーウルフマザーは、いつものように大木の下にうずくまっていた。

木漏れ日に照らされた銀色の被毛がきらきらと輝いている。大きな体は引き締まり、肉食獣特有の機能的な美しさを生み出していた。

「お母さん、久しぶり……でもないか。また来たよ」

ぽちと私は大きく偉大な姿を見て、思い切りそのお腹へと飛び込む。温かくてお日様の匂いのする、いつもの安心できる場所だ。

「はあ、やっぱりここは落ち着くなあ」

「くうん」

ぽちも同じ気持ちらしく、二人でお母さんのお腹に抱かれる。お母さんは仕方がないわねぇ、というように長いふさふさの尻尾をゆらりと振って、私達の好きにさせてくれる。

ああ、私は森に帰ってきた。

なんだかひどく嬉しくなって、あははと笑いながらお母さんのお腹でゴロゴロする。

そうして、英気を養うんだ。

「はあ、離れがたいよー」

「がうがう」

全身で狼《おおかみ》のお母さんに抱きついていると、やれやれという顔で、彼女は私やぽちの顔を舐《な》めた。

「ふふふ、くすぐったーい……くしゅん」

クスクスと笑いながら甘えているけど、晩秋に差しかかった森はもう肌寒い。油断してたらクシャミが出た。お母さん枕で外で寝るのは、難しくなってきたかもしれない。

「うーん、一回くらいお母さんと一緒に寝ようとしてたけど、難しいかな。残念」

「きゅうん」

「あ、ぽちはいいんだよー、甘えていきなよ。まだまだ子供だもん、お母さんが恋しいのはしょうがないって」

なでなでと頭を撫《な》でると、どうしようって感じで見上げてくる。

「あはは、私に気遣いなんてしなくていいよ？　この森は私やアレックスさんしか入れないらしいし、コテージは安全だから、そこまで送ってくれれば大丈夫。ハーブ取りに行くときとかにはちょっと手伝ってね。そうしたら、あとは好きにしていていいんだよ。二十にもなっても、私もお母さんやお婆ちゃんが恋しいんだから、ね？」

正直、今も日本の家のことを思い出せば泣けてくるけど、でもここにはぽちやお母さんやアレックスさん達がいるんだもの。

今の私はすごく恵まれている。だからこそ、笑って言えるんだ。……あの人達が今も、恋しいんだって。

そうして、お母さんにたっぷり甘えてから、私とぽちは森を移動した。本日から一週間泊まる場所に向かうのだ。

「お邪魔しますー」

木製の扉を開ければ、今日も掃除したてみたいに綺麗な木造のリビングダイニングが広がる。建物も、不思議と古びた感じがしないんだよなぁ。

本当、誰が掃除してるんだろう？　魔法の道具かな……もしかしたらロボット掃除機みたいなやつ？　だとしたら店の掃除用に私も欲しいんだけど。

「さて、と……」

アレックスさんにもらった、お洒落《しゃれ》なメダル付きの革の肩掛け鞄をダイニングテーブルの椅子に置く。そして、丈夫さだけが自慢の中古の服を脱ぎ、棚に用意されているチュニックに着替えてから、私は一週間の修業の準備に取りかかる。

ええと、鞄からガーデンエプロンを出して、と。

そこには、愛用の園芸道具一式が入っている。村では出せないんだよねー、これ。園芸ハサミ一つ取っても出来が違うらしくて。

ということで、愛用の品が錆《さ》びていないか、きちんと動くかなどじっくり確認した上で、ポケットからスマホを出して、と。ソーラーパネルつきの充電器があって本当によかった、なんてしみじみ思う。

椅子に腰掛け、床に寝そべったぽちを素足でうにうにしつつ、うーんと悩む。

「とりあえずメモアプリに今後の予定を書き出してみようかな」

そう呟いて、開いたメモアプリに以前に書いた、ハーブグッズで作りたいものリストに目を通す。

なんだか未消化なものが多いなぁ。

化粧水にフローラルウォーターに精油、美容クリームに香りのいい石鹸《せっけん》。

チンキや手作りアロエ化粧水なんかは、こないだ仕込んだからいいとして。……あとはできるのを待つだけだからね。

フローラルウォーターや精油はあれだ、蒸留器がないとできないからね。今頼んでる王都の錬金術ギルドからのお返事があるのを期待しよう。……まあ、店舗拡大のご褒美《ほうび》というかお詫《わ》びの品というか……だし、マスターが頑張ってくれるでしょう、うん。

あ、マッサージ用のオイルの替えも作っておこう。ヴィボさんにはマッサージ方法も一回真面目に伝えておいた方がいいかなぁ……

この世界ではどうも魔法薬が強力すぎて、なんでも薬を飲めば治るというイメージが横行しているみたいなのだ。病後はリハビリが一番大変なのに、そこが疎《おろそ》かな感じがする。あ、とすると、アレックスさんの腕の方にも注意が必要かな？

「っと、それはそれとして、ポーションの後味改善だよ。オババ様の課題をなんとかしなくちゃ。まずは、苦味の元を探るとこからかなぁ。一つ一つ、ポーションに入っているハーブの効能や味を確認して、組み合わせて、その上でえぐみに繋がるものを特定して、と」

つまり、今回やることは……

ハーブの一つ一つの味、効能の確認。それの組み合わせによる味変化の確認。えぐみの特定。そこから、最終的な味調整っと。

思いつくことをメモし、ふとスマホから顔を上げて、私は渋面を作る。

「一番の問題は、あれだよね……」

味を確認するには、飲まなきゃいけないってこと。魔術師さんが床に倒れ込むようなものを、何度も。

「激しく気が重いよぉ……」

とはいえ、今日は移動で疲れたから軽く……いつもの低級、中級、上級、各種ポーションを十本ずつ作って、規定通りにできているかを確認するだけにしよう。

「初日から絶望に沈んでいたら、修業も何もないじゃない？　ね？」

なんて、ぽちに言い訳がましく言ってみると、彼は不思議そうな顔をした。うん、分からないよね。

そうして悩むのにも飽きた頃、私はぽちと一緒に、コテージの近くの女神様の祠《ほこら》を訪れた。

こぢんまりとした祠《ほこら》には、相変わらず水の気配がする。母性の象徴みたいな美しくもふくよかな女神の像が祀《まつ》られているそこには、優しいお母さんに抱かれたときのような落ち着く気配と、キンモクセイの香りが満ちていた。

私は女神の像の前で軽く手を組み、祈りを捧げる。

「今月からは、月の半ばの一週間を森で過ごせるようになりました。あ、村では喫茶店を始めたんですけど、商人さんや魔術師さんになかなか好評なんですよ。それから……」

まるで遠方の親に電話でもかけているような感じで近況報告する間、ぽちは不思議そうにくんくんと鼻を鳴らしつつ周りを見ている。この場に満ちる女神の力に気づいているのかな。

「……という訳で、なかなか楽しくやっています。それでは、また報告に来ますね」

踵《きびす》を返し帰る背中に、ふわりと優しいものが寄り添って——クスクスと華やかな女性の笑い声が聞こえたような気がした。

◆◆◆

木々の庇《ひさし》の中を進むと、突然天井に穴が空いたかのように空が見える場所がある。

そこが、私のハーブ園……というか、季節がおかしくなったかのごとく草花が咲き誇る泉のほとりだ。

空が映り込んだ泉は相変わらず綺麗で、澄んだ水の匂いもすがすがしい。

私はそこで、竹で作った水筒に水を汲《く》む。

「うん、相変わらず美味《おい》しいね」

「わふ」

気持ちいいのか、隣でぽちもぱたぱた尻尾を振っているよ。

「さてと。では、ハーブを摘《つ》んじゃおう」

ここぞとばかりハーブをたっぷりと刈り取る。

キク科の可愛《かわい》い小花を付けたカモミール、鮮《あざ》やかな黄色の花のセントジョーンズワート、小さな小花が一杯のエルダーフラワー、ピンクの花のオレガノ、そして、背は低いけど元気に黄色の花を咲かせるタンポポ。

花を付けたハーブを摘《つ》んでいると、まるでお花畑にいるようだ。

タンポポコーヒーは予想外にうけているので、多めに根を取らなきゃね。ぽちが頑張って穴掘りしてくれてます。あとでブラッシングとご褒美《ほうび》のおやつをあげよう。

うきうきしながら、今度は葉ものや果実のハーブへ。

ローズマリーは爽《さわ》やかな香りを楽しみつつ、ミントはギザギザの葉を目印にして。

シュッとした細い葉のレモングラスもたっぷり取り、マテの木からは葉を摘《つ》んで、赤い実のクコをもぎ取る。あ、レモンもドリンクに蜂蜜《はちみつ》漬けにと活躍するから、しっかり取らなきゃね。それから……

こんなに両手に抱えるほどハーブを刈り取る理由は、オババ様の宿題に答えるためだ。

何度もテストを繰り返す以上、相当量が必要なはず。それに加えて、店でハーブティーや料理に使う分も用意したい。

この一週間の朝の行動は、これで決まりだな。

毎日ハーブ摘《つ》み。

まあ、朝から庭仕事とか、なかなか健康的でいいのではないだろうか。

ということは……虫除けスプレーが大活躍しそうだ。また作っとかないとだね。

「それにしても、試飲がなぁ……はあ、気が重い。いっそのこと、美味《おい》しくしてから苦味を足したらどうだろう。そうは上手くいかないか、ははは……」

ため息を吐《つ》きつつ、思いついたことはとりあえず記憶の片隅にしまう。

山盛りのハーブを取った私はコテージに帰り、ぽちといっぱい戯《たわむ》れた。そして、お散歩に行くぽちの後ろ姿を扉から見送って、ポーション改良の前段階のテストに移る。

っと、そうそう、その前にお昼だ。作る時間も惜しいし、大量に作っておいたケーキや、喫茶店のお持ち帰りの試作品を食べておしまい、だね。

賞味期限がやばそうって？　それがなんだか、魔法袋って入れとくと劣化が少ないみたいで、日持ちしないものも結構持ったりするのに最近気づいたんだよね。

この前、以前に作った料理を食べるのを忘れていて。しまった腐ったか？　と出してみたら、嫌《いや》な臭《にお》いも変色もなく、まだ余裕で食べられたのだ。

それでマスターに聞いたら、魔法袋の性能について「これも知らなかったのか？」って呆れながら説明してくれた。……っていうか、最初のときに教えてくれたらよかったのに、と思わなくもないけど。あの人、面倒臭がるというか、大事なこと伝え忘れること多いよね。

でもまあ、その話で思った。

こんな便利なものがあるなら氷魔法使いが少ない以前に、冷蔵庫が流行《はや》らない訳だわ、と。

何せ、冒険者は小金が貯まったら、持ち物やら採取品やらの運搬を楽にするために、優先して魔法袋を持つというのだ。一般家庭にはちょっとお高めでも、Cランク以上なら多頭狩りすればそれなりに稼ぐから、小袋サイズの魔法袋なら頑張れば届く範囲の値段で手に入るらしい。ちなみにこれ、錬金術ギルドの主力商品なのだとか。

うーん、うちの店もケーキ類をストックするのに、カロリーネさんに小さめ容量の魔法袋を貸与すべきかしら。あとでヴィボさんに相談してみよう。

おっと、思考が横道に逸れた。

「さて、今日中にハーブの味の確認くらいはしないと」

ダイニングテーブルの上にざっとポーションの材料を広げて、腕組みしながらうーんと悩む。

「それにしても、苦味を残した上で後味改善かぁ。どうすりゃいいの……」

似たようなものを探すなら、青汁？　青汁なのか？

そういえばオババ様特製の健康茶は、皆がよく飲んでいた。でも薬は、必要量以上には飲まれていないよね。

だとすると、青汁程度ではないのか。しかし、苦味を強くした現在の味では、必要量を飲むことすら難しい……と。

「え、待ってこれ、本当に難しいんじゃないの？」

私は背に冷や汗が流れるのを感じた。

……飲みやすくするなら、濾《こ》せばいいのかな？　いや、全部濾《こ》すと多分ダメで、少しだけ残す？　うーん、難しいなぁ。

まあ、難しいからとへこたれている訳にもいかない。薬師の免許のためにも頑張ろうと、気を取り直し机に向かう。

まずは一つ一つのハーブの確認からだ。

「えーっと、最初は体力回復薬から……いや、魔術師さんからの苦情なんだから、魔力回復薬の方からか」

テーブルに並べられたハーブの中から、魔力回復薬に使われているものを取り上げる。

「ふむふむ。オババ様の処方は、鎮静効果のあるハーブが中心なんだね」

基本となるのが、最近話題の抗うつ効果もあるというセントジョーンズワート。そこに、パッションフラワー、リンデンフラワー、オレンジフラワー、カモミール、リンデンウッドなど、精神の緊張を解きほぐしたり、不眠やストレスに効くというハーブを混ぜている。更に抗酸化作用と、血液循環をよくするローズマリー、鎮痛効果のフィーバーフュー、肝機能を助け消化不良に効くアーティチョークなどが入っていた。

「苦味はフィーバーフューか、アーティチョークあたりからかなぁ。それともブレンド？」

とりあえず、気になるハーブはメモしておこう。

二十種以上入っているハーブの中には、この世界特有のものも幾《いく》つかある。オババ様に聞いたところ、魔力豊富なダンジョンでしか育たない、魔力に感応する種、だったかな……

「マギワームウッドとか言ったっけ……とりあえずお湯で抽出して……うっ、苦いっ」

私の知識では、ワームウッドってニガヨモギのことだったような……。虫下しに使ったりする苦いハーブだよね。

「でも、これがきっと、魔力回復するための重要なもの、なんだよね？　ここに魔力が入っている、と考えていいのかな。となると、これ外せないハーブじゃない？　でも苦いから、別のハーブに代えるとしたら……この代わりになるものなんて、あるのかな？　私じゃ、こちらの世界由来のハーブなんて分からないよ」

思わず頭を抱える。

いずれにせよ、まだそれぞれのハーブをブレンドしたときの味を確認もしてないし、味覚テストにも時間がかかるはず。だからここは明日以降にということで……！

◆◆◆

「うーん、こっちとこっちの組み合わせだと……やっぱりあれが……」


あれから数日ほど、私はひたすらブレンドを試している。

ちょっと味を試しては、その度にスマホの簡易表計算アプリに苦味、甘味、酸味等を記して組み合わせを確認する日々だ。そうこうしているうちに、森の滞在も明日までになってしまったんだけど……


「大体苦味の元は特定できたけど……やっぱりマギワームウッドが強敵すぎる」

オババ様の宿題は、まだまだ答えが出せる状況にはない。

この前集団暴走《スタンピード》で魔術師さんたちに試供品として渡したあの改良版は、酸味や甘味を足して、苦味をマイルドにしてたんだよね。

だから、美味《おい》しいポーション作りの時点で、大体分かってはいたんだ。こいつは厄介な奴だなと。


「ううう……マギワームウッドは後回しね。何度も飲みたい味じゃないよぉ……」

私はべそべそと泣き言を言いつつ、テーブルに突っ伏した。

「よお、ベル。何度も呼んだのに返事がないから驚いたぞ。何してるんだ？」

そこに、アレックスさんがやってきた。今日も軽快な狩人姿ですね。お疲れ様です。

「あれ、アレックスさん、どうしたんです？」

私はささっとガーデンエプロンにスマホを隠し、なんでもないふりをした。顔、引きつってないかな。

けれど、私のそんな不審な態度にもかかわらず、彼の態度は普段通りだ。

「どうしたもこうしたも、オレの狩場は基本この森だっての」

なんて言って、肩を竦《すく》める。

「ああ、そうでした。女神の森の守り手ですものね」

あ、ぽちは今日もお散歩中という名の彼のごはんを狩る時間なので、側にいない。だから私の反応が遅れたんだけどね。

「と、今日来たのは別の用事があってな」

「どうしたんですか？」

用事ってなんだろう。私が首を傾《かし》げると、

「お前に届け物だ。確かここに……錬金術ギルドからの木箱っと……」

彼は腰に吊るしたポーチを探る。魔法袋になっているそこから、アレックスさんが慎重に大きめな木箱を取り出して床に置いた。

木箱には直接、取り扱い注意、ガラス製品、など注意書きが書かれている。

待ちに待った、錬金術ギルドからのお届け物だ！

「蒸留器だ、蒸留器がきたよ！」

待望のものの登場に、思わず歓声を上げる。

私は早速木箱を開けて、梱包材《こんぽうざい》らしい布やわらを避け、慎重な手つきでガラス製品を取り出した。そして、そっとダイニングテーブルに置く。

この蒸留器というものは、簡単にいえば混ざりあった液体から、目的のものを分離したり、濃度を濃くしたりするための器具だ。液体を熱で蒸発させて、再度凝固させることでそれが可能となる。理科の実験とかで、一度は見たことがある人が多いんじゃないかな。

熱源……大体は火だね……の上に、蒸留用のフラスコを設置する。そのフラスコの口にぴったり合う管を繋ぎ、その管を外部から冷却する。最終的に、管を通って冷やされた蒸気が、蒸留した液を受け止めるフラスコに液体になって溜まるという感じ。雑な説明だけど、こんな感じだったと思う。

繊細《せんさい》なガラス製品なので、きちんとなってるか心配だったけれど、フラスコを置き、支えにガラス管を設置し、冷却装置を繋ぎ、管の先に蒸留液を溜めるフラスコを置き――と順番通りに設置すれば、案外しっかりとテーブルの上で安定した。

まあ、お高いものですし、そりゃあしっかりできてますよね。

「うわぁ、うわぁ、本物だぁ。高価だし置き場所も困るから、以前は買えなかったんだよねー」

自分用の蒸留器を組み立てて、その前で思わず小躍りする。

あ、異世界らしく、熱源は火の魔石を使うんだ。真ん中に窪《くぼ》みがある石の皿に魔石を入れて、っと。喫茶店や食事処で魔石を毎日のように使ってるから、火加減に関しては結構すぐに掴んだよ。

む？　手書きの説明書に、火の魔石の火属性は使用していると薄れるので、三十回毎に錬金術ギルドで別料金でチャージします、と書いてあるよ？　まさかの、魔石で利益を稼ぐ商売だったのか。錬金術ギルド、なかなか抜け目がない。……ぽち、火属性チャージとかできないかな。

はしゃぎながら、色々確認して騒ぐ私と、それを生温《なまぬる》く見守るアレックスさん。あ、すみませんね、一人で興奮して気持ち悪いですね。

「ありがとう、アレックスさん。ちょっとオババ様からもらった宿題が難しすぎて心折れてたところだから、これは嬉しいよー」

一人でテンション上げながら全力で感謝を込めて言ったら、彼はドン引きしていた。

うーん、分かる。錬金術の器具なんかで興奮する女なんて変だよね。

それはともかく、設置したらテストしないと。

「まずは蒸留水を作ろう。そのあとはアロマウォーターかな。アロマウォーターだけでも、美容水には十分使えるんだよねー」

じっと蒸留器を見ながら、うっとりと使い道を考える。

このとき、私は目の前の蒸留器で頭の中が一杯だったから、聞き逃してしまった。

「マスターに聞いてはいたが、本当にベルは錬金術の道具なんてものの使い道を知っていたんだなぁ。新しい魔法の使い方といい、その知識といい、ベルは、一体どこから来たのか。……いよいよ気になってきたが、覚えてないなら聞きようもないし。どうしたもんか……」

――そう、アレックスさんが呟いたことを。

と、いけない。一頻《ひとしき》り蒸留器を前にはしゃいだ私は、やがて我に返り、こほんと咳払いをした。来客がいるのに放っておいては失礼だ。

「さて、蒸留器はひとまず置いておいて、そろそろお昼だし、料理を作るか」

自分一人だと、ぽちにお肉を切り分けてあげて、あとは魔法袋の中の在庫消費に努めがちだ。けれど、今日はアレックスさんがいる。ならばちゃんと作ろう。

わざわざお届け物もしてくれたし、ね。

そのためには新鮮なお肉が必要だね。

前準備として、アレックスさんにぽちが持って帰ってきた獲物を捌《さば》いてもらうことにする。

コテージの裏手に水場があって、そこで獲物を捌《さば》くのだ。獣《けもの》が寄ってこないよう、いらないものは穴を掘ってそこに埋めてしまうんだとか。

そうして、アレックスさんにやってもらっていたんだけれど――

いつもながら、すごい手際だ。

「毎回頼んじゃってすみません」

私が頭を下げると、彼は軽く首を振る。

「いや、肉や皮を報酬としてもらってるし、別にいいが。ただ、そろそろ覚えてもいいと思うぞ？」

「はい……」

いやあ、そうは思うんだけど、動物捌《さば》くってなかなかこう心情的にきつくってね……。

でも、いつまでもアレックスさんに頼ってる訳にもいかないんだし、そろそろ考えないといけないのだろう。今度ギルドの職員さんにでも聞いてみるか。

アレックスさんがすごい速さで捌《さば》くのに合わせて、私は小さな魔法袋から追加の獣《けもの》を出していく。

あ、森にいる間は、ぽちの首にアレックスさんからもらった討伐《とうばつ》証明用の魔法袋を下げてある。獲物を引きずってくるのも大変だろうしってことなんだけど、ぽちも上手いこと魔法袋を活用しているよ。

そして、結構な短時間で、アレックスさんは大体のところを解体してしまった。

お肉が準備できたら、次は私の番だ。キッチンへ移動し、シカ肉のブロックを出す。

今日は時短でいこう。お肉を切り分け、ヨーグルトに漬けて三十分くらい置いておいてっと。その間に、汁物を作るよ。

汁物は、前にスモークしておいたイノシシ肉――イノシシベーコンを使っての洋風ポトフに決めた。お野菜は、冒険者街の朝市で買った、人参、玉ねぎ、キャベツなど。前の世界のと色は違うけど、味は変わらない。それに、イノシシベーコンをたっぷり入れる。

キッチンストーブにポトフの鍋をかけたら、いよいよシカ肉だ。

ヨーグルトを拭き取ってカッティングボードの上に載せたところで、私はうーんと腕組みした。

ええっと、これはどうしたものかな……?

とりあえずお肉好きなアレックスさんに出そうと思ったのだけど、どう調理したものか悩むなぁ。

うーん、新鮮だし、血抜きもしっかりされているから、きっと臭みはそうないはず。

ここはシカ肉ステーキとかどうだろう。お塩とローズマリー、セージでさっぱりとオーブン焼きにして。

うん、そうしよう。

付け合わせはクレソンと玉ねぎね。

「できましたよー」

料理を待ってテーブルに座っていたアレックスさんは、私の声に顔を上げた。

「おう。今日はなんだ?」

ぱっと明るい顔で問いかけてくる。

わくわくした顔で料理を待たれるのって、ちょっとくすぐったいけど嬉しいよね。

「シカ肉のステーキと、イノシシベーコン入りの野菜たっぷりスープ、ってとこですかね」

「へえ、美味《うま》そうだな」

「あはは、シカ肉は初めての調理なので、忌憚《きたん》のないご意見をお願いします」

「なんだそりゃ」

なんて、私達が和《なご》やかに話していると、少し前に帰ってきていたぽちもリビングの端っこから起きてきて、ちょこんとテーブルの近くに座る。

「ぽちはイノシシ肉ね。ゆっくり食べるんだよ」

「わん」

彼はぱたぱたと尻尾を振った。

この子はほんと好物が決まっていて、何度食べてもイノシシ肉に飽きないんだよね……

ぽちがワイルドに生肉を食す隣で、人間は調理済みの食材を食べます。

ベーコンからの出汁《だし》と、ワインビネガーの酸味をちょっと足して、乾燥ローリエ、セロリ、パセリなどのハーブでちょちょいと風味付けしたポトフは、素材の味が出たシンプルな具合。イノシシ肉ってちょっとクセがあるけど、これはスモークしたお陰でマイルドになってるかな、うん。

イノシシ肉はぽちがよく捕ってくるから、常に在庫が溢《あふ》れているんだよね……まあ、当人が殆《ほとん》ど消費してるからいいんだけど。

シカ肉も臭みがなく、美味《おい》しい。ジビエってなんとなく臭そうと思っていたし、調理も難しいかなって忌避《きひ》してたんだけど、上手く解体したものは臭みも少なくて食べやすい。

なかなか奥深いなぁ……

勿論《もちろん》、これだけでは足りないだろう大食漢のアレックスさんのために、大量のパンの実を添えてます。

「いやー、食った食った」

「お粗末《そまつ》様でした」

食後のお茶は、アレックスさんは最近お気に入りのタンポポコーヒー、私はカモミールティー。

ぽちは自《みずか》ら出した美味《おい》しいお水を、自分のお皿で飲んでいる。

その背を撫《な》でながら、ダイニングテーブルだけでなくゆっくりするのにソファセットが欲しいなあ、なんてことを思った。

月に一度はここに戻ってくるんだし、座り心地のいい椅子はあった方がいいよね？

……あっ、魔法袋があるなら、運ぶのは手間じゃないのか。それなら家具を発注すればいいんじゃないの？　うん、村に帰ったら早速そうしましょう。

アレックスさんは、お昼ご飯の後少し食休みしたら、贔屓筋《ひいきすじ》に頼まれている砂糖や岩塩を取りに行くのだと森に出掛けていった。お疲れ様です。

そういえば、砂糖って国内では三つのダンジョンから出るだけなんだっけ？　あとで私もお金を稼ぐために、取りに行っておこうかなぁ。

一応喫茶店の食材とかは経費で落ちるけど、なんだかんだで喫茶店の試作品のために気になった素材を買っちゃったりするから、気づけば足が出てることがあるんだよねぇ……。

頭の隅でちらっとそんなことを考えつつ、扉の前でぽちと一緒にアレックスさんを見送った。そしていそいそとダイニングテーブルに戻る。

それはそれとして、今は蒸留器ですよ、蒸留器。

はあ、待ちに待ったものがやっときた。頬ずりしたい。

「ちょっとだけ……これはテストだから、触るだけだから……」

言い訳しながら、蒸留水を作る準備を始める。

「ぽち、お水をもらえるかな？」

「わん」

熱源の上のフラスコにお水を入れて、管を差し込んで、っと。

冷却部には水を循環させるのか。え？　こっちも水の魔石で動かすんだ？　錬金術ギルド、魔力チャージで荒稼ぎしてそうだなぁ……

で、冷却され分離された液体が落ちるフラスコは、管の先に置いてと。

「さて、動かそう」

二つの魔石を起動……

ゆっくりと、水の入ったフラスコが温められ、ぽこぽこと気泡が上がっていく。

おおお～っ。

「これは楽しい」

「わん？」

ぽちはよく分かんない？　うん、そうだね。ただ気泡が上がってるだけだもんね。

でも私は、蒸留器がちゃんと動いているだけで感動なのです。

「よーし、蒸留水できたぁ」

蒸留水を作ったら、これはもう、化粧品を作らざるを得ないよね。

そろそろローズマリーチンキ、というかハンガリアンウォーターができるから、とりあえずそれを薄めようかな。ちゃんと毎日揺すってたんで、アルコールに色が移っているのは分かってる。アロエの方もできた頃だし、化粧水も作っちゃおう。

冷暗所に移していたハンガリアンウォーターの瓶を取り出して、と。清潔な瓶に移して薄めるよー。アルコールものだから濃いとアルコール臭くなるし、濃度に注意だね。

「今回の女子用のお土産《みやげ》はこれに決定かなぁ。日頃お世話になってるカロリーネさんやヒセラさんにいいよね、きっと」

うーん、でもこれだけじゃなぁ。男子受け悪そうだし。

よし、男子用にはどかんとお肉を使ったなんちゃって焼きそばとかどうだ。ギルドも基本は男性の職場ですし。

うん、男子には、市場で売ってるパスタを使ったなんちゃって塩焼きそば風にしよう。

「よーし、そうと決めたら塩焼きそば風スパ作ろう」

キッチンストーブに火を入れてパスタを茹でて、フライパンを熱して臭みを取ったシカ肉の薄切りお肉をカリカリに焼く。そこにバジルにパセリ、チャイブなどを加えてっと。おっと、お塩お塩。できたらお皿代わりの大きな葉っぱに包んで、魔法袋に入れとこう。

なんて、横道に盛大に逸れてると、窓の外はすっかりオレンジ色に変わっていた。

……はっ。

なんてことだ。蒸留器弄《いじ》ったり料理してたりしたら、一日が過ぎてしまった。

「ま、まあ。ギルドの皆にお土産《みやげ》作れたからよしとしておこう。どうせポーションの後味改良の方も煮詰まってたし、リフレッシュも大事だよ。ぽちはお水と火の係、ありがとうね」

「わふ？」

必死に言い訳する私を不思議そうに見上げるぽちの純粋な瞳が、心に痛い。わしゃわしゃと首回りをかいてあげつつ、私は明日の最終日は真面目に組み合わせ表を埋めることを誓う。

うん、でもまだ、基礎段階なんだけどね……

「よーし、がんばるぞー」

「わんわん」

ぽちに頑張れと言われてそれに応えつつ、私はとりあえず気分だけは最終日に備えた。

第六章　パーティーに参加します

女神の森で頭を抱えつつもオババ様の宿題を必死に進めて、一週間。今日はもう帰り道だ。

森から一時間の距離の停留所で定期馬車に乗り込み、ガタゴトと馬車に揺られる。

一週間では、やっぱり糸口は掴めなかった。まあそう簡単にはいかないよね……うん、分かってた。ポーションの後味の悪さは、途中の苦味と最後にくる甘みの相乗効果だと思う。その苦味の原因はおそらくマギワームウッドだけど、それは魔法薬の基本になるもののようだから、下手に除去する訳にはいかないはず。そもそも、苦味は残しつつの後味改良だし。

はっ、報告どうしよう。

一応、メモアプリにブレンド結果の味を書き出したものを、ペラペラの羊皮紙《ようひし》に書き写してはみたけど、これはオババ様が考えている正解にはほど遠いだろう。ただの味覚調査みたいなものだし。

でもそれはもう、仕方ないか。それより何より、マギワームウッドの代用品をオババ様に教えてもらわねば。

馬車は満杯になるまで、五つのダンジョンを巡る。

ダンジョンから帰る人々の顔つきは様々だ。成功した人達は明るい顔をしてお酒や娼館の話をしているし、上手くいかなかった人達は頭を抱えたり、暗い顔をしている。

これからオババ様に会いに行く私も、なんとなく上手くいかなかった人の気持ちが分かるよ。ちょっと、気が重い。

私はぽちを抱きしめながらダンジョン帰りの人々に共感しつつ、馬車に揺られるのだった。

◆◆◆

村に帰ってすぐに、私はヒセラさんにお土産《みやげ》を渡しに行くことにした。

「いつも悪いわね」

受付カウンターに座った彼女は、ちょうど帰りの用意をしているところだった。

「いえいえ。ハーブで色々と作るのは趣味ですから」

今日も麗《うるわ》しいヒセラさんに、ハンガリアンウォーター入りの瓶を渡すと、彼女は笑顔で受け取ってくれた。

今回渡したハンガリアンウォーターは、飲んでよし、美容にもよしの万能なものだ。ハンガリーの王妃様が使ったとされるハンガリアンウォーター。ローズマリーをメインに、ペパーミントやオレンジフラワー、ローズなど、好きなハーブを混ぜて、ウォッカ等の酒精の高いもので成分を出して作る。

若返りの水とも言われていて、七十代の王妃様が二十代の王子様にプロポーズされた、なんて逸話もあるぐらいだ。とても健康効果のあるレシピなんだよね。

こないだの集団暴走《スタンピード》の後始末もあってかお疲れ気味な彼女には、是非とも使ってほしい。

「あと、こちらの肉入りパスタは皆さんで食べて下さい」

ついでに、なんちゃって塩焼きそば風パスタをどさっと渡す。こっちは他の職員さん達にね。

「まあ、随分《ずいぶん》とお肉が入っているのね。皆、ベルから差し入れよ。こちらに置いておくから各人取りなさいな」

ヒセラさんはそう言って、魔法の水瓶の横にあるカップボードにそれを置いた。

彼女の呼びかけに、あちこちから期待した顔が覗く。

皆、私が食べ物を持ってくるって覚えてるからか、それともそろそろお腹が空く頃合いだからか、ギラッと目を輝かせて我も我もと取りに行ったよ。

「あらあら、ベルのお土産《みやげ》は人気ね」

にこにこと微笑みながらヒセラさんが言う。彼女がもう帰るそうなので、私も一緒に冒険者ギルドの裏にある宿舎へ帰宅した。

◆◆◆

女神の森から村に戻った、その翌日。

今日は喫茶店は休業日なので、ぽちの散歩も兼ね、オババ様の店に行くことにする。

宿題自体は全然終わってないから、なんて言われるかと考えると憂鬱《ゆううつ》だけど、報告は大事だよね。なにせ私は、オババ様のもとで薬師修業中の身なのだから。

冒険者街は、相変わらずの盛況ぶりだ。

石造りのなかなか立派な店が並ぶ中をぽちと一緒に歩いて、目的地に辿り着く。

オババ様は、今日も大鍋に向かっていた。

「あの、オババ様、ポーションの後味の件でお伺いしたのですが……」

細い後ろ姿に声をかければ、彼女は「フン」と鼻を鳴らした。

「で、できたのかい」

「いいえ、まだ」

「だろうねぇ。そう簡単に完成したら、むしろ困るってもんだ。隻眼坊《マスター》やからの指導料も受け取れなくなるしな。まあ、せいぜい悩みな。なんならワシが死ぬまでできなくてもいい。あんたの見習いが取れないだけで、ワシは痛くもかゆくもないだけじゃ」

ヒッヒッヒ、と、狭い部屋の中に笑い声が響く。

……うう、最初から無理って分かっての課題なのかぁ。

となると、マギワームウッドの代用品も教えてくれないかも。これは完全に煮詰まった、か？

まあ、よく考えれば、半年足らずで見習い終了なんて上手くいきすぎていたんだよね。

前世の二年間の修業期間があるとはいえ、こっちでは薬師になるには十年は下積み期間がいるって話だもの。

世の中そう甘くはないか。

ぐつぐつと薬草を煮る音がする中、私は束の間黙り込んだ。

けれど、このまま沈黙を続ける訳にもいかない。私は革の肩下げ鞄からレポートを取り出し、オババ様の書き物机の上にそっと置いた。

「とりあえず……各薬草のブレンド結果による味変化などをまとめてきました。まだ途中ですが……あとでいいので、見てもらえますか」

そして、帰ろうとそそくさと扉の方へ体を向ける。

すると背後で、コトン、コトンと、木靴が床を打つ音が不規則に響いた。続いて、カサリと何かを取り上げるような音がする。

思わず振り返った。

「……フン、真面目にやっているようだね。ところでこの、縦と横に引いた線はなんの意味があるんだい」

「え、っと……二種類を混ぜたときの味変化を書いた表ですが」

あれ、ごくごく単純な表なんだけどな。見方が分からないみたいだ。

私はオババ様の側にいって、読み方を教える。

「ほう、そうかい。……なるほどねぇ。これなら色々な結果が一度に見られる訳かい。で、埋まってないのがまだ組み合わせをしていないものってことか」

「そうです。で、苦味成分が最も出ていたのがこれと、これ。あと、マギワームウッドが強敵で……。味を改良したポーションのときは柑橘類《かんきつるい》とかで味を抑えたり、単純に使用量を抑えたりしていたんですけど……。苦味を押し出したままでの後味改良なら、それもいけないんだろうなぁと……まあ、悩んでいる訳です」

「ああそうかい、方向性は間違ってないから、そのまま頑張りな」

オババ様はうんうんと頷きつつ、しかし突き放すようにそう言った。

そして羊皮紙《ようひし》を机に戻して、また大鍋の方へ行く。も、もしや……これはアドバイスとかいただけない感じだろうか。

再び大鍋をかき混ぜるオババ様に、私は慌てて言った。

「ところで、マギワームウッドなんですが、何か代用物はないでしょうか」

「はあ？　何かってなんだい」

呆れたような彼女の声にめげず、私は続ける。

「いえ、あのう……このマギワームウッドが、あの苦さの原因っぽいので……なんとか別のものがないものかと」

「ああ、そうかい」

うう、オババ様、素っ気ない。

じゃあ、言い方を変えよう。

「そもそも、魔力が入っている特別な薬草って、どこに生えていて、どんなものがあるのでしょうか？」

質問を変えれば、今度はオババ様の答えは、明快だった。

「そうだねぇ、あんたが持ってくるもの、全てじゃな」

「……はい？」

私は目を瞬《またた》かせる。

「高位のモンスターがいるダンジョンの薬草は、全てその性質を持つんだ。モンスターだけでなく、草木だってダンジョンでは異様に早く成長するだろう？」

「あ、はい。そうですね」

「奴らも子孫繁栄《しそんはんえい》のため、できるだけ効率的に魔力を溜め、素早く成長するように進化したと言われているね。その結果、魔力を受け止めて魔力を溜める薬草ができることになったんじゃ」

「おお、なるほど……」

女神の森のハーブは、確かに一度刈り取ってもすぐに生えてくる。そこには、そういうからくりがあったのか。

というこことは、魔力回復薬のポイントとなるハーブは、マギワームウッドでなくてもいいってことだね。

うんうんと、納得して頷く。

「ついでに言えば、ヘマをしたあんたをワシがやめさせなかったのも、あの森の薬草をアレックスから買いたたくためなのさ。アレックスはあんたの後見。あんたが薬師になるためには、ワシの弟子をやめさせる訳にはいかないからの。お陰で、高位ダンジョンの薬草を、ワシの言い値で売るしかない訳さ。ヒッヒッヒ……。なんだ、そんなことも知らなかったのかい」

「……はい」

まさか私のせいで、アレックスさんが持ってくる薬草が買いたたかれていたとは知りませんでしたよ！

「あの、オババ様。私急用ができましたので帰ります‼」

これはのんびりやってなんかいられない。すぐにポーションの改良を済ませなきゃ！

私はダッシュで宿舎の自室に戻り、その日から必死にポーション改良に励《はげ》んだのだった。

◆◆◆

「うう……どうにかできたかなぁ」

何度目かの徹夜で目をしょぼしょぼとさせながら、私はポーションの後味改良品をぐびりと飲んだ。

「うーん……苦味……だんだん舌がバカになってきてる気がする。まあとりあえず今日はここまでにするかぁ」

灯《あか》り取りの小さな窓から朝日が差し込むのを感じて、私は眠い目を擦《こす》りつつ呟いた。

一応、魔力回復のためのキーになるものがマギワームウッド以外でもいい、ということを聞いたので、解法《かいほう》はなんとなく浮かんできている。

「基本は青汁っぽいの、でいいと思うんだ。皆健康にいいって飲みはするけど、二杯目いく人は見たことないし。但し、オババ様のレシピを極力壊さずに、別のもので苦味添加しよう。変な後味のもう一つの原因っぽい砂糖は抜いて……うーん」

とにかく、一刻も早くオババ様の課題をクリアして、アレックスさんからの不当搾取《さくしゅ》をやめさせなくては。

知らないうちにアレックスさんに迷惑かけてたとか、申し訳なくてたまらない。

そんな訳で、あの日から私はオババ様に改良レシピを叩きつけようという一心で、毎日改良レシピの試作を続けていたんだ。

喫茶店？　勿論《もちろん》、週三回ちゃんと開けているよ。

カロリーネさんとティエンミン君、そして助っ人として来てもらっている三十代紳士もだいぶ慣れてきたから、大きな問題もなく上手く回るようになっている。

今日は喫茶店はない日だし、数時間ほど仮眠を取ったらオババ様のところに行って……季節のケーキでも考えて……かな。なんだかんだ、忙しい日になりそうだ。

窓から差し込む光を板で塞《ふさ》いで、ゴソゴソとベッドに潜《もぐ》り込む。そして私は、短い眠りについた。


そうして、オババ様のところに顔を出した訳だけど。

いつものように大鍋で薬をぐつぐつ煮つつ、オババ様は私が提出した改良レシピと共に説明を聞いて、ふんふんと頷いている。

「なるほど？　一旦苦味を取り除いてから、あとから添加したか。砂糖は加えないのかい」

「いえあの、魔術師さんは甘いもの好きですけど、それはそれで別で。やっぱりあれが奇妙なえぐみの一部だったんで、いっそのことお薬飲んだあとにキャンディーでも舐《な》めてもらった方がましかなぁと」

なんでだか、オババ様は魔力回復薬に砂糖をやたら加えたがるので、別添えにしたらどうかとの提案だ。

「キャンディー？　そりゃ一体なんのことだい」

オババ様は鍋をかき混ぜる手を止めて聞いてきた。

え、気になったのはそこ？

「ええっと……お砂糖を煮詰めて作るお菓子の一種ですね。油紙とかに包めば携帯性にも優れますし、ちょっとした疲労回復にも使えます。最近色々試してますけど、ポーションに砂糖を添加するとえぐみがひどくなるのは確かなんで、もう苦味は苦味でそのままストレートにいって、これで口直ししてもらうのが正解かなぁ、とか思ってるんですよね」

そう言う私を、オババ様はギョッとした顔で見た。

「はあっ？　薬がすでに高いのに、更に砂糖の菓子を売りつけるつもりかい。お前は薬師より商人に向いてそうじゃな。実にえげつないやり口だよ」

私はオババ様の勘違いに、慌てて首を横に振る。

「いえいえ、そういうつもりでは……。高級なポーションにどっさり使っている砂糖を、同量をキャンディーにしたら、普通におまけにできないかと思ったんです」

「はあ、薬に使っている分を使うのかい。それにしたって、砂糖を煮詰めた菓子をおまけねぇ……」

すっごい呆れた顔をされたけど、キャンディーは携帯性に優れているし、ポーションをわりと苦味きつめに作ったから、口直しとしてなかなかいいと思うんだよね。ダメだろうか。

そんな感じで、オババ様のところに行った帰り道。

ぽちを連れてのんびり歩いていると、道端でばったりカロリーネさんとヴィボさんに出会った。

そういえば、喫茶店のない日はカロリーネさんはヴィボさんの調理補助やってたんだっけか。今はその帰りだね。ヴィボさんが一緒にいるのは、行き帰りの護衛役だね。

「あーっ！　ベル、一体どこに行ってたのよ！」

カロリーネさんになんだか大きな声を上げられ、指まで突きつけられた。

「えっ、何かありましたっけ」

女の子の甲高い声に驚き固まったぽちの頭を撫《な》でて宥《なだ》めつつ、カロリーネさんに聞き返す。

「何かありましたかじゃないわよ、あんたそろそろ祝勝パーティーの時期でしょ。ドレスとか装飾品とか合わせないといけないのに、全然捕まんないんだもの！　いいから、このまま家に来なさいっ！　大体はできてるけど、まだ裾の長さとかサイズ合わせとか、色々やらなきゃならないのよ。ああそうだ、ヒセラさんも呼ばないと」

騒ぐカロリーネさんに、隣の優しい巨人さんは呆れ顔だ。なんだかこちらが申し訳ない気持ちになって、思わず頭を下げた。

「あ、ヴィボさん、いつもカロリーネさんの送迎お疲れ様です」

「いや、別にいいんだが……若い娘はお前で慣れてる」

カロリーネさんのかしましさにも、なんとなく諦め顔のヴィボさんである。

そんな感じで、私はぐいぐいとカロリーネさんに腕を引かれてギルドに向かう羽目になった。

「このあとはぽちがカロリーネさんをガードしますので。もう大丈夫です。……ヴィボさん、いつもお疲れ様です」

「そうか。なら自分は仕事に戻る」

こくりと頷いた彼を見送っている間に、ギルドでの仕事を終えて部屋に戻ろうとしていたヒセラさんを、カロリーネさんが強引に捕まえていた。

いに負けてるよ。


「あらあら、カロリーネはいつも元気ね」

「ヒセラさんも巻き込んでしまってすみません」

「いいわよ。パーティードレスなんてなかなか作れないから、とても楽しいもの」

ふふふと上品に笑うヒセラさん。いつもながら大人だなぁ。私は、年下の女の子の勢いに負けてるよ。

カロリーネさんは、私達を自宅に連れていく。

「ほらほら、ベルは雑談してる暇なんてないから！　さっさと歩く！」

そう言って私とヒセラさんを引っ張るカロリーネさんは、まるで小さな台風のようだ。

「さぁて、じゃあとりあえずあたし達の渾身《こんしん》の作品を着てもらいましょうか！　あ、靴はこの踵《かかと》の高いやつね」

カロリーネさんの部屋に連れ込まれてすぐに、ベッドに並べられたものを指示通りに着る。

まずドレス用の下着……って、コルセットがある文化かぁ、ううう、普段は矯正下着なんて着てないから、腰がきついっ。

ボディをコルセットで絞って、ヒールの高い布靴を履き、敷き布がされた床に丸く落とされたドレスに足を潜《くぐ》らせる。二人がそれを引き上げて——

「はい、腕上げてー腕下げてー。お腹もう少し引っ込めなさいよ、はい、入った」

レースや貝ボタンなどで飾られたそれは、とても綺麗な深い緑色をしていた。シンプルな形だけど、洗練されていて美しい。それに、布が肌触りからして違う。

これ、すっごいいい布使ってそう。

ドレスを着た私の姿を見て、ヒセラさんが首を傾《かし》げる。

「うーん、胸はいいけどやっぱり腰回りが薄いわねぇ」

「そこを今回のデザインでなんとかするんでしょ。ドレスの中にカゴ吊って膨らますのは最近飽きられているらしいから、後ろにボリューム持たせるやつにしたわ」

試しにと、腰の後ろから膨らみを帯びた布が当てられた。ドレープがきいたそれは、私の貧弱な腰回りを大きく見せる効果があるらしい。

「ああ、バッスルスタイルってやつですか」

「ば……？」

私が口を挟んだら、思いっきり二人に首を傾《かし》げられた。確か後ろの腰に膨らみをもたせるドレスの形がそういう名称だったはず……と思って言ったんだけど。こっちにそんな言葉はなかったか。

「いえいえなんでもないんで、進めて下さい」

丈を詰めたり、細すぎるところは解《ほど》いたりと、仮縫いの状態から手際よく、サイズ調整がされていく。そうして体にぴったりと合わせたのち、縦にずらりと並んだ小さなボタンを背中で二人が留めていった。

ついでにいつもは適当に櫛《くし》で梳《と》いただけの髪をまとめ上げられ、首や髪に宝飾品を飾られる。そして腰に紐《ひも》で飾り布をつけられて――

「はい、その場でくるっと回って。……へえ、なかなかいいじゃない？」

「ええ、ベルにはこの色って思っていたけれど、ぐっと大人っぽくなるのね」

二人はうんうんと頷きながら満足げに笑っている。けれど、着てる本人には見えないので、コメントに困るよ。

「えっと、鏡がないので、私似合ってるのか分からないんですが……」

「鏡？　手鏡しかないのよねぇ、うち。いつか広い家に引っ越すと思うから、そのときには大きな鏡を買うことにするわ」

つまり、今は見られないと……

二人が満足そうなところを見るとおかしなことにはなっていないようだし、仕方ない、腹を括《くく》ろう。

シルケ様主催の祝勝会は、もう三日後に控えているのだから——

◆◆◆

「そうなんだ。隅から隅まで、どこを見てもうっとりしちゃうね。さすがお貴族様のおうちだわ」

「王都で有名な庭師が作ったものらしいぞ」

「うわあ、お庭が綺麗……」

私達は今、シルケ様のおうちの庭を走る、馬車の中にいる。

アレックスさんが馬車ギルドから借りた馬が引くワゴンには、以前私がアレックスさんにもらった肩下げ鞄のメダルに刻まれているのと同じ、森をバックにした女神の横顔が紋章としてついていた。

それは、Sランクになって名誉爵位を授与された際に作った、アレックスさんの紋章らしい。森と女神……森の守り人を自任している彼に相応《ふさわ》しいなって思う。

貴族には小ぶりな、平民にはご立派な三階建ての石造りの白いお屋敷は、女性が主人だけあってとても優美な造りをしている。

私は緊張を紛らわすため、対面の席に座るアレックスさんに話しかけた。ちなみにぽちは、私の足元におとなしく寝そべっている。

「こういうお城みたいなのも、やっぱり魔力持ちの人が造るの？」

「さあてなぁ。貴族社会は色々建前とか難しいから分からん。魔力持ちが建てた方が価値があるという見解もあるが、人力による作業をあえて行い、庶民が金を得られるようにしないと庶民に嫌われるし……。だが、シルケ様が来てからまだそんなに経っていないのに、これだけ立派な庭と屋敷があることを考えれば、魔法建築が使われているのは確かなんだろうな」

「ふうん……」

今日のアレックスさんは、メタリックグリーンの前髪をきっちりと撫《な》で上げ、長い後ろ髪は首の後ろでまとめている。そしていつもの狩人っぽい服でなく、黒のテールコートに白いベストとドレスシャツ、首元にリボンタイを結んで、黒のぴったりしたスラックスをはいていた。

地味めだけど整った顔立ちをしているからか、所作がきちんとしているからか、こういうちゃんとした格好がビシッときまっている。

この村の英雄様——本人はただの狩人だって言って聞かないけど——は、やっぱりただのシスコンではないんだなぁとこんなときに思う。

都では、魔法騎士なんて言われて、かなりの地位にいたみたいだしね。

「昔々、お伽話《とぎばなし》に語られるような魔法使いしかいなかった頃は、バカみたいな魔力量の魔術師が一夜にして城を建てた、なんて話もあるけどな。まあ、通常の貴族が持つ城なんかは、普通は数年がかりで計画してやるもんだよ。シルケ様は現実主義だから、魔法と民の力、両方をバランスよく使って建てた、とかじゃないかな」

「なるほど……」

そんな雑談をしているうちに、ゆっくりと庭を進んでいた馬車が屋敷へ近づいていく。

うーん、まるでヨーロッパに遊びに来たみたいだ。しかも私、ドレス着て立派な馬車に乗っちゃってるんだよ？　まるで現実感がないね……思わず苦笑が漏れる。

緩《ゆる》いアーチを描く橋を渡り玄関前まで着くと、そこには二人の見目よい従僕《じゅうぼく》がいた。順番に、客の招待状をチェックしている様子だ。

あ、招待状招待状。

ドレスの共布《ともぬの》で作った小さなバッグから、招待状としていただいた羊皮紙《ようひし》を出す。

流石《さすが》に肩下げ鞄はないなぁって思って、ハンドバッグを作ったんだよね。でも、招待状が巻物のままじゃ微妙に入らないんで、折り畳んで入れたんだ。……大丈夫かな。

前の人のチェックが済み、次は私達の番。

従僕《じゅうぼく》がワゴンのドアを開けると、まずはアレックスさんが降りた。そして私に手を差し出してくる。

え、エスコートですか？　照れるね。

「ぽち、私達も行くよ」

「わん」

声をかけると、床に寝そべっていたぽちからは元気なお返事がきた。今日はぽちにも、ドレスと同じ色のリボンを結んでるんだよ。

うん、うちの子は可愛《かわい》い。

久しぶりの高いヒールの靴に難儀しつつも、アレックスさんのサポートもあってなんとか無事に地面に降り立つ。それを追うように、ぽちがひょいっとワゴンから飛び降りた。

「シ、シルバーウルフ……」

従僕《じゅうぼく》の青年が緊張した声で言ったけど、ぽちは賢《かしこ》いので噛みませんよ。

あ、招待状の確認ですね、はい。

私がチェックをお願いしている間も、次々と訪れる招待客から不躾《ぶしつけ》な視線がやってくる。そんなにシルバーウルフが珍しいかなぁ。

多くの視線に曝《さら》され、ぽちも落ち着かない様子みたいだ。私達は、さっさと中に入ってしまうことにした。

玄関ホールもまた、華やかだ。

大理石っぽい白く艶《つや》やかな石が足元で輝き、招待客を歓迎している。頭上には、大きなシャンデリアが。

二階に繋がる大階段に続くよう赤い絨毯《じゅうたん》が敷かれており、踊り場には美しい家族の肖像画が飾られていた。

あの立派な紳士と、シルケ様に似た美しい女性がご両親かな。その紳士と淑女を囲《かこ》むように、大中小と男の子が三人並んでるけど、ご両親やシルケ様にも似てるから、お兄さん達だろうか？　ちょこんと真ん中で椅子に座っている、小さな頃のシルケ様が可愛《かわい》いね。

ぐるりと玄関ホールを見回した私は、しみじみとその建築物の美しさに感動してしまった。貴族のお屋敷なんて、テレビの紀行番組とかでしか見たことないんだもの。はあ、シルケ様のお宅、本当に華やかだなぁ。

きょろきょろと周りを見回しているうちに案内役が来たようで、その人に連れられて大広間へと向かう。

大広間もまた立派だ。

高い天井には美しい草花の絵画が描かれていて、シルケ様を表すだろう赤もセンスよく使われている。先に来ていた紳士淑女が、和《なご》やかに語り合っていた。

パーティー慣れしているのか、皆堂々として貫禄あるし、どれが商人でどれが領主様かも見分けがつかない。

ティエンミン君曰《いわ》く、着ているものの素材やデザインで貴族かどうかは分かるとのこと。でも、流行のデザインも知らなければ、素材の質を一発で見分けるほど目も肥《こ》えてない私には無理だ。

一応、領主様に一言挨拶《あいさつ》しろとマスターにも言われているのだけれど……余り気が進まない。

それにしても本当にどうしよう。知り合いが殆《ほとん》どいない……

マスター、早く来ないかな。いつもはあの強面《こわもて》が怖いけど、今はその顔が見たいよ。

私がそわそわしていると、落ち着けよとばかりに、腕を取ったままのアレックスさんに軽く腕を揺すられた。うう、ごめん、こういう正式な席って殆《ほとん》ど経験がないんだよ……。従兄弟《いとこ》の結婚式ぐらいだもん、出たことあるの。

深呼吸などし、なんとか落ち着こうと努力して、改めて周りを見る。

壁際にずらりと並べられたテーブルがあって、忙しくワゴンを運び入れているメイドがいる。想像していた通り、立食形式のようだね。

しかし、着ているドレスのコルセットもきついし、ごちそうがあってもこれでは食べられない。残念だ。

それにしても、アレックスさんは平然としているなあ。私が挙動不審《きょどうふしん》にあちこち見回している間も、恰幅《かっぷく》のいい商人――たぶん――と話しているけれど、全く臆《おく》したところがない。

次々とアレックスさんに挨拶《あいさつ》に来る人々。その合間を縫って、私は彼にこそっと話しかけた。

「慣れてるんですか、こういう席って」

「前に勤めてたところのせいで、な」

ああ、そういえば王都で魔法騎士として働いていたんだもんね、そりゃあパーティーぐらい慣れるものですか。

ちなみにここまでで私に話しかけた人は、ゼロ。いやまあ、アレックスさんが紹介してくれるから、一応ご挨拶《あいさつ》くらいはしてるんだけども、なんというかこう、相手が頑張って話を短く切り上げようと努力しているのが分かるんだよね。

ええー……何、嫌われてるの？　それともドレスが似合わなくて浮いているのかしら？　いやでも、挨拶《あいさつ》すれば笑顔で応えてはくれるんだよねえ。謎だ。

なんて、困惑していたら――

「なんだベル、景気の悪い顔をして。慣れないコルセットに息でも詰まったか」

「ああっ、マスター、いいところに！」

隻眼《せきがん》の冒険者ギルドマスターが、ようやく広間に顔を出した。

「なんだなんだ、服が変わるとだいぶ変わるもんだなぁ。お前本当に二十歳だったんだな」

いつもライオンの鬣《たてがみ》のようになっているオレンジゴールドの髪を綺麗に撫《な》でつけたマスターは、視線を私の下から上に走らせ、感心したように言った。

それって褒めてないですよね。

「ど、どうせ高いヒールの靴がないと子供サイズですよ……！」

花から取った色素でうっすら色づく口紅と頬紅とかで、それなりに化粧をして装《よそお》ったというのに。お前大人だったのかとか、ひどすぎない？

これでも、ヒセラさんやカロリーネさんには好評だったんだからね。

「マスター、あんたオレ以上に女心分かんないですね……。ほらほら、ベル。折角《せっかく》綺麗にしてるんだから、そこで怒らず余裕で微笑め」

アレックスさんが呆れた口調でマスターに言い、それから怒る私を宥《なだ》めるように手をぽんぽんとした。

まったく、と思いつつもアレックスさんに言われた通りにっこり微笑むと、マスターは肩を竦《すく》めてから、「はいはい、レディに対して失礼しました」と謝罪した。

「まあ、私は大人ですから。謝罪を受け入れましょう」

大人げなく怒り続けるのもなんですから、ここは私が折れてあげましょうか。

そしてそのあとは、軽く雑談に興じた訳だけど……

「はぁ？　周りの人に逃げられる、だぁ？　何寝ぼけてんだ、そりゃあ当たり前だろうよ」

私の悩みに、マスターが呆れ顔で当然だと言った。

「ええっ、私、別に何もしていないですけど！」

「バカ言え。一応うちのギルドのリーダー格だったギョブがいなくなったのは誰の仕業だ？　村の英雄サマの後見を受けたCランクテイマーにして、あのオババ様のお弟子様ってのは誰だよ？　……というか、お前はまだ自分がただのギルド職員だなんて勘違いしてるのか？」

マスターは腕を組むと身を屈《かが》め、私に視線を合わせた。

「この村で冒険者達に一定の影響力を持っていた男が消えた。それにはシルバーウルフが関係しているらしい。更には、王都を追われた魔法騎士もその力を復活させ、後見人となっている。まあつまり、冒険者も商人も、ベルの力をはかりかねてびくびくしてんだよ」

「ああなるほど……。アレックスさんと私とぽち、目立ちすぎですね、あはは……」

そうか、この状況にはそんな理由があったのか……

なんて話をしていたら、そろそろ時間になったらしい。

メイド達が参加者にグラスを配り回っている。開け放たれていた扉は閉じられ、招待客もお喋《しゃべ》りを止《や》めていた。

そうして、祝杯のグラスを持った人々が注目する中――

扉は開かれた。

現れたのは、美しい赤のドレス姿のシルケ様。

流行の腰にボリュームを持たせるデザインで、肩の部分がふんわりと膨らんでいるのが可愛《かわい》い。その一歩後ろに、侍従《じじゅう》のロヴィー様が続く。彼の装《よそお》いは洒落《しゃれ》たテールコート姿で、未婚の令嬢であるシルケ様を不埒《ふらち》な輩から守るように、会場に視線を投げている。

相変わらずこの主従は美しくて目立つなぁと、感心する。

優雅に会場を歩いていたシルケ様が、大広間の奥に待機している楽団の前に立った。

そして、美しい声を響かせ挨拶《あいさつ》を始める。

「本日はあたくしの祝勝会によくぞ参られました。先日の魔物集団暴走《モンスタースタンピード》では皆よく戦い、よく守りました。村がこうして無事であるのも、皆の働きのお陰です。本日は祝杯を掲げ、また次の戦いに備えるのです。どうぞ短い時間ですが、ごゆるりと宴を楽しまれて下さい」

そして彼女は、とある人物に視線を送った。

皆もグラスを持ち、彼女が視線を向けた先に目を向ける。そこにいたのは、やや小柄だが立派な仕立てのテールコートを着た男性。その人が、乾杯の音頭《おんど》を取った。

「乾杯」

皆で乾杯の声を上げグラスに口をつけると、楽団が音楽を奏《かな》で始める。そこからはパーティーの時間だ。

それにしても、シルケ様の挨拶《あいさつ》は、予想外に短かったな。

というか、女性が言うには勇壮な台詞《せりふ》だから、もしかして祝勝会では定番のフレーズなのかもしれない。

次の戦いに備える、か……。なんだか戦いが終わってばかりでもう次の話？　って感じもするけど、絶えずモンスターと戦っている、この世界らしい言葉かもしれない。

そんなことを考えつつシルケ様に目を向けると、彼女は先ほど乾杯の音頭をとった男性のもとへ向かっているところだった。

おそらく、あの人が領主様だ。五十代くらいに見える。

うっすらと笑みを浮かべたその人は、私の視線に気づいたのか、不意にこちらを見た。

そして、妙なというか、気持ち悪い笑みを浮かべる。けれど次の瞬間、私の隣に立つアレックスさんに気づいてさっと視線を逸らす。

……ああ、そういえばこの人が、アレックスさんを裏切った弱腰領主だった。

ちらっとアレックスさんに視線を向ければ、領主様のことなど気にせずに、知り合いと和《なご》やかに歓談中だった。

彼は鋭い感覚をしているから、領主様の視線に気づかないはずがない。これはわざと無視してるんだろうな。

まあ、今更自分を見捨てた人になんて、かかわりたくないよねぇ。うん……

領主様は、明らかに己を無視しているアレックスさんにホッとした様子で、シルケ様と話を続ける。

私も、この人にはかかわりたくないから、近づかないようにしよう。

なんて思っていたら……

「おい、ベル。領主様に挨拶《あいさつ》に行くぞ」

マスターが、アレックスさんの腕にのせていた私の手をひょいと掴んで、自分の腕にのせ替えた。そしてそのまま、歩くよう促《うなが》す。

「ええっ、なんで？」

あの薄気味悪い笑い顔の人に挨拶《あいさつ》とか、すごく嫌《いや》なんですけど？

「お前はともかく、先の戦いではぽちが大活躍したからな、金一封が出るんだよ。契約獣の誉《ほま》れはテイマーの誉《ほま》れ。今回の宴はシルケ様が主催となっているから華々しくはやらんが、一応領主様がお言葉を授けてくれるんだ」

おそらくそれ自体は、名誉なことなんだろうけど。

アレックスさんが落ちぶれる際に庇《かば》いもせず、今も自領の有事にお金をケチっている人に、なんの挨拶《あいさつ》があるんだろうと思っちゃうんだけど。

だって、シルケ様が祝勝会開いたのって、あの領主様が動かなかったからでしょう？

それに、だ。

この村があの乱暴者、ギョブに長らく支配されていたのだって、よくよく考えたら領主が絡《から》んでいるんじゃない？　あんな大々的に村で不正をし続けていた人間が、目立たない訳ないもの。絶対に、領主に報告がいっていたはず。それなのに、放っておいたってことよね？　すっごく怪しい……

私は眉間に皺《しわ》を寄せた。

「ええと、あの……マスターが代理とか」

「できない。いいから付いてこい。アレックスはあの人に積極的にかかわりたくないだろうから、俺が代わりになる。まあ、お前の盾役《たて》ぐらいは務めるさ」

マスターの返事はにべもない。

「えええ……ぽち、何かあったら助けてね」

「くうん」

仕方なくぽちの頭に手をのせてそのぬくもりに励《はげ》まされながら、私はシルケ様と領主様が歓談しているところへ向かった。

「お話中失礼致します。バスティアン・ブレフト・ウェッヒ子爵様。今回の集団暴走《スタンピード》で活躍した契約獣と、そのテイマーを連れて参りました」

「おお、冒険者ギルドマスターか。では、そちらの美しいお嬢さんが、かの銀の獣《けもの》の主人かな？」

「はい。ベル、ご挨拶《あいさつ》を」

「Cランク冒険者兼冒険者ギルド職員のベルと、その契約獣のぽちにございます」

マスターに促《うなが》され名を名乗ると共に、精一杯の愛想笑いを浮かべる。
「ほう、ベルといえば、我が領の新しい事業の発案者か。我が領に新風を巻き起こした
と評判の才女が、このように美しいとは……」
ニタリ、と笑った子爵が私にずいと体を寄せてきた。
マスター、盾《たて》になるって言ってたはずでは？
その笑顔が気持ち悪い、というか、新しい事業って、喫茶店のことよね。この人、私
の喫茶店が自分の事業だと今言ったぞ？
喫茶店は、冒険者ギルド所属の事業なんですが……
「是非とも、君を我が領の新規事業の責任者に迎えたい。勿論《もちろん》、受けてくれるだろう？
さもないと……」
そこまで言うと、領主様はさっとマスターの腕から私の手を取り上げた。そして自分
の両手で私の手を包む。なにこれ、一体どんな挨拶《あいさつ》なの。
五十も超えたいい年の人が、若者の手を撫《な》でるとかないでしょ。気持ち悪いなあ……。
内心うんざりとしていると、更に領主はおかしなことを言い出した。
「そこの獣《けもの》を、危険なモンスターだとして殺してしまうしか、ないなぁ」
うわあ、この人なんなの、いきなり私を脅し始めたよ？

「マスターマスター、これどこまで耐えないといけないんですか？」

私は隣に小声でたずねる。

「いや、この人なぁ。普段は小心者で小狡《こずる》いだけなんだけど、若い女が絡《から》むと面白い方向に突き抜けるんだ……。多分、めかし込んだお前が欲しくなっちゃったんだろうなぁ」

ボソボソと耳元で話すマスター。まったくもって、使えない。

「えええ……こんな人に好かれても嬉しくないんですけど」

しかもぽちを殺すとか、聞き捨てならないこと言うし。

そろそろ私の我慢も限界を迎えようとした頃、故意に華々しい声を響かせたのは、伯爵令嬢にして火の魔術師と名高いシルケ様だった。

「まあ、面白いことを聞きましたわ。国の認定を受けた冒険者ギルドの付属施設が、子爵様のご発案でしたとは！　我が伯爵家では、冒険者ギルドに己の発案の事業を持ちかけるなどできないことです！　どうやりましたの？　国へ申し入れるのも、王都にある冒険者ギルド本部に願いを立てるのも、大変でしたことでしょう。どうしたら冒険者ギルドに新事業を立てられるものか、コツをお聞きしたいものです！」

シルケ様の声に、招待客らがこちらを注目し始めた。

「あ、いや……それは」

シルケ様に言及され、途端にオドオドと視線を揺らし、セクハラしまくっていた手を放す領主様。

「さあ、勿体ぶらずあたくしに教えて下さいませ！　冒険者ギルドは国の公認のギルド。そこに貴族が立ち入れるというのは耳にしたこともありませんわ！　どのようになさったの⁉」

「い、いやあ……それはその、言葉のあやと申しますか……わ、私の勘違いだったかもしれませんなぁ」

衆人環視の中、額《ひたい》にだくだくと汗をかいた領主様は、シルケ様の激しい追及に動揺している。

そこでマスターが私に耳打ちした。

「よし、シルケ様があの御仁の目を引きつけてくれているうちに、逃げるぞ」

「はーい……」

私達はシルケ様に心の中でお礼を言いながら、そそくさとアレックスさんのもとに戻った。

「はあ～気持ち悪かったよ」

私は領主様に撫《な》でられ続けた手を、思いっきりブンブン振る。そうやって感触を逃さないと、まだあの感触が残ってる気がして不快すぎた。

「いやあ、すまんすまん。いつものお前ならあの人の目を引かないで済むかと思ったんだが」

ははははと笑うマスター。さっきの話、聞いてましたよね？

「うっかりじゃすみませんよ。ぽちが殺されそうだったんですから！」

私、ぽちを助けるためなら喫茶店も人の世も捨てるからね。喫茶店がなくてもハーブを扱うことはできるけど、ぽちに代えはありませんから！

「いやいや、ぽちを殺すなんて誰ができるんだ？　地上最強のＡＡランクだぞ？　そもそもそんなこと、お前が許す訳ねぇし、戦ったら一方的に負けだ。領地が更地になるだけだろう」

マスターはそう言うけど、ぽちだって無敵な訳ではないですよ。そりゃ強いけど、まだまだ子供だし。そもそも、人の汚い感情に曝《さら》したくないし。

そうして私がマスターに怒りをぶつけていると、ひと騒動やらかしたシルケ様が、私達の方にやってきた。

燃え尽きた領主様は、ロヴィー様に預けてきたようだ。

「ベル、あのおバカさんが貴女に手出しをしないよう、よくよく言い含めてきたわ。あのままだと貴女欲しさに何をするか分からなかったですから。シルバーウルフを敵にまわすなど、本気で領地を更地にし兼ねないことを、よくも口に出したもの……なんとも恐ろしい。この地はこの国でも大事な物資の宝庫ですから、潰す訳にはいきません。かの方には慎んでいただかないと」

「シルケ様、すっごく助かりました！　本当にありがとうございます」

ため息を吐《つ》くシルケ様に、私は勢いよく頭を下げる。

それにしても、女を囲《かこ》うためだけにあんな脅しをかけるとか、どんだけダメな領主なのあの人？

というか……ここまで面倒なことが次々起こるなら、女神の森で喫茶店をやることを考えようかなぁ。変な人は受け入れず、善良な人だけが入れるように森のごくごく一部を人避け解除して、とか。今度女神様に相談してみようか。

なんて、つい隠遁《いんとん》生活について考えてしまう。

「アレックスにも、悪いことをしたわね。あの裏切り者を呼んでしまって」

私が心を森に飛ばしている横で、心持ち眉を下げしょんぼりとした様子のシルケ様が、アレックスさんに謝っている。

「いえ、謝罪は結構です。祝勝会で領主がいないのもおかしいですし、仕方ないですよ」

アレックスさんはそう言って、静かに微笑んだ。

「そう。でも今でも、あの男に恨みをもっているのではなくて？」

シルケ様の言葉に、アレックスさんはフッと笑った。そして案外に明るい顔で言う。

「正直腹も立ちますし許す気もありませんが、まあかかわってこない限りは無視でいいかと。オレやオレの恩人をいいように使うなら、そのときは受けて立ちますけどね」

「そうなの……けれど、子爵とはいえ領主よ？　戦争になってしまうわ」

憂《うれ》い顔のシルケ様に、アレックスさんは悪戯《いたずら》っぽい笑みを浮かべた。

「相手のルールでやる必要ってありますか？　冒険者の流儀でやりますよ。たとえば森の砂糖や塩を一切流さない、とか。塩は海で採《と》れますが、これから『自領の新しい事業』として砂糖を欲するのであれば、そのときに肝心のものがなかったら、大変なことになると思いませんか？　この領で砂糖が採《と》れるのは、女神の森だけですよね。ま、せいぜい嫌《いや》がらせしてやりますよ」

あ、うちのライバル店、計画段階で潰れたね……。

アレックスさんの言葉に、シルケ様は目を丸くした。

「あ、貴方、予想外に過激なのね……。そう。でも身辺には用心なさい。またおかしなことを考えるかもしれないから」

「ええ、しっかり自衛します」

そうしてちょうだい、と言うとシルケ様は今度は私の方を向いた。

「改めて申し訳なかったわね、ベル。あたくしのパーティーであんな嫌《いや》な思いをさせて……。領地を持つ一端《いっぱし》の貴族の癖に、あそこまで力の使い方を間違えた人だとは思わなかったわ。今回のことは、父を通して正式に抗議しておくから。ぽちも、ごめんなさいね。もう二度と貴方をベルから離そうとしないし、彼女のことは友人として守るから、あたくしのことを許してくれる？」

そう謝る彼女の顔は、今にも泣きそうだ。

シルケ様ったら、美人が台無しだよ。

今回のことは彼女には落ち度はないし、そんなに責任感じなくてもいいのに……。

「え、いいえ。あの人がおかしいだけで、シルケ様のせいじゃないですよ。ねえぽち」

私は急いで首を横に振り、ぽちにも同意を求める。

「ぐるる……わん」

仕方ない、といった様子で鳴いたぽちは、それから彼女の手をぺろりと舐《な》めた。

「ぽちも、許すそうです」

「そう、ありがとう……ところで、提案なのだけれど」

彼女はぽちの頭をそうっと撫《な》でながら、私の方を真剣な顔で見た。

「なんでしょうか？」

「貴女、Aランクを取る気はない？　それも、できるだけ早急に」

シルケ様の提案は、かなり予想外のものだった。

「え？　それはまあ、ああいう人を避けるためにも早くランクを上げたいですけれど。でも、Bランクだって、まだ何ヶ月かかかるって話でしたし、無理なんじゃゃ……」

私が困惑しながらアレックスさんを見上げると、彼は厳しい顔つきをしていた。

とすると、現実にあるの？　それが可能なら、興味はあるけど……

そう思っていると、彼女は内緒話をするように口元に手を当て、小声で言った。

「それがね、一つだけ方法があるのよ。――竜《ドラゴン》を狩るの」

「シルケ様、それは……」

アレックスさんが困ったような顔で、シルケ様を止める。けれど、彼女はアレックスさんを勝ち気に睨《にら》みつけた。

こういうのを見ると、ある意味いつものシルケ様だとホッとするね……。うん？　ホッとしていいのかな？

「アレックスは黙ってて下さる？　これはベルの身を守るためよ。『ドラゴンハンターは、冒険者の誉《ほま》れゆえ、どんなに低くともAランクを得る』これが、ギルドの掟《おきて》。そして劣竜《レッサードラゴン》は、ドラゴンの中でも小柄で体力が劣る種。狩り方さえ分かれば、狩りやすい個体よ」

「レッサー、ドラゴン？」

ドラゴンって、あのドラゴンよね？　そんなものを私が……じゃない、ぽちが狩るの？　現実感がなくて、しきりに目を瞬《またた》いた。

「ああ、でも間違えないで。普通のドラゴンより小さいだけで、レッサー種も通常のモンスターと比べれば強いのよ。その牙《きば》は易々《やすやす》と鎧《よろい》ごと人の身を噛み砕くし、尻尾の一振りで大柄な戦士を撥《は》ね飛ばす。ただ、あたくしの家はドラゴンの狩り方を長年研究している。だから狩れると、そう言えるのよ。我が領は高位ダンジョンである岩山を有し、ドラゴン素材の産出地としても有名な場所ですから、特別なの」

「それは……」

すっごい……。聞いてるだけで震えてくるんですが。

「あたくしだって、こんなこと非常時でなければ言ったりしないわ。貴女がいつあの御仁の軽挙で傷つけられるか、正直怖いのよ。バカな貴族ほど、怖い者はないわ。あの方は残念ながら、そういう方。――アレックスの件もありますしね」

彼女が肩を竦《すく》めると、アレックスさんが左手を振りつつ苦笑する。

うん、アレックスさんの腕の呪いへの対応は、確かにひどいと思う。

「勿論《もちろん》、あたくしの家の家来がドラゴンの狩り方も教えるし、本番はあたくしやロヴィーも手伝うわ。安心なさい、ロヴィーはドラゴンハンターにしてAランクの冒険者ですから、狩り方は心得ています。それに心配なら、アレックス、貴方も付いてくればいいではないの」

「いや、ですが……」

シルケ様の強引な話に、アレックスさんは押され気味だ。

「妹君が心配？　だから早く護衛付きの館《やかた》を買いなさいと言ったでしょう。どうしても心配なら、身内待遇でギルドの宿舎にでも泊めてもらいなさいな」

「うっ……」

自《みずか》らの不備を指摘されて黙り込む。アレックスさんも、シルケ様が本調子だと全く歯が立たないね。

しかし、ええっと。

この感じだと、私今度はドラゴンを狩らないといけないのかな？

正直、怖いんだけど……

どうしてこうなったんだろう。

ドラゴンを狩るの？　誰が？　私が？　いや、ぽちが、か？

◆◆◆

祝勝会を終えて、本日は喫茶店営業日。

今や我が喫茶店でも大人気となったタンポポコーヒーの香ばしい香りが店内に広がる。

ネルっぽい生地のフィルターを使いゆっくりとタンポポコーヒーを淹《い》れながら、私は内心頭を抱えていた。

「やっぱり無理じゃないかなぁ、だってドラゴンだよ？」

私の覚束《おぼつか》ないゲームや漫画の知識でも、ドラゴンっていったら、恐ろしい敵のイメージしかないんですが。

そりゃあね。できるものなら早くAランクは取りたいよ？　領主様みたいな変な人を避けるためにも。でも、だからといってぽちをそんな怖いものと戦わせたいかって言えば……

Bランクなら、現状のままでも数ヶ月後に取れるんだよね？

それでいいんじゃないか、って思うのは弱腰なのかな。なんて考えてると、朗《ほが》らかなボーイソプラノが聞こえた。

「ベル店長、コーヒー溢《あふ》れちゃいますよ」

ティエンミン君の指摘に、はっと手元を見る。

なみなみと注がれた黒い液体が、木のカップから零《こぼ》れそうになっていた。

「ああっと、ティエンミン君ありがと。ルトガーさん、コーヒー三杯できました。ケーキとセットでカウンターに出しちゃって下さい」

「はい、店長」

にこりと微笑んだ三十代紳士……新人店員のルトガーさんに、でき立てのタンポポコーヒーを渡す。彼はそれを慣れた手つきで、ケーキセットと一緒にお盆に並べた。

うーん、即戦力が一人増えただけで、本当に違うね。

この、紳士ことルトガーさんは、本当にできた人だった。

酒場で接客経験豊富なのに、「ここでは新人ですから」と、私がいない間も素直に子供な先輩達に仕事を教わっていたのだ。そして控えめに、自分のできることで役立とうと立ち回ってくれている。

珍しくいい仕事したじゃないと、マスターを素直に褒めたいぐらいの人選だね。

そんな訳で、何事もなく気持ちよく終わった営業日の夜。

今日は、私の部屋で夜のガールズトークが予定されている。

いつの頃からか、週に一度ほど、ヒセラさんと女子会をするようになっているのだ。

私は部屋を片付け、ティーポットなんかを用意する。

「ベル、失礼するわ」

「はーい」

ノックの音に答えると、ヒセラさんが小さな包みを片手に現れた。

「これ、お茶の葉。いつものとは違うから、試しにと思って」

「わ、ありがとうございます。今日はお酒に漬けたドライフルーツを入れたちょっと大人のケーキと、夜なのでミルク入りのカモミールティーにしてみました」

「あらそう、ふふふ、素敵ね」

ほんのりと酔えそう、とにっこり笑うヒセラさんは今日も麗《うるわ》しい。

ケーキ皿二つにカップ二つで、小さな机はぎゅうぎゅう。作り付けの棚にティーポットやいただいたお土産《みやげ》の茶葉を置いてっと。

椅子は一脚しかないから、私はベッドの端に座ります。

「……という訳で、いきなりドラゴンですよ、ドラゴン。それはまあ、Aランクになれる方法を教えていただいたのはありがたいですけれど……ぽちにはちょっと、無理させたくないっていうか」

私は早速、祝勝会のセクハラオヤジのことや、シルケ様の提案のことを相談する。

「ああ……あの方の女性好きは有名よね。ベルも目を付けられたの？　それはまた、大変ね。私？　私は滅多にギルドの敷地から出ませんし、ただの受付嬢ですからね。あの方は若く初々しいお嬢さんがお好きらしいし……私は好みから外れるんじゃないかしら」

領主様の件はそんな風にさらっと流したヒセラさんだけど、ドラゴン狩りについては違った。

「あら、でもシルケ様は善意で言ってくださったのでしょう？　受けた方がいいと思うわ。本当に、世間一般の女性冒険者というものの扱いはひどいものですし、ギルドの職員程度では貴族から身を守れませんからね」

「え、女性冒険者って、そこまで扱いがひどいものなんですか？」

ギルド職員のヒセラさんがそう言うってことは、余程の扱いなんだろう。

「ええ、そう。ぽちがいるからなんて油断してはだめよ。巧妙に仕組まれた依頼でぽちから引き離されて、貴女だけ奴隷《どれい》を禁止していない国に売り払われる……なんて悲惨《ひさん》な未来もあるかもしれないのだから。ぽちがいなければ、正直ベルなんて簡単に攫《さら》えそうと思われているのが現状よ」
「う、うわあ……」
なんですかそれ、人攫《ひとさら》いですか？
……うう、朝の日課である魔力コントロール修業を、更に頑張るしかないかなあ。
最近、魔力コントロールによる物理バリアーは、ちょっと範囲の拡大中なんだよね。
自分だけでなくぽちも守れるようになったらいいな、と思って。だってもし、死角から
ぽちが襲われて負傷したら嫌《いや》だし。
守りの私、攻めのぽちと、役割分担したいよね。
あとは持続時間も延ばすべく、訓練中だったりする。ぽちと合流さえできれば、なん
とかなるかな、と思って。
ぽちならきっと、盗賊ぐらい倒してくれるもんね。うちの子は強いんですよ。
「Sランク冒険者の後見というものはあるけれど、所詮は貴族相当。名誉男爵というの
はとても光栄な爵位ですけれど、軍を動かせる領地持ちの貴族と比べるとそれは少々軽
いものだわ。領主様は子爵。子爵に目を付けられたなら、貴女自身が高位になり、貴族
に一目置かれるようになるしかないのかもしれないわね」
「ええ、そんな……」

そういえば、アレックスさんは何かあったらその子爵と対決するつもりのようだった。

おそらく、二人の仲は最悪だ。私がまたあの領主様に狙われたとしたら、もう全面対決は免れないだろう。

聞くところによると、あのセクハラオヤジは以前、アレックスさんの活躍によって子爵に昇格したらしいのだ。それなのにアレックスさんを軽んじ、その上吏に女目当てに、ぽちまで殺そうとするなんて……

本当に、なんて恩知らずなんだろう。

ああ、あの気持ち悪い笑顔を思い出してムカムカしてきたよ。

「それに、シルケ様はちゃんとドラゴンの狩り方も指導すると言ったのでしょう？　通常、ただの冒険者はそこまでしてもらえないわ。シルケ様は、余程ベルが気に入ってるのね。折角《せっかく》だからお受けしたら？　本当に危険なときは、止《や》めればいいのだし」

「うーん、そう言われると、確かにいい機会のような気がしてきました」

私がぐっと拳《こぶし》を握ると、ヒセラさんは頷く。

「ええ。やるだけやって、自分の持ち札を増やすといいわ。……それができない女の方が、この国には多いのだから」

彼女は少しだけ悲しげに、けれど優しく微笑んで、ゆっくりカモミールミルクティーを飲んだ。

「ベル、貴女は自由に生きるといいわ」

ほうと一つ息を吐《つ》きそう言ったヒセラさんの慈愛に満ちた笑顔が、とても印象的だった。

第七章　ドラゴン狩りに向かいます

色々考えた末に、結局私はシルケ様のご厚意を受け、Aランク昇格を目指すことになった。

ヒセラさんとのガールズトークから数日後の今日、私は西の領地に旅立つ。

私とぽちが連れ立って門の外へ出ると、そこにはすでに馬車が待機していた。それは素晴らしく凝《こ》った意匠の、伯爵家の家紋がついた馬車だ。

流石《さすが》はお貴族様の持ちもの、すっごい美しい。時代ものの映画で見たようなロマンチックな馬車が、目の前にあるよ。ちょっと感動。

馬車に目を奪われている私の近くで、アレックスさんが何か言っている。

「本当に大丈夫か？　寂しくはないか？」

どうやら、見送りに来たカロリーネさんにぐだぐだと言っているようだ。相変わらず、このお兄ちゃんは妹離れができていないようだね。

その点、妹の方が余程肝《きも》が据わっている。

「あたしの心配はいいから。マスターもいればヴィボさんもいる、ギルドの敷地内しか動かないってば。そんなところであたしが傷つけられたり攫《さら》われたりするなんて、ありえないでしょ。それより、ベルが攫《さら》われたりうっかり貴族の愛人になってたりする心配がなくなる方が気が楽よ。お兄ちゃんはベルをしっかり守ってやってよね」

「カロリン、友人を思って送り出すなんて成長したなぁ」

「お、お兄ちゃんはうるさいっ。あたしは自立した大人の女なんだからね！」

感動する兄に、赤くなってぷいっと顔を背《そむ》けながらも口もとが緩《ゆる》んでる妹。そんな二人に、ほのぼのすればいいのか呆れればいいのか悩んでしまう。

そんなことを考えて兄妹を見ていたら、今度は朗《ほが》らかなボーイソプラノが私を呼んだ。

「ベル店長」

「はい？」

「ぼくも最近は焦らずにお茶とか淹《い》れられるようになりましたしー、ベル店長は、頑張ってランク上げてきて下さいねー。女性冒険者でAランクなんてまず見ないものですし、なれたらお祝いですよー」

見送りに来てくれたらしいティエンミン君が、にこにこ顔で言う。

「えっ、そうなの？」

私の驚きに、こっくり彼が頷いた。私がなれるって話だから、案外そのあたりにいるものかと思ってたよ、Ａランクの女性冒険者。

「そうなんですよー。まず女性冒険者自体少ないですし、上に行くには魔法が多少でも使えないと不利ですよね？　でも、魔力が強い女性って、大抵は富豪とかー、お貴族様に囲《かこ》われちゃうんでー」

「ああ、そっか、なるほど……」

今や魔力が希少なこの世界。

条件のいい娘は、親が良家に高く売りつけるのね。

日本でも昔はそういうのが横行してたっていうし、この世界なら余計に娘を嫁に出して良家と縁を繋げようってことになるか。……それが愛人という屈辱的な条件であったとしても。

って、あのセクハラオヤジのことを思い出しちゃった。うわあ、ぽちを撫《な》でて心を鎮《しず》めよう。

「ぽちー、しばらくこの村から離れるけど、一緒に頑張ろうね」

「わん」

うん頑張るよと、ぽちは青い目でじっと私を見つめふりふり尻尾を揺らす。ああ、可愛《かわい》い。和《なご》むよー。

そうしてしばしの別れを惜しむように話していると、そろそろ出発の時間になった。

御者さんに聞くと、西の領地には途中の街などで馬を変えつつ飛ばしても、二週間はかかるそう。

……あれ、これって結構な旅？　ひょっとしたら、一ヶ月がかりとか？

オババ様の宿題に関しては、一応オババ様の気持ち次第で及第が出るような段階にきているらしいから、まあいいとして。喫茶店がなぁ。

なんだか最近放っておいてばっかりだし、そろそろ身を入れてやろうと思ってた矢先にまた離れるのか。

うう、私の平穏な喫茶店ライフはいつになれば来るのだろう。

「まーた、あんたは余計なこと考えてるわね？　いい？　助っ人のルトガーさんもいるし、あたし達はあたし達でどうにかするわ。幸い喫茶店の常連客はそこそこ事情を分かっているから、店長の昇進がかかってるってなれば、少しぐらい不便しても許してくれるでしょ」

まあ確かに、基本的には常連さんで回してる店だから、ちゃんと説明すれば少しの間ぐらいは許してくれるかもしれないけど……

「それよりあんたは自分のことを心配なさいよ。なんか、変な人にまた絡《から》まれてるんでしょ？」

「うん……」

ここの領主にね、とは、カロリーネさんが驚くだろうから言えない。

「折角《せっかく》のAランク昇進がかかっているときに、どうにも浮かない顔ねぇ。どうしたの」

疑問顔のカロリーネさんに、私は複雑な胸中を漏らす。

「うーん、だって私はのんびりみんなと喫茶店をやりたいだけなのに、なんでいつもいつも問題ばっかり起きるんだろうって思って。冒険者はあくまで副業のつもりなんだけどなぁ……」

私の悩みに、カロリーネさんが呆れたような顔になった。

「なーんだ、そんなこと」

「えっ？」

彼女はビシッと指先を突きつける。

「この世界は、弱肉強食《じゃくにくきょうしょく》よ？　もしあんたが自分の思い通りにならないなら、それはあんたが弱いからに決まってるじゃない。嫌《いや》なら強くなることね！　そうやってお兄ちゃんは、周りのヤな奴らと戦ってきたんだから。あんたはまだ幸運よ？　お兄ちゃんもいるし、シルケ様のように手伝ってくださる方もいる。シルケ様、お貴族様にしてはいい方じゃないの」

「あ、はい……」

そう言われたら、胸のモヤモヤが晴れた。

ああ、そうだったね。

ここは、力がものをいう世界なんだ。だから、力がないのが悪いんだ。その力を得るために、私はドラゴンを倒すんだもんね。よし、気合いを入れて頑張りますか。

そう意気込んで馬車に向かうと、かっちりしたお仕着せを身に纏《まと》った御者がドアを開いて頭を下げる。

うわあ、内装が高級車ばりにすごいんですが。全体に綺麗な壁紙が張られていて、要所は金細工で飾られている。それにビロード張りの椅子なんて、クッションがきいててフッカフカだよ。

すごいすごいとはしゃぐ私に、先に乗っていたシルケ様がクスクス笑っている。ごめんなさい、なんだか映画の中に入ったみたいで興奮しました。

いや、アレックスさんの馬車のワゴンもしっかりしたものだったんだけど、そこはやはり冒険者。質実剛健《しつじつごうけん》といいますか、基本的に可愛《かわい》らしいものではなかったからね。

四頭立ての馬車の中は広く、白のサイドテーブルには軽くお茶や軽食が出せるように、魔石付き水差しや湯を沸かす用の火の魔石、ポットや陶器のティーカップなんかが揃っている。なんだかすごい。乗ったことないけど、映像の中で見たリムジンみたいだ。

こんなところでお茶とか淹《い》れたら、楽しそうだなぁ。

え、ロヴィー様がおもてなし役？　ちょっとそれは緊張するんですが、私がやっちゃダメ？

ちなみに今回の旅、食事や宿泊代などもシルケ様が出すと言うから、ものすごく恐縮したよ。

「今回はお詫《わ》びでもあるの。いいから受け取っておきなさい。貴女一人分の旅費ぐらい、払えないあたくしではないわ。それにAランクともなれば、それなりの装備でお金が飛んでいくものよ。今のうちに貯められるなら貯めておきなさいな」

装備って……やっぱりモンスター革とかのごつい防具を作るしかないんだろうか。……似合う気がしないなあ。

こうして始まった馬車の旅は、流石《さすが》は伯爵家のものだけあって、揺れ以外は快適なものだった。この世界にはサスペンションなんてものはないもんね、揺れは仕方ないよね……

吹きガラスなのか、微妙に歪《ゆが》んだガラス窓から見える風景が、時を追うごとに平原から荒涼としたものになっていく。岩が増えて、切り立った山がちの地形に変わっていくのが旅情を誘う。

ぽちとアレックスさんはって？

ぽちはずっと馬車に伴走するように付いてきてるよ。これが思いっきり走れて楽しそうなんだよね。

うーん、やっぱり普段はあんまり運動できてないのかなと思うと、申し訳ないね。

ますます森に戻りたくなってきたかも……。

アレックスさんは相変わらずの貴族嫌いもあって、五人乗りでも充分に余裕のある馬車を断り、馬を駆って付いてくることに。

二週間も馬で移動なんて疲れるし、一緒に乗ろうって何度も誘ったんだけど、頑《かたく》なに首を振っていた。

「Sランクを手ぶらで呼ぶのも貴族の矜持《きょうじ》にかかわると、シルケ様に護衛の依頼もいただいたからな。この位置が正しいんだよ」

なんて強がりなのか皮肉なのか分からないことを言う彼は、本当に頑固だ。

そういった多少の摩擦はあったものの、旅はすこぶる順調に進む。

変化と言えば、二週間もの長い間シルケ様達とご一緒するうちにかなり打ち解けて、人のいないところでは口調もくだけたものになったんだよね。これっきとした貴族のお姫様なのに、これっていいのかなぁ。

高貴なお友達に戸惑う私に、彼女は言う。

「以前から、気の置けない友人が欲しかったのよ。どうしてかしら、ベルとはそうなれると最初から思っていたの」

「そうなんだ」

にこにこと屈託なく笑うシルケ様は可愛《かわい》いね。

ロヴィー様は複雑そうな顔だけど、「それでシルケ様の御心が晴れるなら」と、馬車内や人払いしたときだけという制限付きで、馴れ馴れしい態度を許してくれてるんだ。

そんな馬車旅の中で、私は彼女の一族の興《おこ》りと、この国の話を聞いた。

シルケ様曰《いわ》く、これから向かう西の領地ことボンネフェルト領は、かなり昔に政争に負けて王都から落ち延びたある一族が切り開いた、隠れ里のようなところから始まったらしい。

「我が家のもとになった一族は、まだ魔法が華やかだった頃にも、魔法が苦手だったらしくてね。魔力こそが力と信じられていた時代に、王都である『浮かぶ城』から追われたと言うわ」

「浮かぶ、城？」

伝説として聞いていた言葉を、現実のことのように言われた。思わず首を傾《かし》げると、彼女は不思議そうに目を瞬《またた》いた。

「相変わらず、ベルは常識知らずね。わが国の王都を知らないの？　文字通り、空に浮かぶ城のことよ。その城自体が古代の魔道具だと言われているわね。古代人の中でもとびきりの魔力を持った人物が、モンスターと戦うのを嫌って、空に逃げた結果とか言われているけど」

「本当にあったの？　てっきりお伽話《とぎばなし》だと思ってた」

私はとあるアニメ映画の、空に浮かぶ島を思い浮かべた。多分、それとは見た目も形も違うんだろうけどね。

「ええ、そうね。城が浮かぶなんてちょっと信じられないことよね。けれど、今でも幾《いく》つかの浮かぶ島は存在していて、この大陸の国々が所有しているわ。我が国の王城とその城下町もまた、空に浮かんでいるのよ」

今度一緒に行きましょうか、なんて彼女は軽く言うけれど……ええ、古代の城がまだ空に浮かんでるの!?

「浮かぶ城は、極大な魔力を持った魔法王に招かれた者のみが行ける場所とされていたらしいの。当時、この大陸は一人の強力な指導者によって導かれていたと言うわ。彼は、とある浮島には森を作り獣《けもの》を放ち、とある浮島には池を作って魚を育て、とある浮島には麦穂揺れる畑を作ったとか」

そうして王は地上の環境を次々と再現し、空に楽園を作り上げた、と。

「地上から運び込まれた沢山の生物達。それらを育てながら穏やかに暮らせる、モンスターと争わずにいられる選ばれし者の箱庭……そういう意味でも、王都を追われるのは当時、大変に屈辱的なことだったと言われているわ」

まるでお伽話《とぎばなし》みたいな、けれど昔現実にあったという、厳しくも強い人々のお話。

かつて魔力が豊富だった時代には、モンスターと戦わずに暮らせるのならそれが一番だという風潮があったそうだ。

しかし、一部がそれを嫌い、反発した。

「あたくしの一族は、昔から腕に覚えのある者達が多かったのでしょうね。そこに広い大地があるというのに放棄して空に小さく住まうことを嫌ったの。再びモンスターと戦い、大地を勝ち取るべきだと……そう言って譲らなかった彼らは、王都を、いえ、浮かぶ城を追われたわ」

そしてシルケ様のご先祖様は、砂と岩ばかりの厳しい自然の中に身を置くようになったんですって。

政争には破れた一族だったけれど、幸いにして屈強で我慢強い戦士が揃っており、モンスターだらけの大地で生き抜けるだけの力はあった。

彼らは近くにあった高ランクダンジョンの中に分け入りモンスターの肉や皮を得たり、綺麗な水の湧《わ》く源泉を発見したりして、生活の基盤を整えていったようだ。

モンスターの皮で粗末《そまつ》なテントを作り、その肉を食べ……

「いつしか時が流れ、強大な魔力を持っていた魔法王とその家来達は、浮かぶ城から消えていたわ。そこに新たに住まったのは、あたくし達の先祖と同じように、荒地に、森に、平地にと散って生き抜いた戦士達。……皮肉よね。かつて栄華を極めた魔法使いの王が作った箱庭に、大地に生きる戦士達の末裔《まつえい》が住まっているなんて」

へえ……そんなことがあったのか。

そういえば、今回の旅路では、街や村に立ち寄らず野営をすることもあったけど、シルケ様の家の使用人達が作るテントはしっかりしてて、泊まり心地がよかった。

私がそう言ったら、彼女はなんだか誇らしげな顔をした。

「あたくしもロヴィーと二人でテントを立てられるのよ」

そう言って胸を張る彼女の瞳は、力強く輝いている。

モンスターの骨と皮で作られたテントは、彼らの屈辱の歴史を伝えると同時に、彼らの誇りでもあるとか。

なんでも、シルケ様のご実家である伯爵家は、今の暮らしに驕《おご》らずにいるよう、幼い頃から一年に一度は荒野でテントを張り、モンスターを狩って過ごすことを義務付けているんだそうだ。

……いろんな意味で厳しいご家庭のようだね。

そんな生粋《きっすい》の戦士達の住まうところで、ドラゴン狩りの指導を受けて実際に狩るとか……。

私、生きて帰れるのかな？

◆◆◆

それは、シルケ様のご実家に着いた翌日のことだった。

剣と剣が交わる硬質な音が、連続して響く。

ぽちと共に休憩用の石のベンチに座っている私の三十二フット先……約十メートルぐらい離れた場所で、若者達が握る分厚い西洋剣が火花を散らしてぶつかっていた。

ギイン、ギインと鈍い音が鼓膜《こまく》を揺らす。

よく折れないなあ、というか、間違って手足を打ったら骨が折れそうだなぁとか思いながら、私はぽちを抱きしめていた。

そこは、円形闘技場のような施設だ。

周りを囲《かこ》む兵士達の声援を受けながら剣戟《けんげき》を続ける片方は、私のよく知るアレックスさん。

ひたすら愚直に打ち込む兵士と比べると、彼の動きは段違いだった。足元はよく動くし、避けるときも次の動作を考えているようで、連続した動きが滑《なめ》らかで、淀《よど》みがない。

やっぱり、アレックスさんて強いんだなぁと今更ながらに感心する。

いやまあ、一人で体長二メートル級のビッグボアとか、ボス級のモンスターを倒している人なんだし当たり前なんだけど。

「アレックスさん、対人でも強いなぁ」

ギョブのときは一方的すぎたし、よく考えたら、彼が訓練で人と戦っているのを見るのは初めてかもしれない。

「参りました！」

剣を弾き飛ばされ、尻餅《しりもち》をついたそばかす顔の若者が降参する。とたんに、見学の人達からワッと声が上がった。

思わずぱちぱちと手を叩く。

アレックスさんは地べたに倒れた若者に手を差し伸べて、「大丈夫か」と声をかけている。若者は、負けたのに嬉しそうな笑顔を見せていた。

……とっても体育会系な交流風景だね。

言葉での交流より、まずは実力を見せてから、か。うーん、イメージ通りだ。

そんな二人の若者に、いかにもな感じの壮年の兵士長が近づいていきながら、感心したようにうんうんと頷いた。

「流石《さすが》は魔法騎士ですな。我が領の精鋭《せいえい》も全く歯が立たない」

「いえいえ、皆さん、高名な城塞都市の兵士だけのことはありますね。私もすっかり息が上がっていますよ」

「ハハハ、ご冗談を。兵士達はアレックス殿と岩山にご一緒できると聞き、勢いづいています。是非とも、今回の交流で我が領の兵士達の練度を上げたいものです」

「私などでよければ、お手伝いしましょう」

がっしりと固く握手をして肩を抱き合い、二人はハハハと笑い合う。男の人のコミュニケーションって、なんとも暑苦しいなぁ。

そんなことを思いながらぼけっとしていたら、隣から涼しげな声が降ってきた。

「ベル殿、言っておきますが他人事ではありませんよ。岩山で兵士達に劣竜を探索させるのと並行して、貴女にもやっていただくことがあります。これから一週間ほどで、護衛役の戦士と一緒に山岳行軍の基礎を学んでください。平地と違い、ただ歩くだけでも山は疲れますからね。ペースを守り歩くこと、護衛に守られる際の注意点など、しっかりと覚えていただきたい」

「……あ、はい」

それは当然、今日もクールなロヴィー様なんだけれども。

正直インドア派な私としては、そういった訓練は嫌《いや》だなぁと思う。けど、Aランクを目指すのは私とぽちなんだし、そんな自分のわがままを表に出すなんてできない。

ここは諦めて、おとなしく学ぼう。

私達が今いる場所は、西の要所とされるボンネフェルト伯爵領だ。

プロロッカ村から馬車で二週間かけ着いたそこには、石壁に囲《かこ》まれた立派な都市があった。これが西の城塞都市ウェストゥロッツ。

上位ダンジョンである岩山から二日程度離れた場所にあるという質実剛健《しつじつごうけん》な造りの石の街で、小高い丘の上に造られた城塞風のお城を囲《かこ》むようにして、街が広がっていた。

赤茶けた石で造られた街は、同心円状に何度も外へと広げられた跡がある。轍《わだち》が刻まれ表面の磨《す》り減った石畳は、その磨耗《まもう》具合に歴史が感じられた。

家々の窓には、ささやかな植物が飾られている。市場の前を通れば、買い物客であろう女性の姿も、数少ないながらも見られた。全体的に生活感が見える街並みだ。

けれど時折覗く裏路地は、薄暗く湿った雰囲気で、人々を遠ざけるように見えた。

馬車で駆け抜けながら見た都市の風景は、中世ヨーロッパの街に迷い込んだようでちょっとドキドキもしたけど、まあ私は今回、観光どころではない。残念だ。

街を進むと、伯爵家のお住まい――立派なお城に着く。

あ、シルケ様のお父様である伯爵様はお忙しいようで、顔を合わせることはないらしい。シルケ様がそう言っていた。小心者な私としては、お家に泊めていただく以上ご両親にまずご挨拶《あいさつ》を、なんて考えてしまうけれど、お貴族様は逆にそう簡単には会えないようだ。

娘であるシルケ様ですら、会うには事前にアポイントメントを取る必要があるぐらい忙しい方らしい。だからまあ、仕方ないね。

何故《なぜ》かシルケ様がホッとした顔をしていたのが気にかかるけど……ひょっとして、お父さんと仲悪い？

お城に入り、一日ゆっくりお休みした翌日。私達はお城の中にある練兵場に連れてこられたのだった。

この先、慣れない山での行動になるのだから、同行する兵士と共に事前に訓練をしようということになっていたためである。

そこで大人気になったのは、当然だけど魔法騎士として名高いアレックスさんで——ワッと若い青年らに囲《かこ》まれたと思ったら、手合わせを申し込まれていた。それで練習用の刃を潰した剣でお相手すると——これまたすぐに打ち解けるんだよねぇ。

体育会系コミュニケーションって、こんな感じ？

ちなみに兵士達は、見るからに山男って感じのがっしりとした体つきの人達が多かった。

「ロヴィー様、本当にこんな子供を連れていくんですかい……？　そりゃあ立派な契約獣は連れてますし、よく訓練されているようですが、本当にこの可愛《かわい》らしいお嬢ちゃんを？」

いつの間にか隣に来て、私をジロジロ眺める兵士長。

アレックスさんを前にしたときと違い、とっても疑問顔だ。

体操服代わりのこの服が悪かったのだろうか。着古した感満載な古着でぽちを連れたちっぽけな私の姿のためか、彼は不安そうに聞く。

「なんですか。これでも彼女は立派なCランクのモンスターテイマーですよ」

「いや、お嬢様とロヴィー様のお客人だから、見た目通りではなく大丈夫だろうってのは分かってるんですけどねぇ……どうにも、そうは見えなくって」

兵士長さん、その子供を見るような優しい目つき、やめてもらえます？　内心傷ついていると、涼しげな声が兵士達の居並ぶ場に響く。

「では、そんなに心配でしたら彼女を試してみましょうか」

はい？

何を言い出したのかと隣のロヴィー様を見れば、彼はとてもよい笑顔をしていた。

ええっと、悪い予感しかしないんだけど。

私は不安になり、ぎゅっとぽちを抱きしめる。あ、苦しいって？　ごめんよ、ぽち。

「ところでベル殿。オーラフ殿より魔力操作を習ってからある程度経ちましたが、今は魔力膜《まく》をどの程度持続できますか」

ロヴィー様が唐突に、私に聞いてきた。真剣な顔をしているけど、今それがなんの意味を持つの？

「魔力膜《まく》、ですか？　ええっと……そうですね、大体四半刻から半刻ぐらいでしょうか」

魔力コントロールは、ポーション作りにも普段のハーブティー淹《い》れにもかかわるからね。

間違えてドバッといったら、効力規格外となって、また死蔵品ができるだけだし。それは毎日真面目に朝の訓練を続けてますよ。

魔術師にも魔力コントロールは必要だけど、薬師もまた、魔力操作の精密さが必須の要素だと最近思うんだよね。

片眼鏡を直す仕草と共に、ロヴィー様は私の言葉に頷いた。

「それは結構。シルケ様のご友人が兵士に舐《な》められるなど、正直気分が悪いですからね。私めが、皆の目の曇りを晴らして差し上げましょう」

「……えっと？」

「これから、貴女には私めの攻撃魔法を受けていただきます。それで貴女の力を証明するのです」

……なんですって。

何故《なぜ》だか流れで、ロヴィー様と戦うことになった。

どうしてかって？

それは私が見てくれからしてひ弱そうだからです。うん、分かってた。

戸惑いながらも、ロヴィー様に促《うなが》されて練兵場の中央に向かう。

あれだね、周りの人に実力を示すための試技というやつ。アレックスさんもさっきやってたあれです。

私の本業は喫茶店の店主なんですけど？　と言っても誰も聞いてはくれないんだろうなぁ。

ちなみに、ぽちはアレックスさんと一緒に観戦だ。

アレックスさんは手を握ったり開いたりとそわそわした様子で、微妙な顔をしている。

けれど、私が兵士達に実力を見せないと、そもそもドラゴン狩りに同行できない可能性もあるからか、無言を保っているようだ。

折角《せっかく》遠くまで来たのに、肝心の私が置いてきぼりは本末転倒《ほんまつてんとう》すぎるものねぇ。

ああ、ぽちが心配そうにキュンキュン言ってて、後ろ髪を引かれる……。ごめんね、あとで一杯撫《な》でるからね。

ロヴィー様は練兵場の中央に立つと、愛用の杖《つえ》を片手に言った。

「魔力操作の基本として、魔力膜《まく》はあるのです。きちんと基礎ができていれば、貴女の持つ魔力量ならば大丈夫。失敗したとしても、シルケ様のご友人を傷つけなど致しません。少々冷たいだけですよ」

そうにこりと笑うけど、眼鏡の奥の瞳が光っているからいまいち信じられないんですけど！

もう秋も深まって随分《ずいぶん》肌寒いんですが、風邪引いたらどうしてくれるんですか。

「お、お手柔らかに……」

私はおそるおそる彼の前に立ちながら言った。

シルケ様あたりが止めてくれないかなぁと周りを窺っても、その姿は見えず。

ああ、ストッパーは誰もいない……。

ロヴィー様は、水の魔術師。

ということは当然、水を被せられるのだろう。この時期に、どんな嫌《いや》がらせですか。

私は深呼吸して胸の鼓動を鎮《しず》め、精一杯全身に魔力を巡らせる。イメージは着ぐるみパジャマを着たときの、あの全身を守られたような安心感だ。

全身を包む魔力を意識して……均一に。

ロヴィー様も言っていたじゃない。基礎を大事にしてやればいいって。だから朝のトレーニング通りに、落ち着いて――

私が戦々恐々《せんせんきょうきょう》としながらも魔力膜《まく》を張り巡らせていると、ロヴィー様が魔法の呪文を唱え始めた。

森系ダンジョンに生えた古木を使ったという彼の愛用の杖《つえ》は、魔力を集中させるための媒体《ばいたい》だという。そして呪文は、イメージを増幅させるためのもの。

彼ら魔術師は独自に魔法体系を作り上げ、月日を経るにつれて少なくなった魔力を、効率化して使ってきたのだという。

「……我が血に流れるもの、清き水の流れ、滔々《とうとう》と大地を流れ喉《のど》を潤《うるお》すもの。水よ、我が導きに従い彼《か》の者を包み込め」

魔力が杖《つえ》の先に収束し、力ある言葉と共に私の方へと打ち出されようとしている。来るっ。

「よーし、覚悟は決まったよっ」

「水の檻《ウォータープリズン》」

私はその場を一歩も動かず、ロヴィー様の放った水の塊《かたまり》を頭から被った。

思わず目を瞑《つぶ》る。

「……うう。冷た……くない」

確かに水を被ったはずなのに、全然濡れてないんですけど。

成功、したのかな。

目を開き、ぱたぱたと全身を確かめるように確認していると、周りからワッと歓声がわき起こった。

さっきまでは不安そうな表情だった兵士達が、皆満面の笑みで大きな声を上げている。

その歓声が、耳に痛いぐらいだ。

「すごいな、嬢ちゃん！」

「ロヴィー様の魔法を完全に遮《さえぎ》るとは、あんた見た目通りではないな！」

「いやあ、宮廷魔術師様の魔力を無効化するとは……流石《さすが》はシルバーウルフを使役するモンスターテイマーだ」

「シルケ姫様のお客人だけあったぜ！」

ええっと、これは私が受け入れられたってこと？

不安げに視線をちらりとロヴィー様へ向けると、彼は大きく頷いてみせた。

「大丈夫ですよ、貴女は確かに実力を示しました。我が領の者達は、実力者にはとても寛容《かんよう》です。さあ、手を振って彼らに応えてやって下さい」

ロヴィー様の言葉に促《うなが》され、私は小さく手を振る。

「もっと大きく、ですよ。それでは後ろの方の者が見えません」

ええい、ままよと思い切りブンブン手を振ったら、更に大きな歓声が上がった。

……なんだかひどく暑苦しい感じだけど、でもこれで目的を達成できるなら、それでいいんだよね。

……多分。

◆◆◆

それからの一週間は、訓練に費やされた。

行軍練習の場所は、岩山ダンジョンすぐ手前にある荒野。

集団暴走《スタンピード》ほどではないけれど、上位ダンジョンは魔力豊富な場所ゆえに、割と「はぐれ」が出やすいという。

ダンジョン内は冒険者が活躍する場所だけど、都市に近い荒野は領が管理する場所だから、兵士が定期的に「はぐれ」を狩るものらしい。

「……って訳で、オイラはまだ新兵だから、はぐれ狩りになかなか出してもらえなくってさぁ、今回初めてなんだぜっ」

「へえ、そうなの。じゃあ頑張らなくっちゃね」

「おうっ」

その訓練中に、私は年下の少年と仲良くなった。

十五歳の彼、テオは、今年領軍に入ったばかりの新兵だ。

彼の言動からして、どうも私を年下に見ているようだけれど……あの、五つも年上なのですが。

「ベルはちゃんと先輩達に守られてろよ？　テイマーは、契約獣を仲間と上手く協調させるのに集中しないといけないからなっ」

「え、はい。頑張ります」

「ぽちも、ご主人様の活躍のために頑張るんだぞっ」

「わん」

しかしニコニコと笑顔で世話を焼かれると、微笑ましさもあってなかなか年上ですとは言い出せない。多分、自分よりも新人が来たと思って張り切って先輩ぶっているんだろうしなぁ。

彼のテンションを下げるのもなんだか申し訳ないというか、気にするほどでもないような気がしてね。

人間嫌いの気のあるぽちとも簡単に仲良くなったし……本当、いい子なんだよね。

悪意が全く感じられない、あどけなさの残る少年に、ぽちも馴染んじゃったのかな。

今もわしわしと豪快にぽちの頭を撫《な》でているテオ。うーん、さらっさらの灰茶の髪がどこかぽちと似ているせいか、私も少年の頭をよしよししたくなるな。

「で、今日は一日目ってことで、軽く二刻くらい荒れ地を歩くんだ。半刻歩いたら、四半刻ぐらい休んで、また半刻歩くを繰り返し。ベルは護衛役の先輩達に遅れず付いていくことだけに気をつけてくれ。ペースを守って歩くのも、山では大事なんだぜ」

「はい」

私の横に付きフォローしつつ、テオはザクザクと小石の散らばる地面を蹴りながら歩く。私に、詳しいトレーニング内容を教える役目を負っているようだ。

「ぽちは、基本的にベルが管理するんだ。でも緊急時の護衛役リーダーの『待て』と『走れ』の指示だけは聞き逃さず、すぐにベルがぽちに指示すること！　いいテイマーは護衛役と協調して動くんだ。いいな？」

「はい、分かりました」

少し得意そうに語る少年に頷き返すと、テオは「よしっ」と言ってにっこり笑う。

うーん、初めての作戦ですっごく張り切ってるな。

私お姉さんだし、すでにダンジョンデビューも集団暴走デビューもしちゃってるんですとか、いよいよ言い出しづらい。

あ、アレックスさんは、本番のときに私の護衛役になるチームメンバーを兵士長と共に選別する役目があるそうで、若手の有望株達と一緒に動いているんだって。

ロヴィー様は、ご実家に帰ってからお忙しい様子のシルケ様のフォロー中。

訓練中の今、彼らが私の側にいなくても、領軍の兵士達にも魔術師や魔法使い擬《もど》きがいるから、そこそこの敵が出ても問題ないって判断とのこと。

『ましてや、シルバーウルフまでまじっているのですから、それこそ飛龍《ワイヴァーン》でも出ない限りは問題ないでしょう。飛龍などここ五十年は出ておりませんがね、フフ』

なんてロヴィー様は言い置いて去っていった。

なんだろう、その言い方って、ホラー映画よろしく何かが出る予兆みたいでやなんですが……

今回は外れることを期待する。前回はうっかり、ボス級ゴブリンまじってたしね……

しかし、テイマーは珍しい職種と聞くのに、この領の皆さんはなんだかすごくテイマー事情に詳しい人が多いね？　何でだろう。

ざかざか歩いて休憩を挟んで、一刻ほど。

先導してくれている護衛役の騎士様を目安に、ペースを落とさず歩く訓練をした訳だけど、うーん、目印が乏《とぼ》しくて迷いそうな場所だよね、ここ。

ぽちに頼めば迷わず都市に連れていってくれるだろうけど、私なら確実に迷う。埃《ほこり》もすごいし……うう、髪とかじゃりじゃりする。明日からは髪をまとめて、スカーフでも巻いてこよう。

そういえば、気になることがある。こんな迷いやすそうなところで、どうやって隊の行軍方角を決めているのだろうか。それをテオに聞いたら、彼は「そこにある木だとか、そこの二つ並んだ岩とかを目印にしてる」と言って指をさした。

そこにはリボンが巻かれた木だったり、染料で印を付けた岩だったりがある。それが、目印？

え、でもそんなの、嵐とかで消えちゃったりするんじゃないの？　ああ、都度新たな目印になるものを探して、再設定するのね。

「目印をきちんと把握した上でちゃんと進めば、山歩きだって、街の中を進むのとそう変わらない。ただ、歩く速度を守って予定通りに着くのが大事だ。でないと、無駄に体力消耗するからな」

つまり、入念な計画を練った上で、ペースを守るのが大事ってことかな。小石や大きな岩がゴロゴロと転がる歩きにくい場所を二時間ほど歩いている訳だけど、案外疲れない。

昔なら、こんな荒れ地を歩いたら三十分で悲鳴を上げていたところだったと思うんだよね。時々森歩きもするし、体力付いたのかな？

不思議に思ってテオに言うと、彼は呆れたような表情を浮かべた。

「そりゃベルが身体強化使ってるからだろ。気づかないぐらい自然に使えてるって、教導官が聞いたらベタボメしてくれるすげぇことなんだけどな……」

「そうなの？」

どうやら私は知らないうちに、魔力で体力を補っていたらしい。

なるほど、どうりで疲れにくい訳だよ。魔力と比べたら、体力の方が確実に先に尽きるもんね。

っていうか、いつの間に身体強化を身につけていたんだろう、私。

「ベルは試技の感じからして、すっげぇ魔力操作が上手いんだろ？　普段から魔力を纏《まと》ってるから、それが補助になってんじゃねぇかな……。オイラ達魔法がちょっと使える騎士も、最初は魔力操作ばっかやらされるんだ。魔力の使い方を覚え、身体強化を覚えるためにな」

「へえ……」

魔力膜《まく》にはそんな副効果があったんだねぇ。どちらにしろ、これで山歩きの不安がなくなったから安心したよ。

小休憩に入った私は、ついでにさっき気になった、この領の騎士達が妙にテイマー慣れしてるっぽいことについて聞いてみた。するとテオが、ケロッとした顔で言う。

「うん？　なんだ、シルケ姫様はベルに言ってないのか？　このウェストゥロッツには、テイマーと言えばこの人、って言われるほどの高名なドラゴン使いがいたんだぜ」

「ドラゴン使い！」

それはすごいと私が感心すると、彼は得意そうに鼻の下を擦《こす》った。どうやら忠義の士であったそのテイマーはこの領の誇りであるらしく、テオは笑顔でその人のことを語ってくれた。

そのドラゴン使いである彼女は、家を守るのが仕事とされる西領の女性にしては珍しくおてんばで、槍《やり》を持たせれば大の男も敵《かな》わないほどの人だったとか。

ああ、この領には女だてらに冒険者として活躍した先人がいたのね。だから私がぽっと出でも、この領軍の人は「こんな子供が大丈夫か？」で済ませたのか。

「その人は、ご領主様のご愛人様でな。お二人はこの領の守護役として、強い絆《きずな》で繋がっていたという話さ」

えー、絶対それ盛《も》ってるでしょ。愛人なんて屈辱的な立場で領主に囲《かこ》われた人が、幸せになれた気がしないもの。

私が微妙な顔をしているのに気づいたのだろう。彼は必死に「本当だって！」と言う。

彼女の本当の旦那様であった騎士も、取り立てられたそうだ。そして今でも、彼女の家の者は彼女の遺志を継《つ》ぎ、西領を守る騎士として活躍していると……

なんだろう、もやっとする話だね。

「ご領主様とご愛人様は、領の発展のために頑張った。今の領があるのは、そのドラゴン使いと領主様のお陰さ。ただ、そのドラゴン使いも、飛龍には勝てなかったんだ」

少年の声が僅《わず》かに沈んだ。

「え……」

私が思わずテオの顔を見ると、快活な少年らしくない悲しげな顔で、ぽつりと続ける。

「それなりに手傷を負わせることはできたさ。ここに来れば痛い目に遭うと、はぐれ飛龍に記憶させることができただけでも、戦果は十分だ。だけど、大きな被害は出た。彼女は、大事なお供である劣竜の首を噛み千切られた。そして側で指揮していた本人も、半死半生の怪我《けが》を負ったんだ。討伐《とうばつ》の指揮を執っていた領主様の一番目のご子息様は、――亡くなった」

それは、きっと悲しいお話なのだろう。

なのに彼は、晴れやかにこう続ける。

「……でも、領都は守られた。この地から飛龍は消えた。だからこそ彼女は、モンスターテイマーは……」

彼ははっきりと断言した。

「我が領では、彼女《モンスターテイマー》は、誇りなのさ」

この領で語られるテイマーの話については色々気になることはあるけど、それは一旦後回しにしておこう。

ただ女性冒険者でテイマーとか、妙に私と被る気がする。なんとなく気になるから、あとでシルケ様あたりに聞いてみようかな。

そんなふうにもやもやしつつも訓練は順調に進んで、護衛の兵士さん達ともだいぶ顔馴染みになった。

それにしても、一週間連続で長距離歩行とか、よく考えたら初めてじゃない？

かなり健康的ですね。

とか自画自賛していたら、斥候《せっこう》役のチームから連絡が入った。

「対象が仕掛けにかかった」、と。

その仕掛けというのは、古典的な罠《わな》だ。

劣竜のメスのフェロモン……という名の小水を使い、オスを呼び出すらしい。

保管方法は秘伝のものらしく話せないと言われたけれど、まあ、くれると言われてもいりませんけどね。

ドラゴンは長寿な上に強いこともあってか、なかなか繁殖しにくいらしい。だからオスドラゴンはメスドラゴンを見つけると、必ずといってよいほど、のこのこ出てくるんだって。

その習性を利用し、オスドラゴンをおびき寄せる……のだそうで。

よく分からなかったけど、劣竜狩りの名人である騎士様達の言うことだから、間違いないんでしょう、うん。

ということで、いよいよ本番。

岩山ダンジョンでドラゴンを狩る日が来た。

作戦日は斥候《せっこう》役から報告を受けた三日後の、午前となった。

あれからすぐに出発して、ダンジョンの三合目ぐらいの位置にテントを張っていたので、あとは山を登るだけだ。

何せ劣竜は、この山の主。

気ままに狩りをしているので、一体いつまでそこにいてくれるのかは分からないらしい。なので、夜も明けぬうちから行動することになった訳で。

「ううう、眠い……」

私はいつも通り、丈夫が取り柄《とえ》の古着を着てぽちと共に行動している。

足元だけ照らすように覆いを掛けたランプで地面の様子を確認しながら動くけど、やっぱり躓《つまず》きそうだよ。

険しさが目立つものの、裾野は広く高さもない。なので、足元に気をつけて歩けば、現場まで一刻半もすれば着くのだそうだ。

「今更ながらに緊張してきた……」

「まあまあ。今まで訓練してきたことができてりゃ問題ないって」

そうは言うけどね、少年。

相手はドラゴンですよ？　緊張しない訳がないでしょう。

肝心の目的地は、山の中腹あたりだという。現在斥候役《せっこう》は、十分に距離を取ってドラゴンを見張っているらしい。

素早く山を上がる皆に遅れずに付いていこうと、私もそれなりに頑張ってますよ。半ばぽちにしがみつくようにして、だけどね。

そんなときに、アレックスさんに声をかけられた。本番なので、アレックスさんとも合流しているのだ。

「ベル、なんだか足元がふらついているが大丈夫か？　まあ、ぽちもいるし、万が一のときにはオレも手伝うから、無難に狩れるとは思うが……」

「……ふらついているのは眠いのと、単に山に慣れていないだけです。ええと、頑張りますね。主にぽちが」

何せ私は、戦闘となると応援しかできないし。

うう、無力な主人でごめんよ。

謝罪を込めぽちを撫《な》で撫《な》でしながら答えると、アレックスさんが苦笑する。

「ベルに力は求めてないって。お前が励《はげ》ましてくれるならぽちだってやる気がわいてくるさ。な、ぽち」

「わん」

アレックスさんに答えてふりふりと尻尾を振るぽち。ああ、いい子だなぁ……

なんて話していると、私の隣にいるすっかり仲良くなったテオが、キラッキラの顔でアレックスさんを見ているのに気づいた。

「うわあ、本物の魔法騎士だぁ。ベルと話してるよ、いいなぁ」

アレックスさん、子供に大人気だね。あ、護衛役の兵士さん達が、そんな少年を見て苦笑してる。

ちなみに、私達の班はいわばテイマー班とでもいうか、ぽちを最大限活かすために編成されている。だから私が安全に動けるようにと、護衛をメインとしたメンバー構成だ。

もちろん、テオも一緒だよ。

シルケ様達主従は、攻撃魔法を仕掛ける魔術師班と共に行動中。

で、私はシルケ様達の動きと合わせて、ぽちを行動させることになっている。でないと、動きを止めてる盾《たて》班や槍《やり》班がいきなりの魔法にびっくりしちゃうだろうからね。

攻撃魔法のタイミングは、ぽちに任せることにしている。だって戦闘時の判断は、私なんかより経験豊富なぽちの方が上手いだろうからね。

私は、引き際を見極めてぽちを引っ込めるのがお仕事だ。怪我《けが》させたりしないよう、しっかり見張らなくては。

……なんだか和気藹々《わきあいあい》とした空気の中、ちょっと離れた場所にいるロヴィー様とシルケ様の二人だけが、深刻そうな顔をしている。うーん、どうしたんだろう。でも気軽に聞ける雰囲気でもないし。

そんなことを気にしつつも、頑張って足を進める。

中腹まで登って斥候《せっこう》役と合流した私達は、彼らの案内に従い、テーブル状に開《ひら》けたところへと行く。

さて、ここからが本番だ。

緊張にぐっと拳《こぶし》を握りしめ、ごつごつした岩に隠れながらじりじりと対象に近づいて……

そこでテイマー班の兵士さんから、小声で注意が飛んだ。

「現時刻をもって、劣竜狩りが開始されます。ベル殿は作戦通りに岩を盾《たて》にして隠れたまま、傷ついた兵達の傷の手当てと、契約獣への指示出しをお願いします。なお、この班はベル殿の護衛を仰《おお》せつかっていますので、このままベル殿の護衛任務を継続します」

「はい」

こちらも小声ながら、気合十分でお返事する。

その間にも、戦闘が始まるようだ。

「お前の相手は私だっ！」

気合いの入った声に、思わずそちらを向く。

私達がいる岩陰から離れた別の岩陰より躍り出たのは、兵士長だ。裂帛《れっぱく》の声を上げて、劣竜を引きつける役目を負っているらしい。

声につられてか、それまで頭を下げ、あちこちの臭《にお》いを嗅ぐようにしていた劣竜が足を止め、頭をぐるりと兵士長へ向けた。

それはとても大きな……二足歩行の恐竜のような生き物だった。

尻尾と頭でバランスを取っているのか、前傾姿勢のため高さはそこまで大きくない。けれど頭から尻尾までの長さは十六フット以上……五、六メートルはあるんじゃないだろうか。

「どこが劣竜なの？　十分大きいよ」

これでドラゴンとしては小さいタイプということは、普通のドラゴンはどれだけ大きいんだろうと、私は密かに驚いていた。

保護色めいた赤茶色の鱗《うろこ》で覆われた体をゆっくり捻《ひね》り、劣竜が兵士長へ長い尻尾を叩き付ける。

「そんな程度で私が倒せるとでもっ！」

低い体勢を取り盾《たて》を構えた兵士長は、竜革の大盾で尻尾を受け流す。

兵士長は、劣竜の革でできた防具を全身に纏《まと》っている。

防刃に優れ、打撃にも耐え、攻撃魔法もある程度弾く——そんな優秀な防具となるドラゴン素材は、この領の特産品だという。

とはいえ、一年に何匹も狩れるものではないから、とても希少価値の高いものなんだそうだけど。

それを全身に纏《まと》えるということは……兵士長の並々ならぬ実力を物語るというものだ。

そして、重量物同士がぶつかる音がする。

全身がびりびりするような衝撃が伝わり、内心冷や汗を流しながら戦況を見守る。

「まだまだあっ！」

魔力で体を強化していたのか、その場で足を踏ん張り、仲間を鼓舞《こぶ》するように兵士長は声を張り上げた。

劣竜とぶつかって耐えるとか、一体どれだけすごいの、兵士長。唖然とする私をよそに、戦況は一気に動く。

「兵士長に続けぇー！」

「応！」

盾《たて》班が物陰から立ち上がると、一気に劣竜を取り囲《かこ》んだ。一班は五人。それが四班あって、皆が整然と動いている。その様子から、彼らの練度の高さが分かる。

兵士達は竜革製の大盾を持って、荒ぶるドラゴンの動きを封じ込める。

「力を、魔力を込めろーっ！　劣竜を自由にするなーっ」

「応っ‼」

「続いて槍《やり》兵出るぞーっ！」

班長のかけ声と共に、長柄の槍《やり》を持つ兵士達が駆け込む。

彼らは盾《たて》兵の囲《かこ》みの隙間《すきま》を縫うようにして、長い槍《やり》を突き込んだ。

耳鳴りがするような、ドラゴンの怒りの声があたりに響く。

「すごい……」

「ああ、素晴らしい練度だ」

私が言葉もなく目を丸くしていると、アレックスさんが隣で頷く。彼はいつでも応戦できるように剣に手をやったまま、戦況を眺めていた。

ちなみに通常の狩り方は、身体強化を使って頑健さを増した騎士の一班が竜革の大盾を持って周りを囲《かこ》み、槍《やり》班が隙間《すきま》から槍《やり》を突き入れる。

そうして動けなくなったところを、魔術師が大魔法を叩き込み攻撃する……という感じらしい。

「ベル殿、そろそろです。囲《かこ》みが形成され、劣竜の動きが止まりましたら、そこで契約獣に号令をお願いします」

護衛の兵士が私に囁《ささや》く。

私は、隣にいい子でおすわりしているぽちを見た。

「はいっ。ぽち、兵士さんの話は聞いた？　もうすぐ出番だよ」

「……わんっ」

うん、その声はやる気満々だね。無理せずできることを頑張ろうね、ぽち。

よし……シルケ様達が動いた。

彼らは杖《つえ》を光らせ、魔法を即座に発動させるよう魔力を溜めてから行動に移る。杖《つえ》の光が、ある意味目印になるのだ。

流石《さすが》は狩り慣れているだけあって、動きがスムーズだね。

「退《ど》けーっ！」

号令と共に、それまで劣竜の動きを止めていた人達が、さっと後ろへ引いた。

「ぽち、今だよ！　魔法班の人の邪魔しないように動いてね」

「わんっ」

私の声に、ぽちは弾丸のように岩陰から飛び出していく。そしてすぐさま、これまでの囲《かこ》いが一気に外れ惑乱する劣竜の頭に、すっぽりと水を被せた。それは、劣竜の頭を覆うぐらいの大きさの水の塊《かたまり》。

「――なるほど、息を止めにいったのね」

うん、いつもの流れだね。ドラゴンも呼吸してるってことは、高確率でそれ、効くもんね。

突然顔を水に覆われた劣竜はびっくりしたようで、一瞬動きを止める。

「今ですっ！」

機を見たロヴィー様の号令に、魔術師達が射撃を行う。

無防備に動きを止めた劣竜に、大きな水の弾を鈍器のように叩き付ける水魔術師のロヴィー様。火魔術師のシルケ様は、高温の小さな弾で急所を穿《うが》つ攻撃を入れる。

麗《うるわ》しい主従を軸にして、他の魔術師達も得意の魔法を重ねていった。

強烈な打撃と、急所へのピンポイントの攻撃に、たたらを踏む劣竜。

しかし、劣竜はまだ倒れない。むしろ、水玉に覆われたまま目をらんらんと光らせて、ぽちを睨《にら》んできたのだ。

「これでも倒れないのっ！」

スタミナの違いか、はたまた格の違いか。

Aランクのモンスターは、今まで私が見てきたもの達とは全然違う強さだ。

驚きを隠せない私の前で、ゴボリと水の玉が波打つ。

劣竜が、音にならない怒りの声を上げたようだ。

次の瞬間、重い足音を響かせ、劣竜が尻尾を振る。

風音をたてて振り回されたそれに、慌てて後退する魔術師達。盾班《たて》が一斉に走り、彼らのカバーに入る。

一方のぽちはというと、劣竜の尻尾攻撃を低い姿勢で潜《くぐ》り抜け、その腹に鋭い牙《きば》を立てに向かっていた。

一瞬、劣竜がふらついたように見えた。

「終わった……？」

「いいや、まだだ。奴はこの程度では倒れない」

私の呟きに、アレックスさんが首を振る。高ランクモンスターを幾度も倒した者の判断だ。それは確かなものだろう。

実際、劣竜はお腹からだくだくと血を流しながらも、しっかりとその場に立っていた。

しかし痛みのためか、劣竜は闇雲に暴れ始めている。

盾《たて》班も、尻尾に直撃されたりして囲《かこ》みが乱れていく。兵士達は次第に後退し始めていた。

そこに一人、劣竜に比べれば子犬ほどの大きさのぽちが立ちはだかる。

「ぽち、危ないよ、下がって！」

「わんっ」

私の悲鳴のような声に対し、ぽちは平然としていた。

任せてと応え、劣竜に体当たりする。それからぽちは、広場状になった岩棚を縦横無《じゅうおうむ》尽《じん》に駆け回り、ぐるぐると劣竜を引き回し始めたのだ。

周りの人達に注意が向かないよう、ときに跳ねたり股下を潜《くぐ》ったりして、劣竜を翻弄するぽち。劣竜は、ぽちに噛みつこうと必死な様子だ。

迫力があるはずなのに、どこか間抜けにも感じる光景な気もする。ぽちと劣竜の追いかけっこというか……。

いやいや、油断はよくない。

「ぽち、尻尾や顎《あご》の動きには十分気をつけるんだよ」

「わんっ」

私の注意の声も、耳のいい子だからちゃんと聞こえたみたい。

ぽちは、水の玉を維持しつつも鬼さんこちらとばかりに劣竜の足元をうろちょろしている。そのため、他の人は手出しできないでいるようだ。

上手いことぽちが劣竜を引き回し、細かく攻撃を入れ……兵士達も見守るままに、数分ほど経過。

だんだん、劣竜の動きが鈍くなってきた。

「よしよし、そろそろ弱ってきたね」

と、そこで、重い地響きを立てて、劣竜が倒れた。しかしそれは地面の上に倒れてなお、弱々しく足を動かし続けている。

腹のあたりから、血が流れているのが見える。ぽちの牙《きば》攻撃によるものだ。

シルバーウルフの攻撃は、ドラゴンにも有効なんだね。やっぱりうちの子はすごい。

「あ、トドメもぽちがやらないといけないのかな？」

「いや、いいんじゃないか？　兵士長が槍《やり》班に声をかけているから、おそらく彼らがするだろう」

首を傾《かし》げる私に、アレックスさんがそう答えてくれる。

「そうなんだ。じゃあ、もう大丈夫かな。ぽちー、そろそろ戻ってきていいよー」

「わんっ」

ぽちがやり切ったという満足げな顔をして、私のもとに駆け込んでくる。

私が一仕事終えたぽちを撫《な》でていると、護衛の兵士さん達がぽかーんと口を開けているのが見えた。

どうやら、思った以上に簡単に劣竜を倒したのでびっくりしているみたいだ。

ちなみにシルケ様達主従は、頭に水を被せた時点である程度予想がついていたのか、苦笑していた。

「あ、あれは一体なんなのでしょう。頭を水のようなもので覆い、暴れたと思えば、倒れてしまって」

「ただの水の玉です」

「……なんであんな簡単に、劣竜が弱ったのでしょう」

困惑する兵士さんの様子に、アレックスさんが「そりゃ分からんよな」と頷いている。

いやまあ、大抵の生物は酸素を断てば窒息するって、それだけなんですけど。

どうやらこの国では、今まで攻撃魔法で倒す方に傾倒して、効率的な倒し方とかは余り研究されていなかったらしい。

一応、息が吸えないと大抵の生き物は死ぬ、ということを伝え、その応用だと言っておいたけれど……まあ、そのうちロヴィー様が広めてくれるよね。

ぽちはというと、口々に兵士さん達から賞賛の言葉をかけられていた。

あはは、プロロッカ村に続き、今度は城塞都市でもヒーローになっちゃうのかな。ますます人気者だね、ぽち。

ほのぼのと見ていると、なんだかうんざりしたような顔でぽちが私の後ろに引っ込んだ。あらら、相変わらず大人の相手は苦手かあ。

そんなぽちに、私とアレックスさんは顔を見合わせて苦笑する。

こうして、予想外にあっさりと、私とぽちのドラゴン狩りは終わったのだった。

第八章　打ち上げ会と、予想外の展開

そこは、真っ昼間の、兵士宿舎の大食堂。

今から、劣竜討伐《とうばつ》の祝勝会が始まるところだ。

私はというと、今回文句なしにMVPなぽちの主人ということで、上座の方に後見役のアレックスさんと共に座らされていた。ぽちは勿論《もちろん》、足元にいるよ。

テーブルにはご馳走。

ここの上位ダンジョンのモンスターはトカゲ系というか、割と爬虫類《はちゅうるい》系が多いらしいのだけど、その肉は食べてみると結構美味《おい》しいんですって。

ということで、上物のモンスター素材を使ったお料理がテーブルにたっぷり並べられている。

まあ、郷に入ればというやつで、私もこの世界に来てからは散々モンスターを食べてきたから、爬虫類《はちゅうるい》と聞いても全然……いやちょっとは引いたけど、食べられるんだ。

今回の作戦に同行してくれた兵士達が、長い食卓にずらりと並んで座っている。彼らはなみなみとエールを注がれたジョッキを持ち、今か今かと兵士長の言葉を待っていた。

私には、子供用にとオレンジっぽい果汁で薄く割ったジュースみたいなエールが配られたんだけどね。……うう、泣かない。

ちなみにぽちには、美味《おい》しいミルクが用意されている。深皿に注がれたそれを前に、ぽちは、私からの飲んでいいよの合図を待ってそわそわしていた。

「ということで、無事に全員が帰れたことを祝って……」

「いやいや、今回はシルバーウルフの強さに乾杯ってのがもっと相応《ふさわ》しいんでは？」

野次《やじ》にフッと笑い、兵士長が頷いた。

「それもそうだな。では、皆の無事とシルバーウルフの強さを祝って、乾杯！」

「かんぱーい！」

兵士長の言葉に、皆がエールのジョッキを傾ける。

ごくごくと喉《のど》を鳴らして、兵士達はお酒を一気に呷《あお》る。うわあ……やっぱり冒険者達と同じで、お酒を水のように飲むね。

私はぽちと一緒にお子様向けエールをちびちび飲むよ。

うーん、これじゃ全然酔えない……

しょんぼりしていたら、兵士長がジョッキを持ってやってきた。そして私の足元で嬉しそうにミルクを飲むぽちを見てニヤッと笑う。

「お嬢さん、お邪魔するよ。今回は契約獣が大活躍だったな」

「そうですね。Bランクのモンスターとは戦ってきたんですけれど、それ以上は相手にしたことがなくて。ドラゴンに対しても意外とやれたので、びっくりしました」

そこでコツンと、突き出された兵士長のジョッキにぶつけてから、またお子様エールを一口飲んだ。

「でもそれは、皆さんが舞台を作り上げてくれたからってことも分かってます。今回は、ぽちが活躍する機会を与えていただいて、ありがとうございました」

私は深々と頭を下げた。

その辺は、実はアレックスさんに怒られたのだ。

劣竜がふらついたとき、もしかしてこれって楽勝じゃない？　と私が思ったことが、アレックスさんには伝わっていたようだ。そこで、それは違うと厳しい声で指摘された。

『これほど楽な戦場を構築してもらっておいて、自分だけで勝てたなんて思うのはバカだ』と言われて。確かに、とんでもない思い上がりだと、すぐに自分が恥ずかしくなった。

私がアレックスさんに言われ、反省した旨を神妙に言うと、兵士長さんは少しばかり目を見開いた。そして興味深そうに、私の次の言葉を待つ。

アレックスさんは相変わらず兵士達に人気で、隣でずっと酔っ払いと乾杯を繰り返しているので、こっちの話は聞いてるんだか聞いてないんだか。

「私達だけじゃ、狙った獲物だけを上手く戦える場所に引っ張り出すことはできません。つゆ払いの兵士さん達が道を切り開いてくれたことで、戦う前の体力も温存できました。何より、兵士長や盾《たて》班、槍《やり》班の人達がぽちに劣竜の強さを見せて下さったからこその、あの展開だったんでしょう」

兵士長の裂帛《れっぱく》の気合い、盾《たて》班と槍《やり》班の素晴らしい連携。魔術師の冴《さ》えわたる攻撃。そこから見えたのは、劣竜の恐ろしいまでの戦闘能力とバカげた体力だ。

もしかしたら、ぽちなら一匹でも劣竜に勝てたかもしれない。でも初めての敵に、無傷とはいかなかったはずだ。

忘れてはならないのは、ぽちが実力を発揮できる舞台を作り上げてくれた人達がいたってこと。

彼らがいたから、ぽちは劣竜の速さや動きに慣れることができたのだ。相手の頑健さや体力が分かったからこそ、ぽちは相手の酸欠を狙うよう引き回す行動に出たのだと思う。

ぽちは賢《かしこ》い。

アレックスさんや狼《おおかみ》のお母さんとの森での狩りで、これまで様々なモンスターと戦ってきた。だから体力お化けとの戦い方も知っている。体格差が、そのまま戦力に直結していることも。

今回は結果的には楽勝だけど、それは素晴らしいバックアップがあったからこそだ。私とアレックスさんとぽちの三人だけなら、きっとこうはならなかった。

うん、慢心してぽちを失うなんて嫌《いや》だもの。私がしっかりしなきゃ。

この世界では、死なんてありふれているものなのだから。

「おっと、釘を刺しに来たんだが、先に言われてしまったか。そうだ、分かってるならばいい。そいつはいい契約獣だ。賢《かしこ》く、力も強く、何よりリーダーとしてお嬢さんを認め、その力になろうと助力を惜しまない。お嬢さん、相棒を愛情深く育て、大事にしてやってくれ」

そう語りながら、ぽちをじっと優しい目で見つめる兵士長。

彼も、領のドラゴン使いの話を聞いて育ったのかな？　ぽちを見る目が、プロロッカの人達よりずっと優しい気がするんだよね。

最近どんどん大きくなって、そろそろ私を背に乗せても余裕で走れそうなぽち。そのせいか、周りの冒険者達とかから化け物を見るような目つきで見られちゃって……

少しばかり寂しかったんだ。

幼い頃から可愛《かわい》がっている私には、まだまだやんちゃな子供に見えるんだけどなぁ。

だから、こうして優しい目を向けられるのは嬉しいのだ。

なんだかほっこりした気分でぽちに言葉をかける兵士長の姿を見ていると、今度は別の兵士達がやってきた。

「テイマーのお嬢ちゃん、そこのシルバーウルフにも勝利のおすそ分けをしてやりたいんだがいいかな⁉」

「おい、ずるいぞ！　俺も触りたいのに」

あれあれ、とっても人気だね、ぽち。

「ええと、ぽちに聞いて、ぽちが頭を下げたら撫《な》でてもいいですよ。でも、しつこいのはダメです。嫌われちゃいますからね」

「おおっ、勇気を出して聞いてよかった。えーと、ぽち。撫《な》でてもいいかな？」

わっと兵士達に囲《かこ》まれて、猫撫《な》で声で話しかけられたぽちは困り顔をしている。ぽち、子供は好きだけど、大人はどうも苦手だしなぁ。

うーん、嫌《いや》かもしれないけど、少しだけ相手をしてあげてね。彼らのお陰で、無事にAランクになれそうなんだから。

――それにしても、ここしばらくはずっと動いてて疲れちゃったよ。

私はため息を吐《つ》く。

Aランクになったら、少し冒険者の仕事はお休みして、喫茶店に専念したいなぁ……

そう思ったら、急にお店がちゃんと回ってるか心配になってきた。

ティエンミン君はお茶の淹《い》れ方も上手くなっているし、カロリーネさんは実は、驚くほどのお菓子作りの天才だったし、ルトガーさんは接客に関してはプロだし。だから、みんながきちんと動けていれば店は大丈夫だと思うんだけど。

でも、何があるか分かんないしね。

ああ、考えてたらますます心配になってきた……

これが二時間新幹線に乗れば行けるとか、飛行機に乗ればすぐだとか、それぐらいの距離感ならいいけど、残念ながらこの世界にはそんな輸送手段はない。だから私は、遠くからハラハラと心配することしかできないのだ。

戻るには、また二週間の馬車旅だ。この世界の移動は、とかく大事《おおごと》になりやすい。

もう、帰った頃には冬だね。暖かい服を用意しないと。となると、またお裁縫上手な友人に助っ人を頼まなくちゃいけないかな。

――なんて、皆に囲《かこ》まれてありがたがられてるぽちを見つつ、私はあれこれ物思いに耽《ふけ》っていた。

「……あの、ベル。いきなりだけれどお願いがあるの」

そんなふうに色々考えていた私の前に、深刻な顔をしたシルケ様が現れた。

今回の祝勝会に、シルケ様とロヴィー様の姿がなかったから、どうしたんだろうと思っていたんだよね。そしたら、こんな深刻な顔でやってくるとは。

私は困惑に言葉を選び兼ねて、黙り込んでしまう。兵舎の食堂は、彼女の登場で騒々しくなっていた。

「ど、どうしたんですか、シルケ姫様」

隣で困惑顔の兵士長を見る限り、サプライズゲストの線はないようだ。

「大したことではないわ。皆はそのまま続けて。あたくしはベルに話があるの」

「そ、そうですか。では」

何か事情がありそうだと察したのだろう。兵士長はあっさり引き下がる。そして、シルケ様は私にそっと耳打ちした。

「何も言わずに、あたくしに付いてきてほしいの」

「……はい？」

「勿論《もちろん》、ぽちやアレックスも一緒でいいわ。というよりむしろ、一緒に来て。ねえ、お願い」

「それはまあ、いいですけど……」

突然のシルケ様の言葉に困惑しつつ、それでも断る理由も特に思いつかず、私はおとなしく頷いたのだった。

そうして私は今、シルケ様に腕を掴まれてどこかに連行され中だ。

しかし、いきなりなんで？

何も聞かないで、と言われても、そこは聞きたいというのが人情というものでしょう。けれど、シルケ様が余りにも真剣というか、ハラハラするような緊張感を帯びているので、結局聞けないままここまできている。

あ、もしかして馬車の都合かな？　すぐに帰らないといけなくなったとか。でもそれなら、魔法袋のお陰で荷造りもしないでいいし、いつでも帰れるし。別に皆の前で話せないことでもないよね。

アレックスさんはと見れば、シルケ様の尋常じゃない様子に何か思うところがあるのか、後ろから静かに付いてきている。

「あの、これからどこに？」

耐えられず、軽く繋がれた手を揺らして聞けば「人払いができる場所でゆっくり話すわ」と、緊張した顔で彼女は首を振った。

なんだかいよいよ悲愴な顔をしているんだけど……

「ごめんなさい、失敗したわ。お父様が貴女に興味を持ってしまった」

か細い声でそう言うものの……うん、分からない。

「ええっと。詳細を聞いても?」

「今は言えないわ。どこでお父様の子飼いが耳を立てているか分からないから」

そう言って首を振るシルケ様の様子に、私はひたすら混乱するしかない。

伯爵様が私に興味を持つと、どうなるの?

そもそも忙しくて会えないってことだった気もするんだけど、シルケ様、いつの間に伯爵様と会ってたんだろう?

色々聞きたいんだけど、急いでいるのか早足についていくのが精一杯だ。

ちなみに、アレックスさんは今も黙ってはいるものの、後ろからシルケ様を見つめる顔は厳しい。……アレックスさんは貴族嫌いだし、説明なしのまま連れてくっていうのは心証悪いのかもしれない。

うーん、これは……とりあえず落ち着くお茶でも出して、彼女の緊張を解かないと話にならないのかな。この際、女神の力全開で。

ええい、だったら連れていかれた先で、出張喫茶店開店としますか。

私はシルケ様に手を引かれながらも鎮静効果の高いハーブを頭に浮かべ、ブレンドを考え始めた。

例えば、アマチャヅルはどうだろうか。日本の山に生えているツル性の植物で、夏に黄緑色の花を咲かせるものなんだけど。ちなみに、ユキノシタ科の甘茶というハーブとは別のものなので注意。

サポニンという朝鮮人参と同じ成分が発見されたため、一時期人気を博したそうだけど、残念ながらその効果は不明瞭ということで、静かにブームをおさめていったという……まあ、ちょっと悲しいエピソードがあるハーブだ。

でも近年、ストレス対策やアレルギー症状を緩和するとされて、また注目が高まってもいるようなので、よかったといえるかな。

鎮静効果のあるこれをベースにして……

女神の森のアマチャヅルは甘みが感じられるものだから、これを邪魔しないブレンドというと……うーん。

シルケ様の緊張状態を解くには何があるか考えながらも、私は相変わらずどこかへ連れていかれている。

ちなみに現在は、裏庭を突っ切っているところだ。

大量の洗濯物がはためく裏庭は、見た限り平和そのもの。

厨房《ちゅうぼう》の裏で大量の野菜の皮むきをしている下働きの青年や、洗濯物を抱えた太めのおばちゃん達がシルケ様に気さくに声をかける。それに対し、彼女は軽く手を振って応えている。

お姫様大人気だね。

そういえば、いつも一緒にいるロヴィー様は？　姿が見えないけれど。

「あの、ロヴィー様は……」

「あれはお父様からの借り物でしたから、お返ししたわ」

「……えっと？」

突き放すような言い方から、おそらく喧嘩でもしたのだろう。

「あの、結局私達はどこまでお付き合いすれば……」

「そうね……ひとまずは客室に隠れてもらってから、どうにか避難する方法を……」

シルケ様は一人ごとのように呟く。

「えっと、避難ってなんの話ですか」

その言葉が気になって私が聞くと、シルケ様はちらりと振り向くと困ったような顔をして言った。

「失敗したと、言ったでしょう？」

それだけ言うと再び前を向き、シルケ様はどんどん進む。

残念ながら疑問は解消せず、連れられるまま私達は城砦《じょうさい》の二階へ上がり、立派な貴賓室に案内された。

「ちょっと父の予定を確認してくるわ。それから逃げる方法を考えましょう。それまで、ここで待っていていただける？」

「あ、はい」

逃げるのは決定、なんだね。一体何があったのだろう。不審に思うものの、シルケ様が強張《こわば》った顔で出ていくのを、見送るしかできない。

立派な調度の並ぶお部屋で、緊張しながらメイドさんが淹《い》れてくれたお茶を飲む。ふかふかのレザーソファにアレックスさんと並んで座っていると、しばらくしてドアの外が騒がしくなったと思ったら……唐突に開いた。

「ここに姫様がお客人を……」

「そうか」

扉の向こうで、お仕着せを身につけた男性が、立派な身なりの初老の紳士と入り口で話していた。かと思えば、その紳士がこちらを向いてニヤリと笑った。

紳士はゆっくりとした足取りで部屋に入ってきて、私をジロジロと不躾《ぶしつけ》に見る。

「おお、この女か。少々年齢が足りぬが……まあ、よい。確かに立派な従魔も連れているな」

いきなりノックもなしに入ってきたかと思えばこの言い草。失礼な人だと思っていると、聞き覚えのある声が扉の方から響いた。

「お父様！」

ということは……この失礼な人が伯爵様なのか。

シルケ様達に続いて、お疲れ顔のロヴィー様も入ってくる。

「何度言えばいいのです。それは彼女の望みと違います。どうか、あたくしの客人を素直に解放して下さい！」

シルケ様は、必死に父親に頼み込んでいる。

え、私の望みって、どういうこと？

「ベルを三のお兄様に添わせるだなんて、そんなことをこれから上位冒険者として羽ばたこうとする彼女が何故《なぜ》望むと思うのですか！」

え、私を添わせる？　って、何、知らない人との結婚話が持ち上がってるってこと？

動揺する私をよそに、父娘は諍《いさか》いを続ける。

「お前はまだそんな子供のようなことを言っているのか。女の人生などと、甘えた考えを」

威厳ある声は、まるでシルケ様を愚か者と見下げるように言い放った。

そして、ばかばかしい、とばかりに、綺麗に撫《な》でつけられた灰茶の髪を乱暴にかく。

筋肉の充実した力強い体を仕立てのよい服に押し込んだその人は、太眉を不機嫌そうにぴくりと動かす。

「根無し草の冒険者などに、我の決定を覆《くつがえ》せると？　このシルバーウルフは、我が領の守護獣となれる。その主人たるテイマーは、我が領の三男、すなわち次期騎士長の夫人の座を得られる。全く幸運なことではないか」

彼はそう言うと、当然のような表情で私を見た。そして、ぽちにも視線を向け、満足気な表情を浮かべる。

「ぐるるぅ」

低く威嚇《いかく》を始めたぽちを、私は必死で止めた。

今は状況が分からないから、軽率に動いてはいけない。まずは、何がどうなっているのかを見極めなくては。

ちらりとアレックスさんに視線を向けると、彼はとても厳しい目で伯爵を見据えていた。

その間にも親子の話は続く。

「それではダメなのです！　あたくしもお父様と同じ間違いをしました」

きつく手を握り、豊かな赤い髪を振り乱してシルケ様は叫ぶ。

「我の決断は間違いではない」

断固とした父親の物言いに、娘は反論する。

「いいえ、間違いです！　浅はかにもあたくしも以前、銀狼に我が領の守護獣となってくれるよう願い、テイマーとして我が領の代表冒険者となることを頼み……断られましたわ。あたくしでなく、魔法騎士が後見であるのがその証拠。それはとても強い気持ちでの決断でした」

「それはシルケ、お前程度の者だからよ。大局も見極められず、たかが年齢が離れているといっただけの理由で良縁を蹴って、嫁《い》き遅れた愚かな娘よ。さて、宰相の家に連絡せねばならんな。すぐさま手配に入ろう」

伯爵はまるで聞き分けのない子を見るような目で娘を見、ため息を吐《つ》いた。シルケ様の言うことなど、全く聞く気などないことは、その態度から一目瞭然《いちもくりょうぜん》だ。

「お父様、あたくしを侮辱なさるの⁉」

彼女は頬を紅潮させて言った。

「嫁《い》き遅れ？　冗談ではありません。良縁と言いながら、持ってきた相手は三十も年の離れた男、それも五人目の後妻という話。そんな者に娘を添わせようなど、親のすることではないでしょう。最も権力のある男を選んだなどと、そんな言い分を誰が信用しますか。単に空に浮かぶ城の安全な荘園から、主食である麦を安く入れたいという理由のみの婚姻でしょうに！」

そんなものなくとも、劣竜素材という強みがあるこの領は困ったことはないのに！

そう、シルケ様は叫んだ。

――これが、現実。

領主という者の権力の強さが、あの気位の高いシルケ様すら容易に押し潰す。

強く強く睨《にら》みつける娘に対し、伯爵が怒りの声を投げつける。

「侮辱しておるのはお前だ！　親の言うことも聞かぬ、領主の命令を無視する不届き者め。末娘だからと甘い顔をしていたが、もう我慢ならん」

伯爵は大きな足音を立て、シルケ様へと一歩近寄った。

「今日からお前は、自分の部屋から一歩も出るな！　その娘は、もう我の管轄だ、わがままは許さんっ」

そして伯爵は、シルケ様の頬を張った。

シルケ様は震えながらも、声を上げる。

「……あたくしはもうこの家の者ではないと、何度言わせたら気が済むのです！　あたくしは宮廷魔術師！　あたくしを拘束するということは、国に逆らうことと同義です。なぜ貴方に、あたくしの自由を束縛する権利があるのですか！」

シルケ様はとうとう我慢がならず、親に喧嘩を売った。シルケ様の斜め後ろに控えるロヴィー様が、まずい、という表情を浮かべている。

「伯爵様、それは幾《いく》らなんでも、やりすぎではないですか……」

そう呟いたロヴィー様に、シルケ様が振り向く。叩かれた頬を押さえながら、彼女はひたとロヴィー様を見据えた。

「ああ、ロヴィー。その位置はお前のいる場所ではないでしょう。お前はお前の敬愛する領主様のもとに戻りなさいと言ったはず」

「……本気でおっしゃっていたのですか？」

シルケ様の突然の宣言に唖然とする私の横で、ロヴィー様が困っている。

シルケ様は本気で、ロヴィー様との縁も切るつもりか。

どんどん深刻な感じになってきた。これ、一体どうしたらいいんだろう。

知らない人と結婚なんて嫌《いや》だし、でもこのままではシルケ様も可哀想だ。

不意に、扉を叩く音がした。

「誰だ」

低い声で、伯爵が答える。すると、扉が開き……えぇっと、誰だっけ？　どこかで見たような顔の二十代後半ぐらいの男性がいるんだけど……

必死に思い出そうとしていると、彼はひょいっと室内に入ってきた。

「父上、こちらでしたか。ああ、この方が噂のテイマー。どうも、おれはシルケの三番目兄のヴェンデルです」

にっこりと屈託なく笑う三男さん。ああ、なるほど。見覚えあると思えば、シルケ様のお家の家族の肖像画で見たからか。

って、三男？　ということは、彼が私の相手として伯爵が設定している人⁉　一体そんな人が、ここに何しに来たの？

状況が把握できず困惑する私に対し、ヴェンデル様はにこにこしている。しかし一瞬、私とアレックスさんに鋭い視線を投げ、それから意味深に目だけで笑ってみせた。

うん？　今のは一体？

「ところで父上、こちらのテイマーと契約獣、そして魔法騎士を連れて、母上のもとに挨拶《あいさつ》に伺ってもよろしいでしょうか。病身の母上が是非にと言っておられますので願いを聞いて差し上げたいのです。おい、シルケ、お前も一緒に見舞いに行くぞ。ロヴィーは残れ」

「っ、兄上！　それはっ……」

ヴェンデル様は、反論のため口を開いたシルケ様を鋭い視線で制した。そして一転、飄々《ひょうひょう》とした態度で伯爵様に重ねる。

「では、行って参ります」

「ああ、顔を見せたらすぐに連れて戻ってこい。我が部屋で待っておる」

「分かりました」

そうして私達は、三男さんに半ば強引に、部屋から押し出された。

「お兄様！　これは一体!!」

声を殺しつつも強い口調で言うシルケ様を、ヴェンデル様が「しっ」と制する。そして、そのまま足を早め、歩くよう促した。

「まだだ、父上の耳がどこに潜《ひそ》んでいるか分からない。とにかくここを離れよう。ティマーさん、そして魔法騎士さん、契約獣も……すまないね、父が迷惑をかけた」

前半はシルケ様に、後半は私達に向けてだろう、早口な小声でヴェンデル様が言う。そしてあろうことか、彼は私達に軽く頭を下げたのだ。

あの独善的な父親の息子とは思えない……

そして複雑に折れ曲がった廊下をしばらく歩いたあと、ようやく彼は口を開き、今回の話の裏について語ってくれた。

なんでも、伯爵様はとある理由から、テイマーに執着というか、信仰に近い感情を抱いているそうだ。そのため、私のことを知った瞬間から、自分の領にいるべきだ、と思い込んだらしく……

「え、私、他領に所属してる冒険者なんですけど」

「はは、そうだね。だからおれは反対したんだけどなぁ」

ヴェンデル様は兵士に近い存在だから、今回の私達の劣竜討伐《とうばつ》の話を知っていて、父親にやめておけとは言っていたそうだ。

彼は私とぽちの絆《きずな》をちゃんと分かってくれたんだね。それは純粋にありがたい。

と同時に、彼は伯爵の、女テイマーに対する執着を危惧してもいるそうだ。

どうやら伯爵は、自《みずか》らの理想をかつての領主の愛人だった女性テイマーとしているらしく。その女性のように娘——シルケ様を育てようとしたようだ。

なんでも、五歳のシルケ様を岩山ダンジョンに連れていって、泣き叫ぶ子供を、平気な顔で劣竜の前に出したこともあるとか。

劣竜使いを継《つ》ぐテイマーに、という意図だったみたいだけれど……間違いなく、親とも思えぬ鬼畜所業だね。

「な、なんですかそれ、ひどい」

「うん、まあひどいなぁ。一応安全は確保してたそうだけど、五歳の子供をあの巨体の前に連れていくあたり、ちょっとおかしい。親父もさぁ、伯爵家の長としては正しくても、厳しいばっかりで子供を甘やかさない人だからね。おれからしたらずっとよく分からない人でさ。それで、結果的にシルケはテイマーとはならなかったもんだから、使えないと判断を下したんだ。もう、娘に対する愛情はないみたいに感じるかな」

ヴェンデル様曰《いわ》く、お前が大事だ、お前が可愛《かわい》い、そういった言葉をかけたこともない父親だそうだ。

そんな自身の話を、兄の横でシルケ様は足を進めながら黙って聞いている。

なんだか私が辛くなってきたよ……。

ヴェンデル様は、そんな妹を気遣うようちらりと見つつも続けた。

「五歳から十歳……可愛《かわい》い盛りのときに、父親に見つからないよう使用人通路だの、秘密の通路だのを駆使して逃げ回っていたよね、シルケは。その頃に、使用人と仲良くなったせいかな。今でも領民や冒険者に、シルケはやけに寛容《かんよう》なんだ。ま、おれもかつては父親が絶対だったから、その頃はシルケについて特に思うこともなかったんだけど、最近、騎士として冒険者とかかわることが多くなってね。父親がおかしいことに、今更だけど気づいた、ってところなんだ。──こんな話は恥だから、誰にも言ったことないんだけどね」

「え、それ、私が聞いてもよかったんですか……」

「うん？　君はシルケの友人なんだろう？　なら、少しでも妹のことを知ってほしいなと思って」

シルケ様の三番目のお兄さんは、そう言って私に笑いかけた。

隣でシルケ様は、なんとも言えない複雑な表情をしている。でも、怒ったりはしていないみたいだから、よかったのかな？

でもまあ、なんで伯爵家のご令嬢がエリート魔術師になったのかなと思っていたのだけど、これで疑問は解消した。彼女にとって宮廷魔術師になった理由は、ひどく独善的な支配者……父親からの逃亡のためだったのだ。

それでも生まれ育ったこの地に対する愛着心は当然にあり……

「せめてこの地を離れた代わりに戦力となるものを──と？　それで前のとき、シルケ様はぽちをこの土地の守護獣に、なんて言い出したんですか？」

思わず、そんな言葉が口から零《こぼ》れていた。

私の呟きに対し、シルケ様はひっそりと悲しげな笑みを浮かべただけで、何も答えてはくれなかった。

その先は無言で、私達は歩き続ける。

ちらりと後ろを見れば、アレックスさんがヴェンデル様に不審げな視線を向けていた。

まあ、さっきの話からすると、伯爵は是が非でも私を確保したいって感じだったから。

それに対し、この三男さんは、どちらかというとシルケ様に同情しているようで……。

もしかして、彼は私達を、というより妹を、逃がそうとしている？

なんだかよく分からない状況に不安になって、ぽちを撫《な》でようとそわそわ手を動かした。

その動きに気づいて、自《みず》ら頭を出してくるぽち。すっごく空気読んでる。ああ、ぽちの温かさに癒《い》やされるよ。

その後もヴェンデル様は迷いなく進み、通路の端に目立たないようにある小さな戸口を潜《くぐ》る。そして使用人らを横目にさくさくと迷路のような道を抜けて、とある部屋の前に立った。

ヴェンデル様がノックすると、中から年配の女性が顔を出した。目の前に揃っている面々を見て、その女性は不思議そうな顔をした。

「……あら若様、何か奥様に御用でもおありですか」

伯爵夫人付きの侍女だろうか。

「急だけど、お母様に繋いでもらえるかな。大切な客人で、シルケの友人を紹介したいんだ」

「え……？　わ、分かりました。聞いて参ります」

一瞬面食らったような表情をしたものの、そこはエリート職らしくすぐに自分を取り戻した彼女は、部屋の中に戻っていった。

開いた扉から見える室内は、昼間だというのに分厚いカーテンがかかっていて、薄暗い。

見舞いは口実かなと思ってたけど、お加減でも悪いのかしらね？　と首を傾《かし》げながらアレックスさんを見ると、彼も同じことを思っていたようで、怪訝《けげん》そうな顔をしていた。

「若様。奥様は貴賓室にてお会いするそうです。ですが支度《したく》がございますので……」

「ええ、分かっていてよ。先に行っていますので、ゆっくりお支度《したく》をと」

そこで侍女に答えたのは、シルケ様だった。

「はい、承知致しました。では、失礼致します」

静かに頭を下げ扉を閉める侍女を横目に、シルケ様がこちらへと振り向く。

「……貴賓室に行きましょう」

案内され付いていった先で、シルケ様とヴェンデル様は並んで立派なソファに腰を掛けた。

「ふぅ」

シルケ様がため息を吐《つ》く。

私は彼らの向かい側に座り、アレックスさんを隣にして、ぽちを膝の前に置いた。ぽちの頭を撫《な》でながら、問いかける。

「あの……一体どういうことなのですか？」

「詳しくは、母上が来てからということで、ね。もうちょっと待ってくれるかな。説明が二度手間になるのもなんだから」

しかしヴェンデル様は、にべもない。

「あの、ずっと訳が分からなくて困ってるんですけれど」

ねえと横を見れば、アレックスさんも困った顔をして頷いている。

「三の兄様、正直あたくしも困惑しているのですが……」

どうやら、ここに来ることはシルケ様にとっても想定外だったよう。

シルケ様が、いらいらと手を組み変えては頭を振る。

でもヴェンデル様は、伯爵夫人がいらっしゃるまでは絶対に口を開かない感じだし……

マイペースすぎてよく分からない人だなぁ、彼。

うーん、よし、お茶でも飲もう。気分を変えないとやってられない。

私はとりあえずシルケ様を落ち着かせるために、ハーブティーを淹《い》れることにした。

でも、当然だけど、部屋に控えているメイドさんに止められたんだよね。

「若様や姫様がお口に入れるものを用意するのは、お客様には控えていただきたいのですが」

「よいのです、彼女は信頼できる薬師見習いですので」

シルケ様がすぐにとりなしてくれたので、メイドさんも渋々っぽかったけど、引き下がってくれた。

ということで、お茶を淹《い》れにメイドさんに連れられていく。

それにしても流石《さすが》は伯爵家。メイド控え室に魔石のコンロがあった。

よし、アマチャヅル茶を淹《い》れよう。

分量を量って鍋に入れて、ことこと煮出してお茶が三分の二になるまで煎《せん》じる。割と

今回は本気で魔力込めるよ！

「シルケ様が落ち着きますようにっ……」

いつものように温かな何かがお鍋に移って、キンモクセイの穏やかな香りがあたりに漂う。

うん、成功。

メイドさんが隣で息を呑んだけど、えっと、薬師ってこんなものじゃないの？　オババ様しか見たことないから、普通とか分からないけど。

そしてなんとなくシルケ様専用になっているお茶器を魔法袋から出し、そこに注いだ。いつものお茶器の方が、落ち着くかなぁと思って。

ああ、シルケ様とヴェンデル様、二人だけで飲むのもあれだろうから、私達もお付き合いするよ。いつもの木のカップじゃ様《さま》にならないので、カップは借りて。……あ、メイドさんがワゴンで隣に運んでくれるんだ？　お願いします。

で、再び貴賓室に戻る。

「シルケ様、ヴェンデル様、私が淹《い》れたハーブティーです。奥方様のお支度《したく》が整うまでの間、少し落ち着きましょう」

そう言って差し出すと、シルケ様は震える手で、ピンクの可愛《かわい》らしいカップを包み込んだ。そしてその温かみを確認するように、一口、口に含んだ。

「……ふう、甘くて少し苦くて。でも落ち着くわ」
頬の強張《こわば》りが取れ、眉間に刻まれた深い皺《しわ》が消える。
ようやく彼女は、いつもの余裕を取り戻したようだ。ゆったりと深くソファに座った
その優雅な姿は、うん、いつも通りだ。
「ほう、これは……」
隣で、ヴェンデル様もお茶を飲んでくれた。なんだか一瞬目を瞠《みは》ったけど、お気に
召したのかな。
女神の力もあってか、シルケ様の尋常でない様子は落ち着いたみたい。それでは私達
も、お付き合いしよう。
アマチャヅル茶は久しぶりだ。素朴だけど、これはこれでいいね。
お茶を飲んでゆっくりと体も温まったところで、シルケ様が美しい赤の髪を肩口から
払った。
「お兄様……もしかして、ベル達を逃がしてくれるおつもりですか？」
シルケ様の隣で、ヴェンデル様がぴくっと片眉を上げる。それを肯定ととったのだろ
う。シルケ様が、ホッとしたような、悩むような、ちょっと複雑な表情でため息を吐《つ》いた。
「理由は分かりませんが、ありがとうございます。ちなみにあたくしは、おそらく今度

こそ勘当ね」

「は、勘当って……？」

思った以上に深刻な事態に、つい口を挟んでしまう。彼女はふとこちらを見て、苦く笑った。

ゆっくり、ゆっくりと。温かいお茶を飲むにつれ、彼女の緊張は解《ほぐ》れていくようだ。言っている言葉の内容は不穏だけど、シルケ様の表情はさっきまでと違い、とても落ち着いている。

シルケ様が手にしているピンクの持ち手のない茶器は描かれた花も素朴で、指で包むとその地肌が妙に馴染む。

お茶で温《ぬく》もったからか、私もようやく周りを見る余裕が出てきた。

貴賓室のふかふかのソファは臙脂《えんじ》色。金の房が付いたクッションがその上に置かれていて、それを背に当てるととても気持ちがいい。

室内の赤茶色の壁は、寒さを遮《さえぎ》り美観を整えるためか、美しい柄織の布がかかっていた。

調度品も凝《こ》っている。城塞特有の硬さを取るようにか、優美な曲線を使ったデザインの机や、美しい陶器が飾られた飾り棚などが置いてあり、もてなしの気持ちが感じられる。

そこに、軽いノックの音。

シルケ様が答えれば、赤茶色の髪の、青白い肌をした女性が現れた。軽やかな昼のドレスを着て現れたその人は、華やかな顔立ちをしている。肌の色は少し病的だが、とても美しい女性だ。赤い瞳が、シルケ様にそっくりだった。

「母上、突然申し訳ないです」

「お母様、お体の具合が悪いところにすみません」

ヴェンデル様とシルケ様がソファから立ち上がり、母を迎えに行く。

「いいのよ、シルケのお友達なのでしょう？　ご挨拶《あいさつ》するわ、私がこのボンネフェルト家の女主人で、シルケの母です。貴方達は、可愛《かわい》らしいテイマーの娘さんと、それから……噂の魔法騎士様ね。ふふ、とっても素敵なお友達だこと。彼女の足元にいるのは契約獣？　おとなしいのね」

ふわふわと儚《はかな》げに言う夫人は、とても優しくこちらに微笑んでくれる。

母性を感じる笑みが美しく、私達も、ソファから立ち上がって礼をした。

「ああ、いいのよ。これは正式な場ではなく、娘のお友達との楽しい時間なのだから、貴方達もくつろいでちょうだい」

夫人に促《うなが》され、私達は再び席に座る。

「さあ、ここからは親子の時間です。貴女達もお茶の用意をしたら下がってね。用事があったら呼ぶわ」

夫人がそう言うと、付き添いの侍女やメイド達が、お茶と砂糖がけのパンの実……森ではよく食べてたけど、実は高級菓子の代名詞だった……を置いて一斉に下がっていく。

「さあ、内緒話をしたいのでしょう？　私は黙っていますから、皆でゆっくり相談しなさい」

夫人はそう言って、パンの実を上品にフォークで切り分けた。一口大にしたそれを、ゆっくり口に入れる。

「母上、申し訳ない。いつも頼ってしまって」

すまなそうにヴェンデル様が言うと、夫人はころころと笑った。

「子に頼られて喜ばない親はいないわ。……あら、それは？　貴方達の飲んでいるお茶は、いつものと違うのね」

「ああ、これはベルが用意をしてくれたものです。とても落ち着くの」

シルケ様はいつもの気高さが一つも見られないほど、甘えきっている。どうやら彼女は、お母さんっ子のようだ。

なんて、ほのぼのしていられるのはここまでで――

兄妹は早々に話を始めた。

「人払いが済んだし、話を進めましょう。お兄様も、ベル達を逃がす、ということでいいのよね？」

「ああ、協力する」

ヴェンデル様はあっさりと首を縦に振る。

やはり、ヴェンデル様はシルケ様の味方だったようだ。

「では、あたくしから、事情を説明するわ」

家人の心遣いが感じられる貴賓室で、シルケ様はぽつぽつと話し始めた。

「さっきお兄様から少し話があったけど……身内の恥なのであれ以上詳しくは言えないけれど、父は昔からテイマーに執着しているの」

ええ、まあ、そうみたいですね。

彼女はしばし沈黙し、もう一口お茶を飲んだ。

「それでも、あの方はあたくしのことなど興味がないから、平気だと思っていたの。さっさと狩って、すぐにプロロッカに帰れば平気だと」

「それは、劣竜狩りの話ですか。だがそれは違った、と？」

今度はアレックスさんが口を挟んだ。

シルケ様はカップのお茶の表面を覗き込むようにして、ゆっくりと頷く。

「……甘かったわ。父のテイマーへの妄執《もうしゅう》を、あたくしは軽んじていたのだと思い知った」

不意に、部屋にノックの音が響いた。メイドさんがお茶のお代わりを持ってきたようだ。先ほど、私が仕事を奪ってしまったので、二杯目は茶葉を渡して部屋付きの方に淹《い》れてもらえるようお願いしていたのだ。茶器を置き、メイドさんが出ていく。

注がれたばかりの熱いアマチャヅル茶をゆっくりと一口飲み、再び彼女は話し出した。

「領内には父の手足となる者が沢山いるわ。その者達が、貴女を見つけてしまった。行軍訓練をする様子と、そして契約獣を見て、客人がテイマーだと彼らは知った。そうなれば当然、父に連絡がいく。そうして、父に貴女を捕捉されてしまったの」

たった、一週間ほど。

すぐに帰るから。

どうせあの人は、あたくしなんて興味がない――

いくつもの油断が、シルケ様にはあった。

学生時代、里帰りしたときにも一度も顔を見せなかったぐらい、彼女に興味を示さなかったという伯爵。彼女と伯爵の親子関係は、想像以上に冷え切っていたようだ。

だから彼女は、とうの昔に父親を見限っていた。そんな訳だから相手も、当然シルケ様のことなど調べもしないだろうと……そう思い込んで。

「貴女はテイマー、しかも伝説のテイマーと同じ珍しい女性冒険者。あの人が絶対に好む条件が揃っていたにもかかわらず、あたくしはその可能性を否定したわ」

「どうして、とお聞きしても？」

アレックスさんが聞くと、どうしてかしら、と彼女は不思議そうに言う。

「そう……ね、不思議ね。ただ、あの人はあたくしを嫌っているから、それに冒険者という存在を下に見ているから、そこに興味を抱かないという奇妙な確信があったの。……ふたを開けてみれば全然違ったのだけれど」

シルケ様はため息を隠すよう、お茶を一口飲んだ。

「もう一杯はお母様にも飲んでほしいから、ベルにお願いできる？　そうね、可能なら、いつものカモミールを」

次の言葉が言い出しづらいのか、彼女はそう言って言葉を途切れさせた。

私は頷いて、メイドさんが詰めている控え室にお湯をもらいに行く。

カモミールティーから、リンゴに似た安らぐ香りがあたりに満ちる。

私達は三杯目のお茶、夫人は二杯目のお茶を香りを楽しみながらゆっくり飲んで、それから話の続きとなった。

ヴェンデル様はずっと黙って、シルケ様を見守っている。

夫人も静かにお茶を飲み、お菓子を食べながら口も挟まずに娘の隣で話を聞いている。

体が温まったからか、それまで青白かった伯爵夫人の頬がほんのりと色づいて、ちょっとだけホッとした。

「……あたくしはきっとあのとき、考えることをやめたのね。目先のことを考えて、あとのことを考えなかった。ベルがＡランクをとって上位冒険者になれば全ては解決するはず、と。そうして、嫌いな父のことは考えないようにした。だから……あたくしは間違えた」

それは紛れもなく、後悔の言葉だった。

「ＡＡランクのモンスターを持ったテイマー。かつて我が領の代表的冒険者だった劣竜使いを上回る、高ランクモンスターを連れたテイマーを見つけたら、父が何を思うかなど分かっていたはずなのに……。父は、昔のあたくしと同じ判断をしたわ。貴女を我が領に縛り付けて逃さないという決断を」

「な……んですか、それ」

子爵から逃げようとしてＡランクを目指したら、今度は伯爵が私を狙うって、どんな冗談だ。

というか、ぽちは悪い意味で本当に人気だよね。

私が呆然としていると、アレックスさんが正気に戻すよう軽く手の甲を叩いた。

はっ。い、いや、ちゃんと聞いてますよ。

なんて、机の下でごちゃごちゃやっている間にも、話は進む。

「貴女は逃げて、すぐに。あの人の手が届かないうちに」

「逃げる？」

って、どこに。いやプロロッカにですよね。一瞬森に帰ろうかと思っちゃった。

「あたくしはこれからお兄様とお母様に協力してもらい、貴女を外に連れ出すわ。我が家がよく使う城下のホテルに、高名な薬師がいると噂を聞いたという設定にする。そしてその方に、お体の具合が優れないお母様の様子を見てもらうと言って、馬車を仕立てるの。そこに貴女は、お母様の侍女のふりをして乗り込んで。——お母様、お願いしてもよろしいでしょうか」

「ええ、構いませんよ」

優しく微笑む伯爵夫人。

「それは、あとで大事《おおごと》になりませんか？」

アレックスさんの疑問に、シルケ様が笑って肩を竦《すく》める。

「お母様はあたくしと違って信用があるから、大丈夫よ。伯爵夫人の馬車を調べるなんて、とんでもなく失礼なことは誰にもできない。それに私も、どうせ勘当されるなら、最後に父に思いっきり後足で砂を掛けてやるわ！」

ふんっと鼻息荒く言う彼女は、なんだか吹っ切れた顔をしていた。

でも勘当って……それでいいのかなぁ。父娘仲はともかく、母や兄とは仲良さそうなのに。

けれどよその家の事情に首を突っ込む訳にもいかず、私は微妙な顔で頷いてみせる。

「監視のついたあたくしと一緒だと見つかる危険性が上がってしまうから、一緒に行けないけど……本当に、ごめんなさい」

そう言ってシルケ様は顔を伏せた。そんな妹を気遣うように見ていたヴェンデル様が、今度は口を開く。

「おれが、街に出るまでは上手いこと言って親父のことは誤魔化しておく。けれど、親父の配下はあちこちにいる。誤魔化せるのもそう長くは無理だからな。上手くやりな。……魔法騎士殿も、ご迷惑をおかけして申し訳ないですが、テイマーの彼女が無事我が領から脱出できるよう、よろしくお願いします。――そして、いつかゆっくり、お手合わせできることを願っています」

どうやらヴェンデル様は、アレックスさんが気になっている様子。でも、こんなばたばたした状況では、対戦なんて無理だもんね。なんだか申し訳ない。

アレックスさんは神妙な顔で、それでも力強く頷いた。

「ええ、いつか是非、お相手願いたい」

男同士の約束だね。なんだかいいな、なんて思ったけど――

そうと決まったら、ぐずぐずしている暇はない。伯爵夫人の急な外出を仕立てあげなくては。

けれどもう、昼もだいぶ過ぎている。

高名な薬師が明日の朝早く発つから、という理由を無理やりこじつけて、こんな時間になんとか夫人が出掛けられるようにヴェンデル様が取りはからってくれた。まあ、無理はあるけど相手の出方が分からない以上、急ぐにこしたことはない。

――さあ、決行だ。

まずは、シルケ様に評判の薬師の逗留《とうりゅう》を聞いたという設定で、夫人が城下に出掛ける。会いに行く相手は、「南の高名な薬師の直弟子」。って、私のことらしい。なんだか複雑な感じだ。

ちなみに、大人気の英雄様のアレックスさんは、一緒に行くと目立つので、別ルートで合流するということになった。

私はといえば、伯爵夫人が仕立てた馬車に夫人の後ろに付き、乗り込むことになっている。

このとき、見つからないよう背の低い……といっても、うんとヒールの高い靴を履いた私でようやく同じ背丈になる、いつも夫人に付いている侍女の振りをするのがポイントだ。

昼のドレスに身を包んで、フード付きマントを被り夫人に同行すれば、お付き侍女の出来上がりという訳。

ぽちは、実は私の腰に張りついていたりする。最近流行りの腰をうんと盛るドレス飾りをつけて、後ろに隠してるのだ。

ちょっともぞもぞとこそばゆいけど、そこは我慢です。……うん、怪しいのは分かってるよ、分かってる。

夫人が「久しぶりのお出掛けですもの」と笑顔で盛り盛りの衣装をご一緒してくれたので、なんとかなった。……というか、シルケ様のお母様ノリがいいね。

しかし、相手も警戒している訳で……

「こちらの侍女の方は？」

馬車に乗り込むにあたって、まあ当然、呼び止められる訳だよね。

「まあ、私の可愛《かわい》い侍女を口説《くど》こうなんて許しませんよ。彼女は嫁入り前なのです。城下に向かうのですから、しっかりと全身を隠すのは当たり前ではないですか。口説《くど》きたいならば、まずは家を通すのね」

「し、失礼致しました」

機転を利かせた夫人がころころと笑いつつ騎士を茶化し、真面目そうな騎士を慌てさせた。その隙に私は馬車に乗り込んで、難を逃れる。

あ、危なかった。顔を知らなくとも、この黒髪を見られたら流石《さすが》にばれるもんねぇ。

そう思い、胸を撫《な》で下ろす。

ともかく、色々怪しまれたものの、馬車に乗ってしまえばこっちのものだ。

動き出した馬車は、無事にお城の門を通って、城下に出発。

「うふふ、なんだか悪いことをしているみたいで、ドキドキするわ」

私の対面に座った夫人は、妙に楽しげだ。

初対面のときの病的な顔色も、だいぶよくなった気がする。笑顔も多いし、なんとなくホッとする。

足元に出てきたぽちを二人で愛《め》でつつ、ゆっくりと馬車は城下に下りていく。

少しだけ開けたカーテンの隙間《すきま》から見える風景は、相変わらずの赤茶けた石が積み上がった街並み。

まるでヨーロッパの古い街並みを見ているようだ。こんな状況だというのに、どこか心踊る。

ああ、そうだ。危険な橋を渡らせるようなことをしてしまったし、何かお礼を……

「伯爵夫人、あの、お礼になるか分からないんですけれど……」

こんな素敵な夫人には、きっとあのハンガリアンウォーターが似合うだろう。

ハンガリーの王妃が愛用したというだけあって、香りを纏《まと》えばフレグランスに、数滴水に入れて飲んだら健康ドリンクに、蒸留水に混ぜれば化粧水にもなる、便利なチンキ。

色々便利だからと小瓶に分けて取っておいてあるんだよね。是非とも健康に役立ててほしいなと、そっと渡す。

……んだけど。あ、いけない。気持ちがこもったからか、夫人に渡す際に私の中からふわりと温かいものが流れ出て、瓶の中に吸い込まれていった。

内心で焦る私をよそに、夫人はニコニコと笑みを浮かべてありがとうと瓶を受け取る。

「まあ、確かにこれはとてもいい香りね。体の痛みが薄れていくみたい」

使い方を教えたらすぐに香水として身に纏《まと》ってくれたんだけど……あの、侍女の確認みたいなの、しなくていいんでしょうか？

そしてやっぱり、香りだけで痛みが取れるとか、どう見ても薬効上がってる気がするし。

……ちょっと効きすぎてる気もする。ま、まあ、これはお礼だし、いいことにしておこう。

ぽちを構ったり、窓の外を見ながら、私達は四半刻くらいかけて城下に降《くだ》った。

体の弱い伯爵夫人の馬車が速く走るとかえって目立つからね。伯爵の追っ手に捕まらないか内心ビクビクしながらも、馬車はのんびり進んでいく。

ここまできたらもう何をしても同じだと、私は夫人に、試作品のナッツたっぷりハニークッキーを渡した。一緒にこっそり、お菓子タイムだ。

いやだって、シルケ様がお手紙で、私のお菓子をやたら褒めていたらしくって。それで気になっていたって、何か食べたいとねだられたんだよ。

夫人ったら、おねだりが上手なんだよねぇ。

シルケ様よりややピンクがかった、赤色を帯びたトルマリン――ルベライトのような綺麗な瞳でじっと見つめられると、何か親切にしたくなるっていうか。

「まあ、これ本当にベルちゃんの手作り？　蜂蜜《はちみつ》の甘さが丁度よくって美味《おい》しいわ」

「あはは、一応これでも喫茶店……ええと、甘味を出すお店の店長なので」

自然に褒めてくれるし、聞き上手だし。

うん、これはシルケ様も甘える訳だわと納得した。

きっと、父親である伯爵から愛を受けられなかった分も、このお母様が大切にしてくれていたのだろう。

「ベルちゃんはすごいのね。女性が店長だと、色々言われて大変でしょう」

「ええ、そうなんです。最初の頃なんか、冒険者ギルドの食事処の一角を借りていたから、お酒飲みの人達から甘い匂いがするって苦情がすごくって……。あ、次は試作品のドライフルーツ入りクッキーなんかいかがですか」

「まあ嬉しい」

そうして和気藹々《わきあいあい》と話していると、ホテルに到着した。そこからは、早回しで事が動く。

伯爵に察知される前に、とにかくこの領から逃げなければならない。

先触れを出して予約しておいたため、老舗《しにせ》ホテルに堂々と玄関から入ることができた。

すぐさま部屋へ案内される。案内役が去り夫人と二人きりになったところで、すぐに着替えだ。

下着の上にたすきがけして隠しておいた鞄から、さっと下働きの子らが着るこぎれいな服を出し、それを着る。

黒髪は一つに括《くく》りキャスケット風の帽子に押し込んで、つばを下げて顔を隠して……と。

「ベルちゃん、どうやら夫が気づいたみたい。街の中に手配が回ったようだわ。この先は、街に詳しい者に道案内させるわね」

私が着替えている間に、夫人にはどこからか連絡が入った様子。彼女が軽く手を叩くと、隣室のドアが開き、見慣れた顔が覗いた。

「あれ……君は」

「ようベル……じゃなくて、Aランクテイマーのベル殿。ここからはオイラ、いや私が抜け道を案内致します」

そう言って、すごく見覚えのある灰茶髪の幼さを残した少年、テオは、ビシッと敬礼をした。

反応に困っている私に、夫人がクスクスと笑って言い添える。

「ベルちゃん、その子はこの領の誇りである劣竜使いの、子孫にあたるの。我が伯爵家とは親戚のようなもので、事情は分かっているから安心して付いていっていいわ」

「は、はあ……じゃあ、案内よろしくお願いします」

「おう、じゃなく、はい、お任せ下さい！」

な、なんと……。意外なところで縁が繋がっているものだ。劣竜狩りで仲良くなったテオが、女テイマーの子孫とは。

でも、よく考えたら沢山いる新人の中から彼が私付きになったのは、そういった理由があったのかもしれない。

それにテイマーの子孫なら、テイマーについて詳しいはずだしね。

じゃあ、テオに道案内はお願いするとして。

私は改めて、夫人に向き直った。

「伯爵夫人、今回は色々とお手数をかけまして、申し訳ございませんでした」

そう言って、ぺこりと頭を下げる。

「まあ。娘の友人なんですから、親切にするのは当然よ」

伯爵に隠しごとをさせたり、危ない橋を渡らせたりと、相当危ないことをさせたのに、本当になんでもないように言うから、申し訳なさが先に立つ。

私は深く深く、腰を折った。

「ねえベルちゃん、最後くらいはお互い笑顔で別れましょう？」

彼女はそっと私の頬に手をやって、頭を上げさせる。

「シルケが幼い頃に、私は体を壊してしまったの。そのせいで、あの子が恐ろしい目に遭っているときに助けてあげられなかった。詳しいことは家の恥だから言えないけれど……私はあの子のために、親として大したことができなかったわ。それでも、あの子は私をいつでも慕《した》ってくれた、愛してくれた。だから私は、今度こそあの子の力になりたいのよ」

いい口実にしたようで、ごめんなさいねと彼女は笑う。

「あの子は、子供の頃に孤独に戦っていたせいか、自立心と矜持《きょうじ》が高く育ってしまったわ。友人としても難しいところがあるでしょうけれど、できれば長い目で見てあげてくれないかしら」

母が子を心配するその気持ちを受け、私は頷く。

「ええ。大丈夫です。素直なときは笑顔の可愛《かわい》いよく笑う方だって、分かっていますので」

「そう、よかった。それじゃあ、きっともう二度とは会えないでしょうけれど、元気で……」

母性愛に満ちたその笑顔を振り切るようにして、私はもう一度頭を下げる。

「ぽち、いくよっ」

先を行く少年兵士のあとを追い、ぽちの背に乗って、窓枠を乗り越え三階から身を踊らせる。ぽちはすぐに裏道にひしめく民家の屋根に着地し、少年を追って走り出した。

アレックスさんと合流したら、あとはこの都市から脱出だよっ。

第九章　屋根上からの脱走劇

（ひぃぃぃっ、怖いっ）

屋根の上を足音も立てずに突っ走るぽちに縋《すが》って、私は必死に声を押し殺していた。

うんまあ、地上に非常線が張られてる可能性が高いからと、テオの案内で屋根上を行くことになったのはいいんだけど……屋根から屋根へ飛び移るときの浮遊感がね。

まあ、ぽちが頑張ってくれてるんだから、文句は言えないけど。

「ベル、ぽち、付いてきてるかー？」

前を走るテオは、足場の不安定な屋根伝いに走っている割に、全く危うげでない。

ちなみに、私のテイマーとしての働きを知って態度を変えていたテオだけど、今更言葉遣いをあらためられても変な感じしかしないので、前のままでいいと伝えて戻してもらった。

「な、なんでテオはそんなに余裕なの」

「いやー、見習いのときってさー、やたらお使いが多いんだけど、直線距離にしたら大したことなくても、地上の迷路みたいな道を歩くと遠くってさー。で、屋根の上なら直線で行けるんじゃね？　と思って」

「思っただけでなく、実行した、と」

「そう！」

少年、君は大したことのないように笑うけど、普通の人はこんな屋根の上なんて走っていかないから！

数分ほど走ると、高級住宅街から商業区へと街並みが変わる。確かこのあたりで、アレックスさんと合流の手はずになっていたはず。

「テオ、ぽち、アレックスさんを見つけたら、一旦細道に下りてから合流しようか」

「おう、了解だ！」

「わん」

分かった、と小さく鳴いたぽちは更にスピードを上げた。当然に、上に乗る私も加速する訳で……お、おち、落ちる。両手両足でぎゅっとしがみつき、どうにかこうにか頑張って、一体何分くらい経っただろう。

「くぅん」

アレックスみつけたー、と甘えた声でぽちが鳴く。

そして二階の高さから三角飛びの要領で、壁を蹴りつつ細道に下りる。

うわあ、うわあ、怖いよー。

道につきぽちから下りたとき、私の足はガクガクだった。はあ、死ぬかと思った。

とはいえ、随分《ずいぶん》距離は稼げたんじゃないかな。高級ホテルなどが並ぶ一角から、一気に門前に近い商店の並ぶ区域まで走り抜けたんだから。

「さてと……アレックスさんと合流しなきゃね。テオは追っ手が来ないか後ろを見ててもらえる？　それと、ぽちは目立つし……ここでテオと待つ？」

「きゅうん」

ぽちは見るからに嫌《いや》そうにしょんぼりとうなだれた。

「うーん、そうだね。下手に別れて私が兵士に捕まるとかの方が笑えないよね……じゃあそっと、そこの角から声かけてみよう」

「わん」

ということで、じりじりとメイン通りの近くまで寄って、カムフラージュかはたまた本気か、道にはみだした酒場のテーブルで、美味《おい》しそうにお酒を飲んでいるアレックスさんに小声で叫びかける。

「アレックスさん、アレックスさん」

ん？　という様子でこちらに目を向けたアレックスさん。

と、思ったら、わざとらしいほどに明るい声を上げて、一緒に飲んでいた相手に言い訳がましく言った。

「いやあ、すまんな。そういえばテイマーに頼まれていたんだった。彼女の契約獣がそろそろ外で散歩したいとグズるんだってさ」

「そうか、やっぱりあれだけ大きいと運動量も多いんだろうな」

「ああ、そうなんだよ。ちょっと外を走らせたらまた帰ってくるから、あとで合流しよう」

「そうか、またな」

テーブルに代金を置いて席を立ち、友人らしき相手に手を振りこちらへ歩いてくるアレックスさん。

しかし私達のいる路地に入ることはなく、目の前を通りすぎざま彼は一言言った。

「門の近くまで路地裏から来い。このあたりも見張られている」

あ、やっぱり。

ということで、私達はまた屋根の上を行くことになった。

――ここまでくるといい加減慣れてきた、というよりも慣らされた。

私は無表情にぽちの背に乗りながら、テオの案内で都市の門の近くまで屋根上を跳ぶ。

「あ、やば」

その移動中、テオが突然足を止めた。それにつられて、ぽちも彼の隣で立ち止まる。そして不思議そうにテオに向けて「くぅん？」と鳴いた。

「どうしたの？」

私が声をかけると、テオが困ったように頭をかく。

「いやー、ここら辺、やたら兵士の数が多くってさ。幾《いく》ら誰も通らない場所でも、今は動くのマズそう」

「あ、本当だ」

下から見えないようしゃがみ込んだ姿勢で視線を路地に向けると、そこには武装した兵士がいた。

「はあ、困ったなあ。見つかってもまずいし。テオ、どうしよう？」

「さすがにこの状況では動けない。もう少し様子を見よう。おそらく、街を動き回ってベル達を探しているんだろう。このあたりの兵士が別のところへ移動するまで、隠れるか」

テオはそこで「おっ」と小さく声を上げた。

「あそこなんてどうだ？　三人で隠れても大丈夫そうだ」

そこは、商店街と一般住宅街の境目あたりにある、どこかの店の屋上倉庫だった。

倉庫の陰に、私達は体育座りの格好で小さくなって隠れることにする。

「あ、ところで聞きたいことがあったんだけど」

「うん？　なんだ」

どうせ暇だし、劣竜使いのことを詳しく聞いてみようと思ったのだ。テオはその彼女の子孫だというし、どんな話なのかこの機会を逃せばもう聞けることもないかも、なんて思って。

「うーん、どこから話せばいいのかなぁ」

私の問いにテオは首を傾《かし》げながら、とりあえず子供の頃の寝物語として聞いていたという少女の話を語り始めた。

その物語は、少女と劣竜の卵が出会うところから始まる――

……少女は、初めてのダンジョンにわくわくして、ドキドキして。

先輩冒険者の言葉を聞かずにあっちこっち、気になったものを見つけては、走り出してしまいます。

そうして少女は先輩冒険者とはぐれてしまいました。

しくしくと泣きながら歩いた先にあったのは、大きな卵。

親はいないのかしら、と周りを見ても、だあれもいません。

少女が両手で抱えられるほどの大きさのそれは、枝や草でできたモンスターの寝床に、さびしげに転がっています。

しいんとした巣の中、ぽつんと置き去りにされたその卵を、少女は可哀想に思いました。

「まるでひとりぼっちで迷子の自分みたいだわ」

少女は、大きな卵に飛びつきました。

それはとっても丈夫で、ほんのり温かい。

「まあ、この卵は生きているのかしら」

少女はその卵を持ち帰り、温めてみることにしました。

大きな卵を温めて生まれたのは、小さな竜、劣竜でした。少女は母代わりとなって、雛竜を連れて回ります。同じものを食べ、同じ寝床で眠り。

そうして雛竜は少女を主《あるじ》と認め、彼女の契約獣となるのです。

長じた少女は劣竜と共に、どんどん伝説を築いていきます。

弱き者を助け、強き者とは協力し。

契約獣たる劣竜と岩山のダンジョンへ挑んで、数々のモンスターを倒しては、冒険者のランクを上げていく少女。

彼女の前には常に光の道がありました。

街のゴロツキは倒され、幼い少年少女は救われました。

怖いモンスターも、退治されます。

しかし、全てが簡単に進むものではありません。少女も、そして契約獣も、ときには怪我《けが》をし、ときには追いつめられ――

それでも、彼女達は自《みずか》らより弱い者を救うため、戦ったのです。

そして……

今や英雄となった少女は、領のためはぐれた飛龍と対峙し撃退するも、我が子とも思った契約獣は命を落とし、彼女もまた命にかかわる傷を負ったのでした……

「……って感じかな」

「へえ、テオのご先祖様はすごい人だったんだね」

まさしく伝説の冒険者である劣竜使いのお話に感動してそう言うと、テオはとても嬉しそうに笑う。

「うん、おれもご先祖様は誇りなんだ！　ベルも、ぽちみたいなすごい契約獣がいるんだから、ご先祖様を見習って伝説を作れよな！」

ウェストゥロッツの都市を舞台にしたその物語は、女性テイマーが亡くなったのちに、彼女を知る人々から伝えられた話をもとに一般に広まったらしい。しかし現在では、吟遊詩人達にアレンジされて、原形を留めていない内容で語られることも多いそうだ。

この世界は一般的に男性社会のため、吟遊詩人達はこの劣竜使いを男性として語ることが多い。

実際、夜の酒場では「美女を救う格好いい男テイマーの恋愛物語」が一番人気だという。次に人気なのは「悪漢を己の拳《こぶし》と劣竜の尻尾で殴り飛ばし美女を救う男テイマー」だ。

そういう訳で、今や、世間一般には男性として名を馳せている劣竜使い。

しかしこの都市だけは違った。

彼女と戦った者達、彼女に救われた者達、そして彼女と共に命を懸けた兵士達を自身の先祖に抱える者は、嘘をつかない。

己の子の如《ごと》き大事な相棒と共に、翼あるドラゴンという絶望に立ち向かった、勇敢な女性テイマーの姿を知っているからだ。

だからこそ、この街にはこうして、時が経ったのちも歪《ゆが》まずに、その女性テイマーの話が伝えられているのだそうだ。

先輩テイマーの話にしみじみしていると、テオが声を上げた。

「……おっ、そろそろ警戒も緩《ゆる》んだみたいだな。魔法騎士殿も待っているだろうから、移動しようぜ」

「そうだね、ぽち、行こうか」

「くぅん」

それから再び屋根の上を走り移動すること十数分、人気《ひとけ》のない場所で私達は地上に下りた。

途中に、スラム街みたいな治安の悪いところもあって、そういうところは屋根が半分崩れてたりしていたから、よりアクロバティックだったなぁ。

正直、もう二度とやりたくない。

テオはというと、何故《なぜ》か楽しそうに瓦礫《がれき》を飛び越えていた。一体君はどこのアクション映画のヒーローだろうね……。

ええと、パルクールとかいうの？　あんな感じで、手や足のバネを使って、ひょいひょいと軽やかに難所を越えていくんだよね。勿論《もちろん》身体強化の魔法とか使っていることもあるんだろうけど、この世界って、わりと簡単に超人と遭遇する気がする。

私はごくごく普通の元文系大学生だからそんな真似できません。地面に下りたときは命拾いしたと思って大きく息をはいてしまったよ。

あ、ぽちはお疲れ様……え、まだまだ走り足りない？　私を乗っけて一緒に走るのが楽しい？

ああ、うん。今度は森でやろうか。そのときはお手柔らかにね？

さてと、気を取り直して。

目の前には高い高い、領都の壁。赤茶けた街並みと同じ赤い石が積み上げられた、巨大な壁が立ちはだかっている。

さて、ここからどう合流しようと思ったら……

「よう、無事に着いたか」

振り向くと、そこには壁に寄りかかって軽く手を振るアレックスさんがいた。

こちらへ寄ってきながら、アレックスさんはひどく楽しそうに笑う。

「まさか、空を飛ぶシルバーウルフを見られるとは思わなかった。人生捨てたもんじゃないな」

「なんですか、酔っ払い。この先どうやって都市を脱出するかってこっちは悩んでるのに、随分《ずいぶん》楽しそうですね」

街のお店でお酒とかずるい、私だって飲みたい。むすっとしてそう言う私に、彼はひょいと指先を上に向けた。

「いや、ぽちに乗って屋根を走るなんて経験、そうそうできないだろ。楽しそうだと思って」

「私はすっごい怖かったです！　アレックスさんも経験すれば分かりますよ」

「いやいや、オレが乗ったらぽちが潰れちまうよ」

そんな感じで気安いやりとりをしていると、キラキラした感じの声が隣から聞こえた。

「ま、魔法騎士殿！」

振り向くと、そこにはテオが感激した感じで立っている。

あ、そういえばテオって、アレックスさんに憧れているけど、ちゃんと話したことと
か、なかったんだっけ。

「お前は……確か、ベル付きの」

「はい、テオって言います！　伯爵夫人のご命令で、彼女をここまで案内してきました！」

憧れの人に視線を向けられ、テオはガチガチになって敬礼をする。

「おう、お疲れさん。ここからはオレがベルと一緒に行くから、お前は持ち場に戻れ。確か、
夫人が新人を気に入って連れ回してるってことにしてたよな。それにしたって、長時間
不在は誤魔化せないからな」

「あっ、はいっ！　では、失礼しますっ！」

テオは最後まで緊張したまま、すごい勢いで屋根の上に登っていった。

その背に、声をかける。

「テオ、ここまで案内ありがとうね！」

「おうっ！　ベルもぽちも元気でなっ」

どんどん小さくなる姿に手を振る私を、アレックスさんは微笑ましそうに見ていた。

けれどそこで、小さく指を鳴らす。

「……って、笑ってる場合じゃない。そろそろさっきの友人が門番を代わる時間だ。口裏は合わせてあるから、オレはぽちの散歩、お前は冒険者の忘れ物を隣の村まで届けに行くと言って通るぞ」

ひょいっと腰から剣を一本外した彼は、私にそれを渡してニッと笑う。これって、アレックスさんのガード用の剣よね？　あ、冒険者の忘れ物ってことにするのか。

「え、でも、名前とか聞かれないんですか？」

普通、聞かれるんじゃないの、それって。

「外から入ってくる者ならまだしも、内から出る奴には余り聞かないよ。それに、非常線はスラム街を抱えた貧者の住むあたりの前までで終わってる。正直、ベルみたいな子供……ああ、分かってるよ、お前は子供じゃない、そう睨《にら》むな。見た目が幼いだけだって……まあとにかく、幼げな容姿の娘が、一人でのこのこ危ない場所には行かないだろうと思われてる訳だ。シルバーウルフを連れて歩いてたら一発だっただろうが、誰も気にしない屋根の上を走るってのはなかなかいい案だったな」

良心が疼《うず》くなら本名でも言ってみれば？　などと言って肩を竦《すく》める彼は、まだ少し酔いを残しているのか楽しそうだ。

「ミシュジュ、いやミスージュだっけか？　最初に名乗っていたあの名前。多分誰も正確に覚えないだろうから、いい撹乱《かくらん》だ」

「ううっ」

美鈴って、私の生まれた場所ではそんなに変わった名前じゃないんですけどねっ。

そんな訳で、アレックスさんの作戦を決行することに。

キャスケット風の帽子を深く被り直した私は剣を抱えて「お使いです」とドキドキしながら言う。すると、あっさり門を抜けられた。

え、何、本当にあっさりなんですが。

私はそのままアレックスさんの剣を抱えて、領都に入るべく門の外に並んでいる旅人達の列の横をてくてくとしばらく歩いた。

あれ、アレックスさんどこだろう、不安になってきた。

ちょっと足を速めるか。

意識して身体強化し小走りに走ると、いつしか旅人達の列は切れていた。

そこから少し離れたところの岩で、アレックスさんはぽちを連れて待っていた。その横には、一頭の立派な馬。

彼はどこから調達したのか、馬を連れてそこにいた。

「アレックスさん！　なかなか見つからないから焦りましたよ！　まあ、門を出るのは予想以上に簡単だったんですけど」

私が勢い込んでアレックスさんのもとに行くと、真顔でひょいっと腰を掴まれ馬の上に乗せられた。

……あれ？

次いで彼も身軽に私の後ろに乗り、ぽくぽくと馬を進め始めたところで、口を開いた。

「よし、折角《せっかく》相手を誤魔化せているんだから、このまま距離を稼ぐぞ」

「あ、はい」

彼は慣れた様子で馬を走らせる。

ぽちはその横に並んで一緒に走っていくみたい。

そのまましばらくは、無言で馬の上で揺られていたんだけど……

「……さっきの、門の審査の話な。この領では、壁の外が危険だから、女はあまり家を出ないんだよ。その代わり、家事一切を仕切るのは女で、家では一番発言権あるんだけどな。基本的に、女は家を守るものだとされている。それがこの西領だ。……壁の外に一歩出たら、そこは砂と岩だらけの死の世界だから、まあ当然だがな」

「……確かに」

あたり一面、見渡す限りが砂と岩だらけ。

ここには岩山ダンジョンから漏れた「はぐれ」が闊歩《かっぽ》してるというし、そりゃあまあ、普通の女性は快適なあの都市から出たくないでしょうね。

「まあ、そんなところだからこそ、男装して外に出る奴がいるなんてまず考えない。だから、まあ問題ないだろうと思った」

「はあ、なるほど……」

そのまま馬に揺られ、時折背後に見えている都市を振り返る。

「追いかけてこないかな……」

伯爵が兵士を向けてこないだろうかと心配になって、つい呟いた。

「どういう理由で？」

後ろを向いてビクビクする私に、アレックスさんが問いかける。

「え？」

だって、前に領地を持つ貴族は厄介だ、って言ってたよね？　私が逃げたって分かったら誰かを差し向けたりしないの？

私の疑問に、彼はふっと笑って答える。

「正直、都市を抜けられたら勝ちだとオレは思ってたけどな」

何が勝ち？　私は首を傾《かし》げた。

馬を器用に走らせながら、アレックスさんが言う。

「兵を派手に動かすには理由が必要だ。都市内なら、あとで伝達間違いだったとか都市の非常事態を想定した訓練だったとかで言い訳は成り立つし、領主ならその権限で全てを揉み消すこともできるだろうが……。壁を越えたら、そこはもう、その領主のものではない。そこで何かやって他の村落の代官にまで通達が行ったら、そうそう揉み消すこともできないだろ。それにその動きは、旅人達の記憶にも残る」

うん、まあそのあたりはなんとなく分かる。

「噂になったら、それは大事《おおごと》だ。あそこは罪なく人を追う、なんてことがもし噂になれば、都市に人が寄り付かなくなる。そうなったらその都市は、少しずつすたれていくことになる」

……えっと？

どういうことかと首を傾《かし》げると、アレックスさんが更に理由を教えてくれる。

「あの土地は、オレらが住むプロロッカ周辺と違って水が乏《とぼ》しく農業にも向かない。麦などの産物もない。それゆえ、ダンジョンという存在に寄りかかって暮らしている。だから、冒険者に喧嘩を売るのはまずいんだよ」

ふんふんと私は頷く。

「そして、冒険者が逃げた土地はダンジョンから運び出される商材が減るから、同時に商人達も通わなくなる、と」

なるほど。それだと流通が滞《とどこお》るだろうから、確かにその都市は死ぬね。

「確かに、領地を持つ貴族は強いよ。兵士を持ち、土地を支配しているから、その領地中ならある意味最高の力がある。だが、なんでもできるという訳ではない。だから、外に向けて悪い噂が立つようなことはしないものだ。あれだけ繁栄した都市を持ってる遣《や》り手が、そこまで考えなしに人を動かすとは思えない。……まあ、一応用心して、できるだけ飛ばしていくよ。でも、そこまで不安になる必要はないさ」

落ち着け、とばかりに重ねて言うアレックスさんに、私はやっと肩の力を抜く。

しかし、それにしても……

「……うーん、やっぱりこの国って、本当に色々ダンジョンに依存してるんだね」

ええと確か、この国にはダンジョンが沢山あって、そこには色々な素材があって、そしてそれらがすごい早いサイクルで生み出され続けている。だから素材が取り放題で、主食の麦以外のものは余り育てていないんだったっけ？

確かにそれは便利だろうけど、集団暴走《スタンピード》とかもあるし、どうしたってモンスターと戦うことで若い人材は失われやすい。だから、ダンジョンとかに依存しすぎるのはよくない気がするんだけどなぁ。

ちゃんと植物を育てればいいのに、なんてことも思ってしまう。でも一ヶ月サイクルで次々物を採《と》れるっていうのは確かに魅力で……

全く、あちらを立てればこちらが立たずと、国の運営というやつは難しいね。

「今更何を言ってるんだ？」

「あはは、ほら、私ってこの国のことよく知らないから」

どうしたって日本の知識に偏《かたよ》っているせいで、人間ってどこまでも土地をならし家を建て、都市を広げていくイメージが抜けなくてね。

そういえばこの世界の場合は、ダンジョンがあって使える土地が少ない代わりに、ダンジョンの密集した場所は冒険者の来訪が多くなり、結果街が栄えるという関係でした。

南のダンジョン地帯と目と鼻の先であるプロロッカの冒険者街も、本当に隙間《すきま》なくぎっしり建物が建ってるものねぇ。

あそこは主要な街がすぐ側にあるから村規模のまま落ち着いているらしいけど、そうでなければもっと大きな街に発展していたんだろうなぁ。

そんな感じで適当に話しながら、私達は途中の村などで馬を変えつつ進んでいく。

アレックスさんは馬を疲れない程度に走らせて、どんどんと街を飛ばした。

ぽちはというと、村とか宿場町に私達が立ち寄るときは、ちょっと離れた場所で待っていてくれる。小さな村にシルバーウルフが突然現れたらびっくりするから、というアレックスさんの指示だ。うう、ごめんよぽち。

そして最初の二泊ほどは、行けるところまで行ってそこで野宿をして——と、かなりの無茶をやらかした。けれど、それ以降は普通に宿をとって休んだよ。

うん、三日目以降も野宿だったら、私多分、寝不足で倒れていたと思う……

逃避行も一週間を過ぎると、平地が多くなっていった。

街道の側にも、岩でなく葉を落とした木々が見えるようになって、ああ、何か見慣れた土地の感じがしてきたと、私はホッとする。

「あともう少しだ」

馬上で後ろから、アレックスさんが励《はげ》ますように言うのにうんと頷きつつ、ぽちが嬉しそうに広い平地を走るのを見て微笑んだ。

それにしても数ヶ月前の私なら驚くだろうな。この異世界の中に、自分が帰る場所と思えるようなところができているなんて。

それが少しだけくすぐったくて、でも悪い気もしなくて――

ホッとしたら、色々と思い出しちゃった。

そういえば、長く空けちゃったけど、喫茶店は大丈夫かな。それにオババ様の課題も投げっぱなしだし……

「ああ、帰ったらやることが一杯だよ……カロリーネさん達に店のこと聞いて、オババ様のところにも顔を出さないといけないし」

私は思わず頭を抱える。

その様子を、アレックスさんに笑われた。

「はは、つい数日前まではビクビクしてたのに、すっかりベルも店長の顔に戻ったな」

「それはそうですよ。私は喫茶店の店長なんですからね！」

そうなのだ。

私は確かに冒険者でありテイマーでもあるけど、お店を持つ店長でもあるのだ。

うん、頭が働き出したぞ。

冬向けにケーキの新作についてカロリーネさんと相談しなきゃならないし、店員が増えたから持ち帰りアイテムのコーナーを少しだけ増やすこともできるかも。それから、店内も冬の装《よそお》いにしなきゃだし。

どうしても石造りだから、そのままだと寒さがねぇ。

冬っぽい素材のクッションカバーとか、カロリーネさんやヒセラさんに作業代渡して作ってもらおうかなぁ。

よーし、楽しくなってきた。

やっぱり私は、戦闘よりもお店のこと考えてる方が合ってるよ。

さあ、村まであと少し！　着いたら、色々なことを片付けて、美味しいハーブティーを皆に振る舞いたいな。

◆◆◆

プロロッカの門が見えたとき、私は大きくため息を吐《つ》いてしまった。

ようやく帰ってこられた――思えば、とんでもない強行軍だ。

通常二週間かかるところを十日で走り抜けたんだから、そりゃあまあ疲れて当然だよね。

「ベルは身体強化が随分《ずいぶん》自然にできるようになったなぁ。あの一週間の行軍練習の成果だな。役に立ってよかったじゃないか」

「いえいえっ、普通に疲れてますよ」

ただ、やっぱり誰かが追いかけてくるんじゃないかと不安だったから、辛くても言い出せなかっただけで。

「ぽちもずっと走りっぱなしで大変だったね」

馬の背から下りてぽちの頭を撫《な》でると、ぶんぶん尻尾を振りながらまだまだ走り足りないとのこと。流石《さすが》は大型獣だね。元気なのはよいことです。

それはともかく、門を潜《くぐ》りましょう。

約一ヶ月ぶりのプロロッカは、いつも通りの盛況ぶりだった。

冒険者街には武装した若者らが沢山闊歩《かっぽ》していて、石造りの店には冒険に役立つ様々な商品が売られている。

武器防具の店、雑貨屋などの合間にあるのは、食事処兼酒場。昼からすでに酒の入った冒険者達が、大きな声で武勇伝などを語っているのが聞こえる。その横でがっくりと肩を落としているのは、依頼に失敗した者か。

賑《にぎ》やかで、猥雑《わいざつ》で。

誰かが笑い、誰かが泣く、ここでの日常。いつしか見慣れてしまっていたこれらの風景を横目にギルドへ向かいつつ、ふと思い出す。

そういえば、忙しくてお土産《みやげ》忘れてた……。

遠くに行ってきたというのに、なんて気の利かない！

うわあ、やっちゃったー、と内心頭を抱える。そんな私に、アレックスさんは不思議そうに首を傾《かし》げている。

どうしようどうしよう、なんて思いつつも、私達は繁華街を抜けて、冒険者ギルドに辿り着いた。

あ、今日は冒険者の用事ということで職員として来たんじゃないから、正面から入るよ。

私とアレックスさんが連れ立って冒険者ギルドに入ると、何故《なぜ》か冒険者達がざわついた。

え、何。

確かにギルドに顔を出したのは久しぶりではあるけど……。

「なんだ、あのエロ子爵の妾《めかけ》になってなかったのか」

「ちぇー、ハズれた」

「この前の稼ぎ全部突っ込んだのによぉ」

……ああ、これは。私の姿が見えないからって、賭《か》け事をしてたっていう流れですか。

思わず顔をしかめると、アレックスさんが横で苦笑してる。

「おい、当人を前にあからさまにやるのは止《よ》せよ。胴元に文句言って、賭《か》け自体をなかったことにするぞ」

そう彼が声をかけると、「やべっ」と言って皆が蜘蛛《くも》の子を散らすようにさーっと引いていく。

うう、もう。帰ってすぐにこれだからなぁ……。まあ、冒険者に品性なんて求めても無駄だって分かってるけど。

はあ、とため息を吐《つ》き、きょろきょろして知り合いを探す。すると、ヒセラさんがカウンター業務に就いているのが見えた。

よし、報告は彼女にしよう。近づけば彼女は私に気づいて笑みを浮かべた。

「ヒセラさん、お久しぶりです。早速ですが、例の件終わりましたのでご報告を。――ところですみません、お土産《みやげ》買うの忘れてて、手ぶらなんですよね……」

「久しぶりね、ベル。そしてお疲れ様です。あと、いつもお土産《みやげ》をいただいてばかりだし、気にしないで。――そんなことよりも、大丈夫だったの？」

「へ？」

「劣竜狩りよ。小柄とはいっても、相手はドラゴンですもの。皆ベルやぽちが怪我《けが》をしていないか心配していたのよ」

「ちょっと待て、オレは？　オレの心配はないのか」

「アレックスはSランクですもの。心配などしたら逆に失礼じゃないかしら？」

おや、珍しくヒセラさんが冗談を言ってる。それに対してアレックスさんが、してやられたとばかりに苦笑した。

「そうですね、ええっと……」

私はヒセラさんの言葉に答えようとしたのだけど。

よく考えたら、今回は語れることが少ないなあ。

あの元気な新人兵士、テオと仲良くなったこととか、一週間の行軍練習のあたりなんかはまあ無難に話してもいいかなぁと思うけど。

劣竜狩りの方法は、多分西の領軍の機密に当たるだろうし……。

いやまあ、仮に言ったところで、あんな練度の高い統率の取れたドラゴン狩りを、誰が実行できるのって話もあるんだけど。だから口止めがなかったんだろうな、これは。

劣竜使いの女テイマーのことは、基本的にあの領だけの言い伝えみたいなところがあるんだよね？

そんな他の領の昔話は、果たしてお土産《みやげ》話になるんだろうか。

ヒセラさんに言えるとしたら、それくらいかなあ。

だってそのあとの話はまずいなんてもんじゃないでしょう。

まさか、またぽちが大人気で伯爵様にスカウトされかけ、私も無理やり結婚させられそうになりました、なんてことは、ちょっと言いづらい。

しかしこう立て続けに妾《めかけ》だの、領に縛り付けるだのとやられると、しばらくは本当に貴族関連は避けたくなるよね。別に好きで近づいた訳でもないんだけどなぁ……はあ。

「……こちらは、特に怪我《けが》もなく無事に終わったよ」

うん、我ながら大きな沈黙のあとにこの言い様は苦しい。

ただ、ヒセラさんは優秀な受付嬢なので、そのあたり突っ込まないでくれた。本当にありがたい。

「じゃ、じゃあ、忘れないうちに証明部位渡しておきますね」

長い沈黙に白けた空気をなんとかしようと、私は鞄を探り、劣竜の討伐《とうばつ》証明の牙《きば》を渡す。

これがねえ、また両手で抱えるような大きさで、ずっしりと重いんだ。

「では、お預かりします。後日ギルドの係員が確認の上、当ギルドのマスター、副マスターが相談し、ランクの昇格が認められましたら、連絡致します。逗留《とうりゅう》先をお教え下さい……というのが、いつもの流れだけれど、貴女はうちの職員ですからね。決まったら私が伝えに行くわ」

やったあ、身内特典だね。

じゃあしばらくは、喫茶店に専念してようかなぁ。

なんて思ったのだけど――

実はもう私が――というよりもぽちが？　Aランクを取ることをマスターが今か今かと待ち構えていたようで。

準備万端。数日であっさりAランクの認定がなされてしまって、後日拍子抜けしたんだよね。

◆　◆　◆

ギルドに報告したあとは、連日の移動で流石《さすが》に疲れたこともあり、ゆっくり休むことにした。

そうして部屋に戻って、着替えと湯浴みもそこそこにベッドに潜《もぐ》り込んだら——気づいたら、夕方だった。これって、丸一日寝てたってこと？

やっぱり、命の危険に曝《さら》されると、知らない間に消耗しているものなんだね。

なんてことを考えつつ、そばにいてくれたぽちを撫《な》でる。

「おはよ、じゃないや、おそよう……ぽち。ご飯用意できなくてごめんね」

「くぅん」

ぽちは大丈夫だよ、それよりベルはよく眠れた？　と健気《けなげ》に私を心配してくれる。

お腹空いたときは、首に下げてる小さい魔法袋から獲物を取り出して裏庭で食べてくるから、ベルはゆっくりしてねっ……て。もう、うちの子、本当に賢《かしこ》くていい子でたまらないよー。

大きな体を思いっきり抱きしめて、一杯もふもふした。

それから少し早い夕ご飯を食べて、旅の間はなかなか集中してぽちを構うことができなかったからと、ブラッシングしたり撫《な》でたりしてゆっくり過ごしたよ。

で、明日からの予定はっと。

私は自室の蝋燭《ろうそく》を灯《とも》して、肩下げ鞄からスマホを取り出す。電源を入れ、メモを起動。

やりたいことリストを見ると……うわあ、まだまだ一杯溜まってるなぁ。

と、のんびり眺めてる場合じゃなかった。メモアプリに新しいページを作成して、明日のタスクを確認だ。

「まず喫茶店の模様替えで、冬バージョンにするでしょ。といっても、飾り布を厚めの生地にしたり、椅子に置いてるクッションカバーを冬の生地にするだけだけど」

こっちにはクリスマスのような季節行事はないようだ。

そんな訳で、集客と宣伝のための特別メニューとかやりにくいんだよねぇ。

まあ、うちは常に繁盛してるから、やらなくていいといえばいいんだけど。

でも、季節感無視のつまらないお店なんて自分でも嫌《いや》だから、ちゃんと季節のメニューは開発しますとも。

――うん。こんなふうに喫茶店のことを考えてると、やっと帰ってきたっていう実感がわくね。

やっぱり私、戦闘とか、貴族に狙われる重要人物みたいなこととか、全然慣れないよ。

こうしてぽちとごろごろしてると、ようやく緊張感から解放されたんだって思える。

思わず大きな息をはいた。

「と、ぼうっとしてる場合じゃない。明日の予定っと、予定。飲み物だけじゃなく、食べ物も温かいものが必要だから、そっちの方も考えないとね。ココアが見つかれば、フォンダンショコラとかありなんだけど、今のところ見つかってないし。できるところで考えると、焼きたてアップルパイとかかなぁ……。オーブンで焼いてすぐに魔法袋に入れれば、半日ぐらいなら大丈夫そうだよね。なんならキッチンストーブで少し温め直せばいいし。あ、果物の種類を変えれば簡単に種類も増やせるよね」

果物屋さんにまだリンゴの在庫あるかなぁ……

それにまた、パイ生地一杯仕込まないと。

「あとは定番のホットケーキでしょ。秋の間に仕込んでおいた果物のコンフィチュールがまだ沢山あるから、それでトッピングを楽しんでもらうのもいいし……。あとはスコーンというか、ホットビスケットかな。材料ほぼ共通なのがいいよね」

私は頭に浮かんだことを、ぽちのお腹を枕にして寝ころびつつ、ぽつぽつとメモに記入する。

今の私は、床にいつもの古布を敷き、クッションも引っ張り出し、その上でだらっと考えごと。これがなんだか捗《はかど》るのよね……

最近のぽちは、全身を預けても安心できる大きさになったからすごくいい。お互いくっついてると冬の時期はあったかいしね。

お母さん枕に匹敵する充実感に、大きくなったなぁとしみじみ思う。でも、私がメモに集中してると構ってほしくて色々悪戯《いたずら》してきたりもして。

まだ子供っぽいところが可愛《かわい》いんだ。

時折ぽちの頭を撫《な》でたり頬ずりしたりと構い構われしながら、私はメモを充実させていった。

「ハーブティーは定番のを出しつつ……ジンジャーティーとか、冷え対策ものも何点か増やそうかなぁ。風邪引きやすい時期だから、エキナセアをメインにした風邪予防のブレンドとか……」

ぺらぺらとハーブ事典を眺めながら、のんびり考える。

ここら辺は比較的温暖な地域で余り雪が降らないらしく、住まうにはいいのだけれど、全く寒くならない訳でもないそうだ。それに、冬はどうしても風邪を引きやすいからね。

「くしゅっ」

おっと、部屋が寒くなってきた。何か羽織るもの、羽織るもの。

あー、いい加減に衣替えを進めないと。秋用ワンピースに長袖シャツで誤魔化してもいいけど、そろそろ、足元が冷えて仕方ないし。

風邪予防にエキナセアティーでも飲むかな……と、部屋を出て、キッチンにお茶を淹《い》れに行く。

エキナセアは、北米の先住民達が常備薬としたという、昔から信頼されているハーブだ。キク科で紫色の花をつけるのだが、花の真ん中のところがハリネズミみたいに盛り上がって見えるため、ギリシャ語でハリネズミを意味する語を由来とした名がついたと言われている。

基本的にくせはなく、飲みやすいハーブだ。

昨今では、免疫力アップや抗ウィルス作用を見込まれて、感染病予防に用いられている。炎症を和《やわ》らげてもくれるので、初期の風邪のときにうがい薬としても使えるよ。

「はあ、手足が冷たい……ぽちが温《ぬく》い。メモも切り上げて、お茶を飲んだらさっさと寝よう。今日はもう、ぽちを抱えて寝たい気分だよ……多分、ベッドが壊れるけど」

うん、喫茶店の方はとりあえずこんな感じで。

あとは、ポーションの後味改善の方か……。この一ヶ月は目の前のことで必死だったから、すっかり忘れていたけど、結局どうなったんだろう。

オババ様には、落ち着いたら行くと伝えてある。

オババ様、この前の私の改良レシピをどう判断したかな。やっぱり、普通に飲めるものに苦味添加が基本かと思ってるんだけどね。キャンディーを別添えで。

よーし、ゆっくり休んでから考えたら、色々まとまったね。

明日からは、まずは本業の喫茶店をしっかり営業しよう。あ、お店の皆に伝達するためにも、冬支度とかのアイディアは紙に書き写しておかないといけないか。

なんだかんだと夜更かししてしまった翌日。私は眠い目を擦《こす》りながら、冒険者ギルドの隣にある喫茶店に向かった。

「長々とお店を空けてしまってごめんなさいね。今日からまたよろしくお願いします」

喫茶店の朝のミーティング……かな？　のときに、頭を下げる。

「行ってきなさいって送り出したのはあたし達だし、別にいいわよ。それより、ちゃんと目的のものは倒したんでしょうね？　長い間空けててなんの収穫もないなんて、あたし許さないから」

カロリーネさんは、いつも通りの姉貴分といった感じで腰に手を当て私に聞く。

「うん、しっかりやってきたよ。今は討伐《とうばつ》部位を確認してもらってて、そのうち昇格の合否の連絡がくる感じ」

そう頷けば、彼女は腕を組んで、よろしいとばかりに頷いた。相変わらず、カロリーネさんの方が年下なのにお姉さんみたいだね。

次に口を開いたのは、ティエンミン君。

「お帰りなさい、ベル店長。お茶はいつも通りに通常のメニューだけ出してたんですけど、お客様がタンポポコーヒーやハーブティーがなくてなんだか寂しそうでした」

「あら、そっか。通常メニューがこなせるようになったなら、ティエンミン君もハーブティーの淹《い》れ方覚えとこうか……って、あ」

そうだ、いけない。

薬草に類するものは、全部薬師か薬師見習いじゃないと出せないんだったか……

日本では嗜好品《しこうひん》的な感じで扱われていたから、この違いにはどうにも慣れないよ。

「ごめん、私でないと出せないんだったか。ハーブティーくらい自由に出せればいいのになあ」

「お茶ならいいと思うんですけどね。難しいですよねぇ」

なんて、ティエンミン君と言ってると、私の前にスッと細かい数字が並んだ羊皮紙《ようひし》が差し出された。視線を上げると、そこには新人店員のルトガーさんがいる。

「店長、お話中失礼します。これが店長が離れていたときの売上と人気商品の簡単なまとめです」

おおっ、一日の売上やよく出た商品とかが、綺麗にまとまってるよ。さすがは理想の喫茶店の店長……っぽい外見の紳士。

長年の酒場勤めの経験がいきているね。

「うわあ、ありがとうございます、ルトガーさん。すごく助かるっ」

「そうですか、お役に立てたなら幸いです」

私が羊皮紙《ようひし》をぎゅっと胸に抱いて喜んだら、にこりと紳士が微笑んだ。笑顔もそつがないですね、ルトガーさん。

これがあればケーキやお茶類の売上予測が立つから、冬のメニューも決めやすくなる。

その場でざっと見たけど、相変わらずプリン大人気だなぁ。まあ、一人で三人分食べちゃう誰かさんとかが売上伸ばしてる気もするけど。

「ああそれと、あんたが離れてた間の売上は、一旦あたしが預かってるわ。お金はどうするの？　いつも通りにギルドに預けておく？」

カロリーネさんの言葉に私は頷く。

「うん。自分で持ってても不用心だから、預けておくよ。あ、その前に、皆の今月分のお給料も払わないとね」

おっといけない。

お金のことはきっちりしないとトラブルのもとだから、そこはしっかり管理しよう。

私が仕事とかでいないときは、入ってきた順というか、いつの間にか決まった序列で、カロリーネさんが率先して皆をまとめてくれている。なので、喫茶店の鍵や売上は、彼女が管理しているんだ。

村に君臨する英雄……もといアレックスさんの威光もあってか、流石《さすが》に彼女に手を出すバカはそうそういない。

そんなこんなで、概《おおむ》ね問題なく三人で回してくれたみたい。店長の急な不在でも頑張ってくれた人達には、ちゃんとボーナス的なものもあげておきたいな。

「お給金は、皆の頑張り分も考慮しますので、期待しててね。あとそれから、そろそろ寒くなってきたので、飾り布のかけ替えとか、ちょっとした模様替えをします。材料を揃えたりクッションカバーを縫ったりとかもあるので、それらが揃い次第だけど。時間外報酬を出すので、できたらお手伝いしてもらえると嬉しいかな。それと、温かいメニューの追加とかも考えてきたの。メモにまとめてきたから、手が空いたときにでも各自で見ておいてもらえる？」

カウンターに昨日まとめたメモ書きを置くと、皆がそれを覗き込んだ。

「メモはあとでじっくり読む時間を作りますので、まずは開店準備を進めてね。カロリーネさんはケーキ類の仕上げ、ティエンミン君はお茶類が揃ってるか確認だよ。足りないなら地下の冷暗所から持ってきて。ルトガーさんは、カップやお皿が綺麗に洗えてるかを見ておいて下さい」

と、いつも通りに開店準備。

うん、しばらく見ないうちにカロリーネさん達の動きもよくなっているね。ルトガーさんの指導のおかげかなぁ。

ベテラン店員さんがいると、本当に心強い。

「あ、ぽちはキッチンストーブにそろそろ火を入れてくれる?」

「きゅうん」

皆が仕事してると、ぽちも何かやりたいって青い目を輝かせるので、火の番をお願いする。

きりりとした顔をして頑張るぞとストーブに火種を入れるぽちは、とっても賢《かしこ》くて可愛《かわい》いんだよ。

エピローグ

　本日も開店する、ベルの喫茶店。

「やあ、ベルちゃんお久しぶりー。しばらく遠くに行ってたんだって？　お疲れ様ー」

　まずは、相変わらず軽薄そうな笑顔の魔術師がやってきた。なんだか知らないけど、私がカウンターに立つといつも一番に来る気がするなぁ、彼。

「はい、お久しぶりですオーラフさん。ご注文はいつものプリン三つで？」

「うん、プリン三つで。お茶は折角《せっかく》ベルちゃんがいるんだし、コーヒーかな」

　次に来たのはそのクールな相棒。

「お久しぶり。劣竜狩りと聞いたけど、まあ私は心配はしていなかったよ」

「レインさんもお久しぶりです。あはは、まあ私はあれでも、ぽちは強いですもんねー。ご注文はケーキセットでよろしいですか？」

　ショートボブの髪を揺らし静かに頷くレインさん。

「違う。君の魔力量と操作能力ならば、劣竜の攻撃ぐらい撥《は》ねのけるから、だよ。それ

から、お茶はカモミールティーで」

「あはは、レインさんったらお上手ですねぇ」

「……世辞ではないのに」

こうやって、時間になると常連さん達がやってきて、次々と席を埋めていくのがなんだか妙に嬉しい。

美味《おい》しそうにケーキを頬張る顔が綻《ほころ》び、穏やかに弾む会話。

中には難しそうに仕事の会話をしている人もいるけど、合間にお茶を含むとふと眉間の皺《しわ》が緩《ゆる》んだりして。

午後の時間をのんびりと過ごしてくれる人達が、これだけいるんだと思うと、本当に仕事の励《はげ》みになる。

……うん、やっぱり私は喫茶店っていう空間が好きだ。そして、お客さん達の笑顔がとても嬉しいのだ。

そうしてニコニコと店内を眺めていると、冒険者ギルドに繋がる扉からメタリックグリーンの目立つ髪が覗いた。

彼はゆったりした歩幅でカウンターに近づいてくる。

「ようベル、体調は大丈夫か？」

「あ、アレックスさん。ええ、一日しっかり休んだら疲れが取れました」

大丈夫だと笑みを見せると、アレックスさんも笑みを返してくる。

「そうか、そうならいい。俺はケーキセットと、久々にタンポポコーヒーでも飲むかな」

「分かりました、お待ち下さい。カロリーネさん、ケーキセットをお願いします」

私が声をかけると、忙しく働いていたカロリーネさんが顔を上げた。大好きなお兄ちゃんの姿を見つけたからか、ぱっと笑みを浮かべる。

「はーいって、お兄ちゃん！　今日から護衛任務じゃなかったの？」

「それが、先方の荷が揃わないらしくて、明日に延びたんだよ」

「そうなの。じゃあ、夜は久しぶりにゆっくりできるわね！」

タンポポコーヒーを淹《い》れる傍《かたわ》ら、相変わらず仲の良い兄妹を眺める。ティエンミン君とルトガーさんも、微笑ましいとばかりの表情で二人を見守っていた。

こうして、私の忙しくも楽しい日々が戻ってきた。

改めてぐるりと喫茶店を見回して、微笑む。

ここが私の生きる場所、これが、私の大事な仲間達。

ねえ、女神様。

この世界は確かに厳しいけれど、それでも愛おしいものが沢山あります。だから、私はきっとこれからも、ここでハーブティーを淹《い》れていることでしょう。

それは、とても素敵なことだと思うのです。

タンポポコーヒーの香ばしい香りを嗅ぎながら心の中で呟くと、キンモクセイの香りと共に、誰かが優しく私を抱きしめるような感覚がした。

書き下ろし番外編

伝説のテイマーの子孫は、新しい伝説を語る

◆少年は、感動を語る

「とにかく、感動的でした」

少年兵士テオは、伯爵夫人に熱く語った。

それはほんの僅《わず》かな時間。ウェストゥロッツ伯爵の配下が、城下に向かった伯爵夫人の不在を知り、夫人を連れて戻るまでの隙間《すきま》のような時間に行われた。

「伝説は伝説と、子守歌に聞く先祖をどこか遠く思っていたオイラ……いえ、私は、それを間近に見ることなどないと、諦めていました」

ウェストゥロッツ領に残る、それは伝説。

ダンジョンに通うようになったばかりの冒険者の少女が、偶々《たまたま》拾った劣竜の卵を温め、孵《かえ》った雛竜と共に弱きを助け強きを挫《くじ》く正義の味方として活躍する、そんなお話だ。

彼女の伝説は、恐ろしい飛龍の襲撃によって終わる。彼女は己が契約獣と共に都市を守るために命を賭し、愛するドラゴンを失い、自らも深い傷を負って引退していくのだ。

テオはそんな先祖を誇りに思っていた。しかし、存在を疑ってもいた。

そんな都合のいい存在がいるのかと。

「しかし、それは現実にありました。女テイマーと強力なＡＡランクモンスターの間には強固な絆《きずな》が存在し、彼女と彼はいつも互いを補うようにして存在し、励《はげ》ましあい、強力な魔物……ドラゴンすらも手玉に取ったんです」

忘れない、忘れられない。


少年は女テイマー、ベルと過ごした一週間を思い返す。

◆少年は出会いを語る
「最初はそう、侮ったんです。その頼りない姿や、まるで飼い犬のように従順なモンスターに。でも違った」

「そう。テオ君はベルちゃんを最初は侮っていたのね。わたくしもお話したけれど、とてもしっかりしたお嬢さんなのに、どうしてテオ君は彼女を侮ったのかしら」

昔から病がちだという伯爵夫人は、好奇心の強い女性のようだった。

伯爵夫人の質問に、テオは思い出す。彼女と初めて出会ったときを思い出す。

――それは城に併設された練兵場での出来事。

Sランク冒険者にして英雄と名高いアレックスが試技にて先輩達を打ち破る中、自分が指導することとなったベルに引き合わされたとき……

「侮った理由は……やっぱり、年下の女の子にしか見えなかったからでしょうね。自分が侮られれば怒るくせに」

少年はそう言って苦笑した。

「そもそもが私の先祖だって、普通の冒険者だったはずなのに、と」

彼の所属するウェストゥロッツ領は王国の東に存在し、間近にAランクモンスター劣竜が出没する高ランクダンジョンである岩山がそびえ立っている。そのため、常に危険が身近にある場所だ。

そもそもが、少年の先祖である女テイマーの伝説が語り継《つ》がれるのも、そんな立地からなのである。

女テイマーの伝説は、この領に生まれた子供ならば誰もが子守歌代わりに聞くお話。

それは、強力な劣竜を従えるテイマーですら、飛龍には敵《かな》わないということ。しかも一度撃退したとはいえ、飛龍は人間の味を覚えている。今は平和であっても、いつか来る飛龍に備えるため、強き兵士を揃えるのが重要であると、そんな教訓を含んでいる。

そんな基本的なことも忘れて、自分の価値観で、少年はベルを侮った。

「しかし、そんな訳はなかったんです」

◆少年が過ごした一週間

Cランクテイマーであるベルは、いつも笑顔であった。

城壁を出ての行軍訓練の際も、慣れない砂地を歩く彼女は、ペースメーカーとして隣に付けられたテオの言葉を素直に聞きつつ、一定のペースで歩き続けた。

「でもそのときは、ただ、我慢強い子だなぁぐらいにしか思っていませんでした。よくこんな厳しい訓練に耐えているな、と。彼女の契約獣であるぽちもまた、自分によく懐いてくれたので、余計にそう思ったのかも知れません」

人慣れしたシルバーウルフ、ぽちは、テオが隣を歩くことを許してくれ、いつもご機嫌にベルと一緒に訓練を受けていた。

テオはすぐにぽちを好きになった。大型犬ほどの大きさの彼の青い瞳はいつも優しく輝いていて、ベル曰《いわ》く「子供好き」なため、テオが話しかけたり休憩中に触れ合うことを許してくれたからだ。

「まあ、ぽちちゃんは本当に優しい子なのね」

伯爵夫人はにっこりと笑みを浮かべて言う。

テオもつられて笑顔になった。

「はい。本当にぽちはいい子で、優しい奴で。私も大好きです……ですが、そもそもおかしかったんですよね」

「あら、何がおかしかったの？」

「新米兵士である私が、生え抜きのCランク冒険者に先輩面して指導していたこと、それ事態がまずおかしかったというか……まあ、流石《さすが》にひどい態度をロヴィー様に怒られまして」

素直にテオの指導を受けるベルとぽち。その様子に、調子に乗ったテオは、彼女らに対して気安い態度を取り続けていた。

それを見たロヴィーに呼び出され、密かに叱責されたのだ。

――それはベル達に出会って三日目、騎士団宿舎のすぐ近くの庭にて。

『テオ、シルケ様の客人であるベル殿へのあの態度はなんですか』

『え、年下の冒険にも慣れていない少女のようですし、このままでは騎士団の先輩達の邪魔をするかな、と思いまして……』

呼び出された当初、テオは困惑していた。

そのとき、新人テイマーを厳しく指導する自分を、誇らしく思っていたからだ。

しかしロヴィーは冷たい瞳を向けてテオに言う。

『馬鹿なことを。彼女は実績もあるCランク冒険者。貴方より余程戦闘慣れしていますが？』

『ええ、嘘っ！　あんな小さな子が!!』

その叫びに、ますますロヴィーの目は冷たくなる。

『残念ながらベル殿は貴方より年上です……まあ私も出会ったばかりの頃はその姿に侮ったこともありましたが、それはいいとして』

ロヴィーは何かを思い出したかのように眉を寄せたあと、一つ咳払いして続けた。

『貴方も一端《いっぱし》の騎士ならば聞いたことがあるでしょう。先のプロロッカ村防衛戦……南ダンジョンの集団暴走《スタンピード》の話を』

いきなり話が変わったなと思いつつも、テオは頷く。

『はい。ついこないだですよね。数百のモンスターが一斉に湧《わ》き出たとのこと』

テオが所属しているウェストゥロッツの騎士団は、近くに高ランクダンジョンを擁するので、いざというときの最終防衛線として、都市の防衛を担う役目を負っている。そのため、他領の集団暴走《スタンピード》についての情報も常に集め、いつ何が起きても対応できるようにしているのだ。

『ええ、そうです。その集団暴走《スタンピード》でも、彼女は薬師兼テイマーとして参加し、華々しい戦績をあげています。領主である子爵にねぎらわれたのが何よりの証』

テオはそれを聞いて顔色をなくした。

今聞いた話が本当であれば、ベルとぽちはすでに十分な功績をあげた立派な冒険者だ。

『じゃ、じゃあ、なんでそんな大事なことを隠していたんですか！　それを知ってれば……』

自分は悪くないはずだ。少年らしく意固地になったテオが言外にベルが悪いのだと返せば、今度こそ呆れた声でロヴィーが諭《さと》す。

『そもそも、凡百《ぼんぴゃく》のCランクテイマーが何故《なぜ》Aランクモンスターの狩りに同行できると思ったのです』

『そ、それは偶々《たまたま》AAランクモンスターを拾ったから、モンスターを活かすべく……その……Cランクだと高ランク狩り場に誘いにくいから……』

『なるほど？　貴方の言い分は分かりました。そんな理由で冒険者ギルドが希少なモンスター持ちのテイマーを、むざむざ殺しかねない飛び級試験に、しかも、隣領まで送って寄越す、と？　一体どんな力が働けばそんな例外的措置が起こるのでしょうか』

『……それは』

ぐうの音も出ない正論だ。今度こそテオは言葉をなくす。

冒険者の中でも、テイマーという職は特殊だ。

偶々《たまたま》相性のいいモンスターを見つけ手合わせのあとに屈服させるか、親の目をかい潜《くぐ》って卵や幼獣を持ち帰り、飼い慣らすかしか方法はなく、しかも上手く飼い慣らせるとも限らない。相手は、野生の動物だからだ。

何故《なぜ》と言われれば何も返せない。

……だったら自分は、どうして彼女を侮った？　と、テオはとうとう己と向き合わざるを得なくなった。

『まあ、いいでしょう。現状ベル殿から苦情も出ておりませんし、周りの騎士達は劣竜狩りの訓練で手一杯。新人の貴方ぐらいしかベル殿の世話を担当できる者はおりませんので。引き続き、よろしくお願いしますよ。ただし、今後苦情が出た場合はきちんと責任は取っていただきますので、そのつもりで』

言いたいことだけ言って去っていくロヴィーの後ろ姿を、テオは見送ることしかできなかった――

「あらあらそれはまた、ロヴィーらしいこと。テオ君はびっくりしたでしょう？　でもあの子は誰に対してもそうですから、余り気にしないのね」

ころころと笑う伯爵夫人だが、テオは確実に寿命が縮まった瞬間であった。

「はあ……。まあ、そんな訳でロヴィー様に反省を促《うなが》されてから、客人をもてなす意識でベルやぽちを慎重に案内していた訳ですが……すぐに、ベルから心配されまして」

「あらあら」

侮っていた相手に、心から心配される。

これはなかなか心にくるものがあった。前日、ベルに対し無礼極まりない発言をしていたこともあり、いたたまれない気持ちになった。

「どうしたの、具合悪いの？　なんて。自分を疎《おろそ》かに扱っていた人間に気を回すなんてちょっとできないですよね。でもベルはそうしたんです。それでいよいよ自分で自分が恥ずかしくなってしまって……謝りました。今まで下に見てた、ごめんと」

率直すぎるテオの言葉に、ベルは呆気に取られているように見えた。テオはテオで、いよいよ騎士を辞すべきかを真剣に悩みつつの謝罪であったのだが。

「まあ。それで、ベルちゃんはどう返したの？」

「冒険者ギルドでもよくあることだ、嫌《いや》だと思うし悔しいけど、実績をあげてくしかないよね、と。それに、黙っててごめんと言われました」

「あらあら」

「それで、功績を黙っていた理由を聞いたら、自分が、指名された初の仕事を張り切っていたので水を差すのもよくないと、気遣われていたようで……」

ロヴィーに叱られた翌日。そうベルに謝られたテオは、なんとも言えない気分で彼女を見た。

「これでおあいこだね、て笑って。テオがやりやすいならそのままでいいって……そう、彼女は言ってくれたんです」

「あら、それはそれは。なかなかの大物ね」

伯爵夫人の言葉にテオは苦笑する。

「はい。ぽちが懐いているんだから君はいい子だ、なんて言われたらもう何も言い返せませんでした」

それからの時間は、とても楽しいものだった。

気の置けない友達のように、あるいは姉と弟のように。ベルとぽち、二人といる時間はとても充実していた。

「そこから本番までは、本当にあっという間で……そして本当に、自分の意識はあの日に塗り替えられたんです」

◆少年が見た奇跡

それは、冗談みたいな現実だった。

一個小隊から中隊規模が当たるような大物である劣竜に、たった二人で相手したのだ。

「ぽちはすごくいいヤツでしたし、毎日のように一緒に訓練に参加していたから、忘れてました。ＡＡランクなんて、幻みたいな存在だと」

注意を引かぬよう、岩陰に隠れぽちに注意を送るベルの横で、ただ見ていることしかできなかったあの日――

「大きな劣竜を前に、ぽちはその体格差をきちんと理解して振る舞っていた。小さくても、力では劣っても。それでも特徴を活かせば活躍できるんだと」

巨大なモンスターを翻弄するぽちを見て興奮したし、驚いた。

「ベルも冷静でした。ぽちが無茶をしないように指示を出していて、何よりぽちを……

自分の大事な相棒を信頼していた」

テイマーと契約獣の絆《きずな》を、そのときテオは強く感じた。

契約獣の力を信じること。その力を十二分に発揮させるよう、ときに冷静な指示を送ること。

自分だったら、あるいは劣勢に見えた瞬間、ぽちのもとに駆け寄ってしまっていたかもしれない。

ベルだってきっとそうだ。大事な可愛《かわい》い相棒を、戦場に一人で送り出す気持ちを考えると、身を切られるような心地である。

たったの一週間、共に過ごしただけでもこんなにも辛いのに、けれどベルは信じた。

ぽちを、自分の契約獣の力を。

「きっとそのときです、見た目や称号なんて実力と何も関係ないって……理解に至ったのは」

テオだって子供と言われれば一人前だと言って怒るのに、ベルが笑って許した。

「忘れない、いえ、忘れられません。確かに見たんです、この目で……テイマーと契約獣の絆《きずな》を」

それはきっと、新たな伝説のはじまり。
それを見たのだとテオが伯爵夫人に語れば、彼女は優しく頷いて見せたのだった。

RC
Regina COMICS
令嬢はまったりをご所望。
1~2
原作 三月べに
漫画 梶山ミカ
アルファポリスWebサイトにて
好評連載中!
もふもふファンタジー
待望のコミカライズ!
過労により命を落とし、とある小説の世界に悪役令嬢として転生してしまったローニャ。彼女は自分が婚約破棄され、表舞台から追放される運命にあることを知っている。
だけど、今世でこそ、平和にゆっくり過ごしたい!
そう願ったローニャは、小説通り追放されたあと、ロトと呼ばれるちび妖精達の力を借りて田舎街に喫茶店をオープン。すると個性的な獣人達が次々やってきて――?
B6判・各定価:本体680円+税
大好評発売中!
アルファポリス 漫画
検索

本書は、2018年8月当社より単行本として刊行されたものに書き下ろしを加えて文庫化したものです。


この作品に対する皆様のご意見・ご感想をお待ちしております。

おハガキ・お手紙は以下の宛先にお送りください。

【宛先】

〒150-6008 東京都渋谷区恵比寿4-20-3 恵比寿ｶﾞｰﾃﾞﾝﾌﾟﾚｲｽﾀﾜｰ 8F
（株）アルファポリス　書籍感想係

メールフォームでのご意見・ご感想は右のＱＲコードから、
あるいは以下のワードで検索をかけてください。

アルファポリス　書籍の感想　検索

ご感想はこちらから

レジーナ文庫

緑《みどり》の魔法《まほう》と香《かお》りの使《つか》い手《て》2

兎希《とき》メグ

2020年11月20日初版発行

文庫編集－斧木悠子・宮田可南子
編集長－太田鉄平
発行者－梶本雄介
発行所－株式会社アルファポリス
〒150-6008 東京都渋谷区恵比寿4-20-3 恵比寿ｶﾞｰﾃﾞﾝﾌﾟﾚｲｽﾀﾜｰ8階
TEL 03-6277-1601（営業）　03-6277-1602（編集）
URL https://www.alphapolis.co.jp/
発売元－株式会社星雲社（共同出版社・流通責任出版社）
〒112-0005 東京都文京区水道1-3-30
TEL 03-3868-3275
装丁・本文イラスト－縹ヨツバ
装丁デザイン－ansyyqdesign
印刷－株式会社暁印刷

価格はカバーに表示されてあります。

落丁乱丁の場合はアルファポリスまでご連絡ください。

送料は小社負担でお取り替えします。


ISBN978-4-434-28112-9 C0193